嫉妬探偵の蛇谷さん

The Jealousy Detective Won't Tolerate Your Lies.

野中春樹

イラスト／pon

第一話 その惨めさに免じて許してやるけれど

Chapter1

1

初めてその後ろ姿を見たとき、息を呑んだのを覚えている。

肩甲骨《けんこうこつ》より長く伸びた黒髪が動くたびに揺れ、繊細そうな細く長い指の先に小さな如雨露《じょうろ》が握られていた。愛情の籠《こ》もった柔らかな動きで花壇《かだん》に降り注《そそ》がれる水を受けて植物たちは喜びの声を上げている。

なにより時折覗《のぞ》くその横顔はどこか寂しそうで強く印象に残った。

深い悲しみを抱えているような、そんな横顔。

「来たのね、野水《のみず》くん。こんにちは」

僕の足音に振り返った蛇谷《へびたに》カンナ先輩は柔和《にゅうわ》に目を細めると微笑《ほほえ》んでみせた。

「こ、こんにちは。蛇谷先輩」

「今日で一週間かしら。あなたが入部して」

「そう、ですね。はい」

「君にぴったりな部活があるぞ。そこなら人も少ないし君の要望にも叶うだろう」

本入部期限ギリギリの五月半ば、すっかり暑くなり始めたこの時期まで部活を決められていない僕を、そんな言葉でこの部へ引き込んだのは小森《こもり》鏡《きょう》花《か》先生だった。

眼鏡姿にポニーテールがお似合いの女性教師である。年齢は二十代後半。ＰＣの検索バー履歴に『年収高い　男　楽な落とし方』と打ち込まれていたので恐らく未婚。……職場で何を調べているんだ、この人。

「いまどき部活や委員会に強制参加というのも時代錯誤だとは思うがな。ま、君の事情は聞いている」

そう言って小森先生は僕を園芸部のある花壇へと導いた。甘い誘い文句を添えて。

「とっても美人で性格のいい先輩がひとりいるんだ」


それがちょうど一週間前のこと。

「そんなにやることがあるわけでもないけれど……野水くんも水をあげてみる？　ほら、こっちに来なさいな」

まさに僕にとっての――女神。

蛇谷先輩は僕を呼び寄せると手に如雨露を握らせた。その際に先輩の指先が僕の手の甲に触れる。ひんやりとした指だった。

切れ長な目尻に、長いまつ毛。鋭さを感じさせつつも大きな瞳は小動物のような愛らしさを内包している。細くも薄くはない唇が血色よく光を反射した。流れるような黒髪は日光を通してもなお黒く、それに包まれた顔はとても小さい。

「みんなも喜んでいると思うの、野水《のみず》くんからお水もらって――きゃっ」

風が吹き、先輩の髪がふわりと持ち上がる。

頰《ほお》に流れていく糸のようなそれらから桃のような香りがした。

「ああ、髪がボサボサ……チッ」

「チッ？」

「え？　ああ、ううん。ちぇ……せっかくセットしたのになって。えへ」

「先輩の髪いつも綺麗《きれい》ですものね」

「……野水くんって思ったこと素直に口に出すわよね。そういうとこ、嫌いじゃないわ」

先輩は髪を押さえながら微笑《ほほえ》んだ。

なんて可憐なんだろう。僕は先輩がしていたように花壇《かだん》に水を撒《ま》く。

「その調子ね」

確かに植物たちは機嫌が良さそうに見える……。

だけどいい加減、訊《たず》ねないわけにもいかないと思うのだ。

一度深呼吸を入れ、意を決して先輩に顔を向けた。

「先輩、聞きたいことがあります」

「なあに？　私に答えられることならいいんだけど」

　この一週間、僕は何か理由があってそうしているのだと思ってきた。その説明だってされるものだと信じていた。しかし、これはどうやら僕から切り込む以外にないらしい。

「どうして――この花壇《かだん》には雑草《ざっそう》しかないのでしょうか」

　見渡す限り一面の緑世界。花壇は雑草で埋め尽くされていた。

「園芸って花とか育てるものだと思うんですけど……ここ雑草しかないですよね？」

「綺麗《きれい》じゃない？　緑がたくさんで気持ちがいいでしょう？」

「いやでも雑草じゃないですか。園芸部なんだし、ちゃんと花とか植えて活動した方がいいんじゃ」

「……そんなに雑草じゃダメなのかしら」

　途端に先輩の雰囲気《ふんいき》が変わる。

　顔を俯《うつむ》け、垂れ下がった髪の合間から覗《のぞ》く瞳が僕を真っすぐに捉えている。金縛《かなしば》りにあったように身体《からだ》が動かない。

　蛇に睨《にら》まれた蛙――そんな言葉が脳裏を掠《かす》めた。

「なんで？　どうして？　お花なんて――妬《ねた》ましいだけなのに」

　僕の手から如雨露《じょうろ》が落ちる。

「入部してもなにも言わないからあなたも私と同じなんじゃないかって期待していたのに……

とんだ期待外れだわ。恨《うら》めしい」

「え……え？」

ゆったりと微笑《ほほえ》んでいた僕の女神は消え失せ、今目の前にいるのは何かに憎悪を抱く人間そのものだった。

「どうして私がお花なんかを育てなくちゃいけないのよ。嫌よ、嫌。妬ましい。あんな綺麗なだけですぐ枯れていなくなるような雑草以下の存在、いらないわ」

「雑草以下って」

「妬ましい、本当妬ましいわ……。綺麗ってだけであんなにちやほやされて、私なんて生きてきてそんな目にあったことないのに。ああもうほんっとう」

ぎり、と歯ぎしりがここまで聞こえ呼吸を忘れそうになる。

「……妬ましいわ」

なんというか、とんでもない嫉妬《しっと》心だった。先輩は腕を広げ、演説するように言う。

「雑草を御覧《ごらん》なさいよ。ほら、普段は踏《ふ》まれるような存在でありながらもこんなに頑張って生きているでしょう？　その惨《みじ》めさがね――私好きなの」

「そ、そうなんですか――うん？」

今、惨めさが好きって言った？

「なんて？」

「あら、聞いてなかったの？」先輩は微笑《ほほえ》みながら言う。「惨《みじ》めだから好きなの——雑草《ざっそう》って。私より下って感じがして落ち着くわ」

ふふ、と口に手を当てて笑う先輩。その笑顔は獲物《えもの》を目の前に舌なめずりをする蛇のよう。

……ああ、ヤバい人に関わってしまった。直感的にそう思った。

小森《こもり》先生。あなたの言う「性格がいい」って、絶対「良い」って意味なんかじゃないだろ。

2

「……終わった。終わりだわ。一週間の努力が……私はなんてバカなの」

空ではカラスが鳴き、西日がさよならしようとしている。

蛇谷《へびたに》先輩は校舎の外壁に身を寄せて体育座りをしていた。

「……そもそも私に猫なんか被らせるのが悪いのよ。なぁーにが『君なら一年坊の男子なんて簡単に丸め込める』よ。無理があるわ……」

「あの、大丈夫ですか……？」

先輩はちら、と僕の方を見てすぐに目を逸《そ》らした。

「……妬《ねた》ましい。こんな女に優しくできるその余裕《よゆう》が妬ましいわ」

その「妬ましい」ってなんなんだ。僕は先輩の視線に合わせるためにしゃがむと、

「そろそろ下校時刻ですよ。帰らないと」

「……いい。私は肥料になる。雑草どもの肥やしになるの。明日、花壇《かだん》から私の遺体が発見されるからよろしく頼むわ……」

「大事件じゃないですか！」

そして疑われるのは状況からしてたぶん僕だ。ちょうど六時のチャイムが鳴る。

「ほら、帰りましょう」

「立てないもの。だから帰らない。私は雑草。今ここに根を張ったわ」

なんて馬鹿みたいなことを言っているんだ……。

「今『馬鹿』って思ったでしょう。あなた、口に出るだけじゃなくて顔にも出るわよね。すぐわかるわ。なんてわかりやすい顔なの」

「……すいません。昔から顔に出やすくて」

「危篤《きとく》なやつ。顔蛇口《かおじやぐち》の称号を与えるわ。今日からなんでも外に出しちゃう早漏《そうろう》マンと名乗りなさい」

悪口が渋滞《じゆうたい》してる……絶対やだよ、そんなあだ名。

「いいから帰りましょうよ。ね？　ほら、立って」

「嫌。一週間の苦労が水の泡になったんだもの。せっかく作り上げた私像も台無しだわ……今はもうどうせ私のこと、顔だけはいい女って思ってるんでしょう」

「そこだけはかたくなに自信あるんだ……」

まあ確かに顔はいいんだけど。っていうか、僕の好みのど真ん中ではあるんだけどさ。

「……む。なんかお尻が……」先輩が右下に手をついて、逆側の臀部《でんぶ》を持ち上げる。

「なにか……痛い！　あ、アリ⁉　い、いや！　ちょ、パンツの中に……！」

慌《あわ》てた先輩がスカートを捲《めく》る。露《あら》わになった太ももの裏側を黒い点が猛スピードで上へ向かっていた。ああ、根を張るなんて言ってぺったりと座っていたから……。

「の、野水《のみず》くん！　だ、出して！　いやあ！　這《は》ってるッ這ってるわ！　お肌を這ってる！」

「ええ⁉」

「いや！　入ってくる！　ねえやめて！　そんなとこに触れないで！」

「誰かに聞かれたら誤解されるのでやめてください！」

「だったらなんとかして！」

そんなこと言われてもどうすればいいんだ。スカートに手を突っ込む？　それとも下着を下ろす？　いやいやいや無理でしょ！

先輩は涙目になりながら僕の方へ尻を突き出している。部活、年上、美人の先輩。そしてお尻……。要素はすべて揃っているのに微塵《みじん》もエロさを感じない。不思議だ。

「あとで文句言わないでくださいよ！」

もうこれしかない！　腕を天高くテイクバックし、僕は手の平を振り下ろした。

「お尻を叩かれたことなんて親にも姉にもないのに……とんだ初体験だわ」

僕だって初めてだよ。アリを潰すために女子のケツを叩くなんて体験は。

「随分《ずいぶん》と叩き慣れていたわね。そういう練習を普段から積んでいるのかしら」

「どんな練習だよ」あ、でも……と僕は思い当たったことを口にする。「家で黒いアレが出ると僕が退治する役目なのでそのせいかも」

「私のお尻はアレと同等なの……？」

下校途中、僕は先輩に肩を貸していた。

これが憧《あこが》れだった蛇谷《へびたに》先輩との初めての下校。理想的なことをしているはずなのにちっとも理想的じゃない。この人、これでよく一週間も猫を被っていられたな！

「……気晴らしになにか話しましょう」先輩は痛みに顔を歪めながら言う。「そうね……嫌いなものについて語ろうかしら」

「普通、好きなものとかじゃないんですか……？」

「なにを言ってるの？　嫌いなものがわからないと人はわかり合えないわ。馬鹿なの？」

今まで好きなものやハマっているもので仲よくなるものだと思ってました。

「私はね、すごく色々なものが嫌いなの。本当たくさんあるわ」

花開く笑顔で先輩は言い放つ。まるで「すごいでしょ？」とでも言いたげだ。今までで一番可愛い表情でなにを言っているんだろう。

「……色々なものが嫌いですか?」

「ふふ。いえ、妬《ねた》ましいと言った方が正解かしら」笑顔から一転、悪役が生贄《いけにえ》を目にしたような顔で頷《うなず》く。「全部妬ましいの。幸せな人が妬ましい。綺麗《きれい》なものが妬ましい。目指すものがある人が妬ましい。全部全部……妬ましい。ずっと昔からそうなの」

こんなにも人生で「妬ましい」と耳にしたのは初めてだった。

「でも、好きなものもあるわ。惨《みじ》めな人、馬鹿な人、私より下な人ともの、嫌われている人。あとは——謎かしら」

「……謎ですか?」

他に聞くべき言葉が随分《ずいぶん》と羅列《られつ》されたように思うが、最も印象に残った「謎」について僕は訊《たず》ねる。

「ええ」先輩は恍惚《こうこつ》とした表情で口元を緩《ゆる》め、「謎はいいわ。だってそうじゃない? みんなも好きでしょう? 犯人——悪者のいる謎。ね?」

ね、と言われましても……。

「だって考えてもご覧なさいよ。悪者がどんどん追い詰《つ》められていくのよ? そして悪者にはどんな責めを施してもいい。だって、そいつが悪いのだから。徐々に本人の首を真綿で絞めていく。そんな方法なんて他にある?」

「は、はあ」

「推理で悪者を追い詰め、最後には情報を吐き出させる——謎解きは知的な拷問《ごうもん》なの」

「知的な拷問……。なんかすごい言葉ですね」

「でしょ？　私のワードセンス、妬ましい？」

そんなドヤ顔されても。妬ましくはない。

そもそもさ、そんな謎解きなんて特殊な状況がそう簡単に発生するはずないって。

ここからどんな話題に変更するべきか頭を悩ませながら角を曲がったとき——視界に飛び込んできた光景に僕は思わず足を止めた。

——赤い、血。

「……は？」

人が倒れていた。うちの高校と同じ制服を着た女の子が道路の端に倒れ伏している。肌は健康的に日焼けしていて、見えるふくらはぎからは筋肉質な印象を受けた。

そばには自転車が同じように倒れ、籠《かご》が大きく凹んでいた。

「へ、蛇谷《へびたに》先輩！　これ……っ」

先輩は真顔で女子生徒を見つめていた。元から白い肌はさらに白く、一切の瞬《まばた》きをしないままその場に立ち尽くしている。

「先輩……？」

先輩は口端《くちは》を歪《いびつ》に持ち上げると女子生徒に向かって走り出した。

「なんなんだよもう！」

先輩のあとを追い、僕はその倒れた女子生徒のそばに駆け寄った。頭部からは血が流れ、小さな筋を地面に作っている。額《ひたい》にその傷跡があり、その生々しさに少しだけ気持ちが悪くなってくる。口元を見る。……良かった。呼吸はしているみたいだ。

「救急車を呼んで」先輩が僕を一瞥《いちべつ》し叫ぶ。「早くして！」

「は、はい！」

ポケットからスマホを取り出し119にかけた。

その間、先輩はしゃがみ込んで女子生徒を観察し視線を外さないままスマホを取り出す。

カシャ、と音が聞こえた。……まさか写真撮ってる？

「ちょ、ちょっと！　なにしてんですか？」

初めての119をなんとか終え、息をつく暇もなく僕は先輩に詰《つ》め寄った。先輩は僕の言葉を無視して今度は女子生徒のスカートを捲《めく》り、下着を露出《ろしゅつ》させ始めた。僕は慌《あわ》てて目を逸《そ》らす。

そして逸らした視線の端で奇妙なものが目に入った。

「……なに、やっているんですか？」

先輩は女子生徒の隣《となり》で横になっていた。比喩でもなんでもなく、地面にぺたりと。同じくらいの身長なのか、先輩と女子生徒の頭部と足先は同じ位置に収まっている。

「スマホで撮って。今の私を」

「……はい？　なに言ってるんです？」

「早く。救急車が来ちゃうじゃない！」

「え、あ、はい！」

先輩の勢いに押されてしまい、僕は不謹慎《ふきんしん》にも女子生徒と先輩をスマホのカメラに収めた。

スマホを返すと先輩は即座にそれを確認し、小さく「やっぱり、そうなのね」と口にした。

何がそうで、何がやっぱりなのか。こっちはさっぱりだというのに。

いや、そんな場合ではない。今は女子生徒の介抱《かいほう》が先だ。それとも下手に動かさず救急車が来るまで待つべきか？

逡巡《しゅんじゅん》していると、先輩は倒れた自転車を起こし始めた。

「今度はいったい……」

僕の声など聞こえていないのか、先輩は自転車に跨《また》がりそのまま走り出した。

「あんた、本当にいったい何してんだよ！」

「きゃあっ！」

しかし漕《こ》ぎ出してすぐ先輩はこけた。見事に転倒し「痛いわ……」と涙目になっている。

「……もしかして自転車乗れないんですか？」

「なんのこと？　やぁね、マイバイクじゃないと本気が出せないだけ」

「小学生がよくする言いわけだ……」

埃を払うようにスカートを叩いて先輩は立ち上がる。左の膝《ひざ》が擦《す》り剝《む》けて血が滲《にじ》んでいた。

「……あーあーもう」僕はカバンからミネラルウォーターと絆創膏《ばんそうこう》を取り出した。「ちょっと拭いてコレ貼りますからね」

「そんなの持ち歩いてるなんて几帳面なのね。でも別に妬《ねた》ましくはないわ」

こんなので妬まれても困る。それに絆創膏は中学の時から入れっぱなしのやつだ。

「家でちゃんと消毒してくださいよ」

「……ふん、ありがと」

絆創膏を貼られて礼を口にした先輩は明後日《あさって》の方へ顔を逸《そ》らすと、何事もなかったかのようにもう一度自転車に跨《また》がる。数秒そのままで静止し、振り返った。その表情は真っ赤だった。

「……押してほしいわ。その……乗れないの」

この状況で自転車に乗ること自体、意味不明なのだが。だが断るとまた一人で漕《こ》ぎ出しそうな気がする。ならさっさと終わらせた方がいい。

「わかりましたよ」

車が来ないか周囲を確認し、僕はそっと荷台を摑《つか》む。先輩はゆっくりと漕ぎ出した。

「は、離《はな》さないで。離したらまた私の体液が出ちゃう」

「血でしょ!? 変な言い方しないでくださいよ!」

いかがわしい単語を訂正しつつ、一〇メートルほどタイヤを走らせると先輩はブレーキをかけた。サドルにスカートの裾《すそ》を引っかけてはやり直しながら、ようやく自転車から降りると元の場所へ戻ってくる。先輩は「ふふん」とやたらと満足げに鼻を鳴らしていた。

「やっぱりそうなのね」と先輩はまた独り言を呟《つぶや》く。

不意にそれをかき消すようにして、救急車のサイレンが鳴り響いてきた。

「……だから、──で、つまり」

先輩は強く歯を噛《か》み締《し》め、倒れた女子生徒を見下《みお》ろす──いや、見下《みくだ》し、呟いた。

「……本当に妬ましいわ」

3

救急車に女子生徒は運ばれていった。僕らには学校の先生が迎えに来てくれるらしく、この場で待機を命じられた。約十分後、目の前に一台の車が停車した。

中から降りてきた人物は白衣を纏《まと》い、赤縁の眼鏡をかけていた。颯爽《さっそう》と降りてきた彼女は、僕らを視認するいや否や、「……誰もいないか」と、トンボ返りして車内に戻ろうとする。

「いやいやいや！」僕は慌《あわ》てて車に駆け寄り、「なに帰ろうとしてんですか！　小森《こもり》先生！」

「うん？　おや、野水《のみず》くんか。私は偶然《ぐうぜん》ここでタバコを吸おうと停車しただけだが？」

しれっと嘘《うそ》をつく。それが教師の言うことかよ！

「厄介《やっかい》ごとからは逃げるに限るのだ。よく覚えておきたまえ」

「ええ覚えておきますよ！　先生がそういう人だってことは！」

「厄介《やっかい》ごとからは逃げたい！　手柄は欲しい！　なにが悪いというのか！　社会か!?」

……もうダメかもしれない。こんなのが教師で顧問とは。園芸部とわが校の未来に思いを馳せていると、しれっと後部座席の扉が開き先輩が乗り込んでいた。

「さっさと野水《のみず》も乗りなさいよ」

いつの間にか「くん」がなくなっている。別にいいけどさ。

小森《こもり》先生は先輩を見て小さく肩を竦《すく》め、それから僕に視線を向けた。

「……仕方ない。野水くん。君も乗りたまえ」

小森先生に言われ、僕は先輩の隣《となり》に座った。車内にはペットボトルや菓子類の袋がいたるところに散乱している。汚部屋ならぬ汚車だ。

「今から病院へ向かう。いいな?」ミラーで僕らを確認しながら続ける。「さて蛇谷《へびたに》くん」

「くん?　私、いつから男になったのかしら」

「じゃあ蛇谷ちゃん。カンナちゃん」

「やめて。虫唾《むしず》が走る」

「カンタロウ」

「誰!?」

隣で先輩が身を乗り出していた。それに小森先生は苦笑する。

「まァいいじゃないか。しかし蛇谷くん、もう野水くんに本性バレちゃったのか？　随分素《ずいぶんす》の状態で話しているよな」

「……これでも一週間は蕁麻疹《じんましん》が出そうなくらい頑張ったわ」

「へへ、そうか。よく頑張ったよ実際。まあでもこれで新入部員はゲットだし、もちろん野水くんも今さら辞《や》めるような薄情者《はくじようもの》じゃないだろうしなあ――なあ、だよなぁ？」

ミラー越しに視線が合う。僕は目を逸《そ》らした。

「まあ退部届け出してきても私が受理しないけどな！　ははは！」

なに笑ってんだよ！　心で憤慨《ふんがい》していると、途端に小森先生の声のトーンが低くなった。

「ところで、蛇谷くん。きみ何かわかったことあるんじゃないかな？」

「いったいなんのこと？」

「私には渋沢《しぶさわ》が倒れていた辺りに自転車を転倒させるようなものはなかったように見えた。石や欠けたアスファルトなどに躓《つまず》いた――そうは見えなかった。渋沢は陸上部のエースでね、何もないところで転倒するようなタイプじゃない」

「……ふん、あの女に一切同情はしないわ。だって自業自得だもの」

「ほほう、自業自得とは。結構な言い方をするじゃあないか」

「妬《ねた》ましい。私、あの子が嫌いだわ」

僕には二人の会話の意図がまったく摑《つか》めない。いったい何について話しているんだ？

小森《こもり》先生がロビーで看護師に事情を話す。僕らは渋沢《しぶさわ》さんのいる病室へと案内される。

そこにはベッドで上半身を起こし、看護師の話を聞いている渋沢さんがいた。

看護師は一礼をすると病室をあとにする。僕らの方を向いた渋沢さんの頭には包帯が巻かれており、首筋や頬《ほお》にも痛々しいガーゼが貼られていた。

「……小森、せんせぇ」

渋沢さんは急にベッドから起き上がると、覚束《おぼつか》ない足取りでこちらへ走ってきた。

「せんせぇえ！　泣かせてよ！」

「おい、勝手にベッドから出るんじゃない！　私が怒られるだろ！」

先生は飛びついてきた渋沢さんを押し退けた。が、離《はな》れない。

「ぐ、おっ。渋沢、砲丸投げのパワーで締《し》めつけるな！　鼻を白衣につけるな！　ばっちい！」

「ひどいぃ！　教師失格だよぉ！」

「君は怪我人失格だな！　こんな元気な患者がいてたまるか！　このゴリラめ！」

なおも泣き喚《わめ》く渋沢さんを見て小森先生は「まったく」とため息をつき、背をさすった。

「どうせ汚れたし好きにしろ。でも白衣で鼻は噛《か》むなよ」

「うう！　せんせい好きぃ……なんで女なのよお」

「私が男だったら学校の女子はみんな私のものだった。クビになるところだったぞ」

どこから来るんだその自信は。

渋沢さんは先生から顔を離すと、その後ろに控える僕と先輩の姿に視線を止めた。

「先生の子供？」

「お前、私を何歳だと思ってるんだ？　よく見ろ。うちの制服着てるだろ」先生はズレた眼鏡を直しながら、「この二人がきみを見つけてくれたんだ。救急車も呼んでくれた」

「そう、なんだ」渋沢さんは小さく俯《うつむ》いてから顔を上げ、僕たちを真っすぐに見た。頭を下げる。「本当に、ありがとう。助かったよ」

心のこもったお礼に僕まで胸が温かくなる。

「良かったです、無事みたいで」

「うん！　気がついたときは救急車で超びっくりした！　初めて乗ったよ！」

「確かにびっくりしますねそれ」

「知らないおっさんが目の前にいてつい殴りそうになっちゃったよ！」

ははは。……殴らなくてよかった。本当に。

「私、ちょっと出るわ」

そう言って病室から出ていく先輩。どことなく顔色が優れないのは気のせいだろうか。

先生は渋沢さんの頭に手を乗せる。

「お母さんに連絡はついているからもう来るはずだ。安心しろ」

「せんせぇ……ありがとう」

「当たり前だ。私はお前の担任だからな」

……おかしい。まともだ。小森《こもり》先生がまともに見えるぞ。

「よって私はニコチンの充電に行く。お母さんとの話し合いの前にバフをかけてくるぞ」

白衣のポケットに手を入れ、革靴《かわぐつ》の足音を響かせながら先生は病室から姿を消した。

「やっぱりまともじゃなかった……」

「あははっ」渋沢《しぶさわ》さんのカラカラした笑い声が聞こえた。「小森先生はいつもああなんだよ？　どこか突き放した感じはするけど、適度に入り込まないでいてくれるから私は好きなんだ！」

「そういうものですか？」

「うん。だから、迷惑《めいわく》をかけて申し訳ないなって……っ」

突然、それまで明るかった渋沢さんの目から大粒の涙が流れ出す。

「あ、あれ？　ごめんね、泣くつもりなかったのに……」

「い、いや。あ、ティッシュどうぞ」

「ご、ごべん、ねぇ！」

渋沢さんは嗚咽《おえつ》を漏《も》らしながら僕が箱ごと渡したティッシュから何枚か抜き取り、束にして豪快に鼻をかんだ。もう何枚かティッシュを取り出すと流れ落ちる涙を拭《ぬぐ》う。

「ううぅ……うわぁぁ……っ」

僕は途方に暮れ、先輩と小森先生の帰りを待った。だがいっこうに戻ってこない。

いい加減呼びに行こうかと思ったその矢先、「佳香《けいか》！」と声を荒《あら》らげて病室に入ってくる女性がいた。僕などに目もくれず、一途に渋沢さんの元へ走り寄った。

「大丈夫なの？　痛くない？　ああ、こんな目立つところ怪我して……」

「ママ……っ！」

「佳香、何があったの？　こんな大けがして……」

「本当に……転んだだけだよ」

「誰かに突き飛ばされたりはしてないのね？」

「うん。そういうことはないよ。絶対。それは安心してほしい」

「あら、お越しになっていらっしゃったんですね、渋沢さんのお母様」

振り返ると小森先生が軽く微笑《ほほえ》んで一礼し、僕の横を通り抜けてお母さんの前に歩み出た。

タバコの臭い消しなのか、柑橘《かんきつ》の爽《さわ》やかな匂いがした。

「私、担任の小森と申します。このたびは……」

小森先生は普段のいい加減な雰囲気《ふんいき》とは違い、まるで模範的《もはんてき》な教師のようだ。

「僕、ちょっと先輩を探してきます」

「ええ、お願いね。野水《のみず》くん」

柔和《にゅうわ》な笑顔で言われ鳥肌が立つ。こわっ……なんか怖いよ。

先輩は病室のすぐ近くに立っていた。壁に背をつけて天井を眺めている。

蛍光灯の明かりに照らされ、ただでさえ白い肌が青白く見えた。今の先輩の表情はひどく所在なさげで、まるで迷子になってしまって今にも泣きだしそうな幼さを内包している。

「先輩、渋沢《しぶさわ》さんのお母さん来ましたよ」

「ねえ、野水《のみず》」こちらを見ずに先輩は応えた。「私ね、最初、あなたにちゃんと優しくしようとしたのよ。これでも頑張ったわ」

「優しく……」

まあ、確かにこの一週間は間違いなく優しくしてもらった。今と落差がとんでもないけど。

「今、心の中で私のこと侮辱《ぶじょく》しなかった？」

「……いえ？」

誤魔化《ごまか》そうとすると睨《にら》まれる。

「わかるのよ。あなた本当に顔に出るわよね。口にも出るけど。言っとくけど私は私の悪口にものすごく敏感《びんかん》だから気をつけて」

先輩が鼻を鳴らす。

「でも他の人の悪口は言ってもいいわ。むしろ推奨《すいしょう》。いえ……もはや園芸部の義務ね」

「すごいこと言い出したぞ……」

「冗談《じょうだん》はここらへんにして……」スルーされる。先輩は話を切り替えた。「渋沢はどんな様子だったのかしら。教えて」

僕は先ほどの渋沢さんとのやりとりをかいつまんで伝えた。

「……そしたら、渋沢さんが急に泣きだして。でもお母さんに色々聞かれてもただ転倒したとしか言いませんでした。特に嘘《うそ》ついているようにも見えませんでしたけど」

「ふうん。さもありなんって感じね。妬《ねた》ましかったけれど、少しだけマシになったわ」

「どういうことですか？」

「私は惨《みじ》めな人が好きって言ったでしょう。そういうこと」

「だからそれがどういう意味なのか――」

教えてくださいよ。そう言いかけたとき病室の扉が開いて、小森《こもり》先生が顔を出した。

「そこにいたの？　こっちに来てくれる？　渋沢さんのお母さんがお礼を言いたいそうだから」

「お礼ね。まあ受け取ってやろうかしら」

先輩はそんなことを言っている。どうせその理由も「礼を言われると優越感《ゆうえつかん》が得られる」とかそんなことなのだろう。

「……なんて人だよ、まったく」

入り口で先輩が立ち止まる。こちらへ振り返り、

「なにか言った？　悪口が聞こえた気がしたんだけど……」

「い、言ってませんよ？」

「ふうん……ま、いいわ」

僕は手を横に振って否定する。先輩は「ふん」と前へ向き直り、病室へと入っていった。

4

「さっさと乗ってくれ。帰るぞ。疲れた。アルコールが足りん」

「むしろなにが足りてるんだよ」

あれから渋沢《しぶさわ》さんのお母さんにお礼をされ、何度も繰り返し頭を下げられた。その平身低頭《へいしんていとう》の様子に僕なんかは恐縮していたが、先輩は心地よさそうに下げられた頭を眺めていた。素直にヤバい人だと思わざるを得ない。そんな僕の視線に気づき、先輩が身を寄せてくる。

「今私に対して悪口を思い浮かべたでしょ。ホントわかりやすいやつ。落とされたいの？」

鼻先に毛先が掠《かす》めた。耳の形がはっきりとわかる。産毛さえ見える距離で、上目遣《うわめづか》いに先輩がジットリとした視線を投げかけてくる。

渇《かわ》いた口の唾液《だえき》を無理に飲み下した。その矢先、僕のいる方の扉のロックが解除された。

いつの間にか先輩の人差し指はレバーにかかっている。

「す、すいません、すいません！」

僕だってこれが悪癖《あくへき》だとわかっている。でも、思うことや考えることをやめるなんてさすがにできやしないじゃないか。だってほとんど無意識なんだから。

　すると先生がからかい調子で先輩へ声をかけた。

「蛇谷《へびたに》くんは野水《のみず》くんのこと随分《ずいぶん》気に入ったんだな」

「は、はァ!?　んなわけないじゃない」

「普段の君はそんな風に誰かと関わったりしないだろ。私の見立ては当たったようだな」

　見立てってなんだ。横では先輩が「チっ、ババアが余計なことを」と荒れた思春期の男子のような悪態をつく。

「蛇谷くんはこんな性格だからな。本性を知った人の多くは蛇谷くんを敬遠する。でも君は珍しくそうしないから、警戒しつつも嬉しくてつっかかってくる。……ツンデレというやつだ！」

「違うから！　野水、勘違いしないでよね!?」

「模範解答だ……素晴らしいよ、蛇谷くん」

「いやぁ！　違う違う違う！」先輩が頭を振り乱す。「野水がすぐ顔に出るだけよ！　他の奴らと違ってすごくわかりやすいのっ！　侮辱《ぶじょく》されたってすぐわかるのよ！」

「つまり相性がバツグンだと……」

「違うっつってるでしょう！　首絞めるわよ！」

　先輩が運転席の小森《こもり》先生の首に手をかけた。

「ちょちょちょちょ待て！　死ぬぞ！　我は運転中だ！」小森先生が叫ぶ。

「僕は素直な感想を思い浮かべただけなのに……」

「嘘《うそ》ついてないのがわかる分タチが悪いって言ってんのよ！」

先輩は小森《こもり》先生から離《はな》れると、今度は僕の膝《ひざ》に肘《ひじ》をグリグリと押し込んでくる。

「いいっ！」

「わかりにくいのは大嫌いだけど、わかりやす過ぎるのも考えものだわっ」

けらけら声を上げる小森先生は少しも僕を助けようとしない。

「妬《ねた》むし恨《うら》むわよ！」

「わ、わかりましたから！　もう変なこと思いませんから！」

「嘘ついた！　絶対思う癖《くせ》に！」

「いったいどうしろって言うんだよ！」

僕の悲痛の叫びに小森先生は、「それこそが蛇谷《へびたに》くんのコミュニケーション方法なのだ」と動物園でサルの芸を眺めるような生温かい視線でこちらを一瞥《いちべつ》する。

「それってつまり……」

先輩はこのような変なやり方でコミュニケーションを取るというのなら。

「あの、先輩は……僕に構《かま》って欲しかったんですか？」

「——っ」

先輩は僕の言葉を受け、一瞬にして顔を青ざめさせたあと、すぐに色を赤に変えた。

「こ、殺すわ。殺すしかないわ……！」

がばっと先輩が僕の上にのしかかってきた。獰猛《どうもう》な猛獣のように先輩は歯を剝《む》いて鼻息荒《あら》く僕を殺しにかかる。首を――絞められた。

「ちょ、ちょっと！　マジでやろうとしないでください！　く、苦しい！」

「あなたを殺して、小森も殺す！」

あなたを殺して、私も死ぬってパターンじゃないんかい！

「こ、のっ」

僕は先輩の腕を摑《つか》むと、その勢いのまま反対側へ先輩を押し倒す。車体が大きく揺れた。

「おいおい揺らすな。車体が揺れるとエッチなことしてるって勘違いされることがあるんだぞ」

心配するポイントが違い過ぎるだろ！

僕は押し倒した先輩に目を向ける。先輩は涙ぐんで僕を睨《にら》んでいた。

頰《ほお》が上気し赤くなっている。目尻に浮かんだ涙がほろりと落ちていく。制服の裾《すそ》が捲《まく》れて白いお腹《なか》とおへそが丸見えになっていた。

あれ、なんだこれ。なんか……すごくアレだな!?　僕が悪い感じになってない!?

そして僕は気づいてしまった。この人……とんでもなく力が弱い。

「んっ……ん！　いや、外れないっ。見かけによらず力が強いわ……」

いたって平均程度の力しかないと思うんだけど。

「ぐすっ……ね、妬《ねた》ましいわ。その力が、男のパワーが妬ましいわ……っ」

バトル漫画のセリフのようなことを先輩が呟《つぶや》く。

「男らしさを見せたからって、私が屈服するとは思わないことね！」

先輩が犬のように吠《ほ》える。

「くっ……恨《うら》めしい。今は女であることが、非力な己が恨めしいわ……」

「いちゃついているところ悪いけど、そろそろ蛇谷《へびたに》くんの家に着くよ」

もう突っ込むのも面倒になり、反論する気が起きない。今日は本当にくたびれた。

僕は先輩から身体《からだ》を起こしゆっくりと離《はな》れる。

唇を噛《か》みながら、先輩は頬《ほお》の横を垂れる髪を掴《つか》んで目元を隠すポーズをとる。なんの儀式なのかと思ったが、どうやら涙ぐんだ目元を隠すためのものらしい。

「……いやらしい男。いきなり女の上にのしかかってきて。今年の一年は変態だったのね」

「いや先輩、先に僕を殺そうとしましたよね……？」

「殺されて仕方ないことをしておきながら、よくもいけしゃあしゃあと……なんて人なの」

「どの口が言うんだ……？」

先輩は不機嫌《ふきげん》そうに鼻を鳴らすと窓の外に目を向ける。

先輩がふと目を細くする。その視線を追うと電柱の下、小さな花束が目に入った。

車は住宅街へと入っていく。どの家も明かりがついていた。もうすっかり夜だ。

「はい、到着」小森《こもり》先生が車を停止する。「早く降りてくれ。他の車が来るかもしれん」

「ふん！　明日から覚えていることね！」

捨てゼリフのように吐き捨てると先輩は車を降りた。

先輩の家と思しき一軒家にも、あたたかな明かりがついている。

周囲の家々が明るい中、暗いのは右隣《みぎどなり》の家くらいだった。

「今日の蛇谷くんはすごく楽しそうだったな。これも野水《のみず》くんのおかげか」

先輩の家に視線を向けながら先生は独り言のように言った。あれが楽しそう……？

「なあ野水くん、蛇谷くんのことどう思う？」

どうって言われても難しい。

「あ！　ていうか、先生嘘《うそ》つきましたよね？　アレが優しい先輩!?　どこが!?」

「嘘？　嘘はついてないな」

「先輩が優しかったのはあくまで演技じゃないですか！」

それも一週間でメッキが剝《は》がれるくらい薄塗《うすぬり》の。僕の返答がよほどおかしかったのか、先生は口元に手を当てて笑いだした。

「くくく……いや、ごめん。確かにこの一週間の蛇谷くんは演技だったかもしれないな」

「だったら……」

「でも――あの子に優しい部分がないかといえば、そんなことは絶対にないと私は思うけどね」

「？　どういう意味ですか？」

「そばで見ていればそのうちわかるよ。根っからの悪人なんて滅多《めった》にいないもんさ」

根っからの悪人ねえ。あの先輩は悪人よりタチが悪そうだけど。

「私は彼女が面白いと思うんだ。あんな子は他にいないぞ。無料で見られる超優良コンテンツだ。楽しまねばもったいないお化けが出る」

「あの、今生徒をコンテンツって言いました？」

「気にするな、野水《のみず》くん。まあ聞け」先生は急に声色《こわいろ》を低くして真剣に話を続けた。「人には個人の生き方や決まりがある。あの子はああいう人間であるという話なんだ。だから、なかなかそれを修正しろと言っても難しい話なんだよ」

「そういう人間である……ですか？」

「蛇谷《へびたに》くんは嫉妬《しっと》深い。彼女はとにかく色々疑い深いし、自分が他者に対して悪意がある分、他者の悪意にも随分《ずいぶん》と用心深いんだよ」

背後からヘッドライトの光りが見えて、小森《こもり》先生が急いで車を発進させる。

「だから君みたいに素直に感情が顔に出る人間は彼女にとって楽なんだろうさ。まあ――君にとってはなかなか厄介《やっかい》な性質でもあるのだろうけどね」

「……そういや、先生は知ってるんでしたね」

僕の中学のときにあったこと。まるで弱みを握られている気分だ。

「君は自分のそういうところが好きじゃないみたいだけど、でもだからこそ君は蛇谷くんのそばにいられるんじゃないかって思うよ」

「…………僕だからこそ、先輩のそばに？」

「そう」小森先生がすっかり暗くなった道を走らせていく。「人が他者に対して怖いと思うのは、心の中でなにを思われているかわからないからだ」

でも僕はそれを利用され嫌な目に遭《あ》ってきた。先輩がそうじゃないとは限らない。

「蛇谷くんはあの性格だ。何を考えているかわからない人間はそばに置けない。でも私は君なら彼女のそばにいられるんじゃないかと思うんだ」

「……それは僕が嘘《うそ》をついてもすぐバレるから？」

「ああ。君ならその場で制裁《せいさい》を加えられる。仕返しができる。自分の後輩だから好き勝手にもできる」

「それはそれでおかしいって！」

「まあそれは半分冗談《じょうだん》として」

「半分は本気なのか……？」

「本当に無理だと思ったら部をやめていいよ。でも私からお願いがある。少しでいいからあの子に付き合ってみてほしい。そして――」

小森先生は前を向いたまま続ける。ミラーの中に映る先生の表情は思いのほか真剣なものだ。

「彼女のおもちゃになってやってほしい。ストレスが減《へ》ればあの性格も少しは治るかもしれない。頼む、この通りだ」

台無しだ！

「ていうか、なんでそこまで先輩のために何かしてやろうとしてんですか」

それがわからない。なんだってこの面倒臭がりがあの先輩のために手を焼いてるんだろう。

「それは……なんだろうな。彼女が私と似ているから、かな」

「は？」

「人間には青い春があるものだよ。その時期についた傷は深く残る。あの子にはそういう思いをしてほしくないってだけさ。もちろん君にだってそうだよ」

「僕も……ですか？」

「当たり前だ。私は教師だぞ。君たちの幸せを願っている。ま……とにかく野水《のみず》くんはしっかりやってくれたまえ。きっと部にいれば面白いものが見られると思うぞ」

「面白いもの……？」

先輩が一発芸でもしてくれるんですかねえ。なんてありえないことを考えていると、

「それは蛇谷《へびたに》くん次第だけどな。なあ、ところで野水くんよ」

「はい？」

「君の家は果たしてどこにあるんだ？」

気がつけば僕の家とは正反対の方へと車は走っていた。

5

翌日の放課後、僕は気乗りしないながらも園芸部へと向かっていた。

「お、野水。今から部活か？」

「あ、山崎《やまざき》先生」

廊下《ろうか》で担任の山崎先生が声をかけてきた。山崎先生は二十代の面影を顔に残した爽《さわ》やかな笑顔で僕の肩を叩いてくる。

「野水って園芸部だっけ？　なんかあそこ雑草《ざっそう》しかないらしいじゃん」

「まあ、そうですね」

「雑草も花も広く見れば同じか！　無個性に見えて個性的かもな、はは！」

じゃあな、と山崎先生が去っていく。すぐに別の生徒に声をかけ、楽しげに会話を交わしていた。あの先生は誰にでもオープンに接することができる。思ったことを口にし、それが受け入れられるタイプ。正直羨《うらや》ましくもある。

あんな風になれたら、という気持ち。

「ま、僕には難しいかな……」

ひとまず頭を切り替えて花壇《かだん》へ行こう。昨日の今日でここに向かうのは気が重かったが、今日部活をサボってしまえばあまりに露骨極《ろこつ》まりない。

花壇《かだん》は相変わらず雑草《ざっそう》にまみれていた。雑草しかなかった。誰がどう見たとしても放置され荒れ果てた花壇にしか見えない。

「来たわね、変態」

背後から声がして振り向く。

先輩が両手に如雨露《じょうろ》を抱え、胸を逸《そ》らしていた。やたら偉そうである。

「いくら雑草だからってそこでおしっこしちゃダメよ。栄養価は悪くないかもしれないけれど」

「しませんて」

「え、だって深刻そうな顔で花壇を見つめていたじゃない。まるでトイレを我慢《がまん》しているような……」

「……僕はこんなところで立ちションするような人間と思われているんですか？」

「当たり前じゃない」先輩がにやりと笑む。「だって女子を押し倒す変態だもの」

「人の首を絞めておいてよく言えますね」

「ふっ、心外ね」

「どこが心外なんですか」

「あれは正当防衛《せいとうぼうえい》よ。あなたが酷《ひど》い言葉の暴力を振るうから」

そもそも僕は言葉の暴力なんか振るったつもりはない。

あくまで「構《かま》ってほしかったんですか」と先輩の心情を推測しただけだ。

「私の法律だもの。私の心の中にある私の王国ではそうなのよ」

「ずっと夢の中で王様をやっていてほしい」

額《ひたい》に手を当て、首を左右に振る。すると、先輩がプルプルと小刻みに震えているのが見えた。

「……どうしたんですか？」

「生意気、生意気だわ。昨日までは従順《じゅうじゅん》で礼儀正しかったのに、こんなにも言い返してくるなんて……反抗期なの？」

悔しそうに唇を嚙《か》む先輩。くう、と呻《うめ》きのような声を漏《も》らして本気で悔しそうにしている。

だが、僕は思うのだ。僕が生意気なのではなくて、ただ単に先輩の酷い文句や口調に今まで誰も付き合っていなかっただけなのではないかと。

……そう考えるとこの人はなんて可哀想な人なんだろう。

仕方ない。こっちが下手に出てやるか。接待してあげよう。

僕は低姿勢で声柔らかく、手を揉みながら先輩に声をかけた。

「……先輩に失礼な態度でしたねぇ、すみませんね、へっへっ」

「絶対馬鹿にしてるわ、こいつ！」

なぜだろうか、僕のわざとらしい低姿勢に先輩が余計に怒りだす。キーキーとサルのように喚《わめ》き、地団太《じだんだ》まで踏《ふ》んでいる。子供の行動そのままで、むしろ微笑《ほほえ》ましい。

「なに笑っているのよ、ああもう！　妬《ねた》ましい男！　いつか絶対泣かせてやるわ！」

「いやあ、すいません。ちっとも悪気はないのですが」

「うあああ！」

先輩が手に持った如雨露《じょうろ》を僕の方へと投げつけてくる。

「うわ、ちょっと！」

飛び散る水が僕の頭へと降り注《そそ》ぐ。思わず目を閉じ身構《がま》えていると、

「はいセーフ。危なかったねぇ」

軽く涼やかな声が耳に届いた。

肌や髪、それに服が濡《ぬ》れたような感覚はなかった。薄く目を開けてみれば僕の前面は青色に覆《おお》われていて、背中に温もりを感じた。……なんとなく、柔らかいような。

「濡れ透けにならずに済んでよかったね」

首を半回転させて背後に視線を持っていく。そこには髪をポニーテールで結んだ上級生らしき女子が僕の背中に抱き着くような格好でいた。傘を持った腕を前に突き出し、口端《くちは》を柔らかく引いて微笑《ほほえ》んでいる。余裕《よゆう》を感じさせる笑み。

「え、あ、その」

僕は慌《あわ》ててその人から離《はな》れた。

「よっと、ほいさ」

その人は傘を自分の方へ戻すと、くるくると回転させた。

青色の日傘をさしたポニーテールの女子。僕はその人を知っているかもしれない。よく傘をさしているという日傘の君。そう、一度だけ見たことがある。確か――。

「……なにしに来たのよ、青山優子《あおやまゆうこ》」

忌々《いまいま》しそうに先輩が呟《つぶや》く。次の瞬間《しゅんかん》だった。

「へっぴたにさーん！　なんか話すの久しぶりだよね！」

「あ、きゃ……いや！」

突如《とつじょ》、青山優子と呼ばれた彼女が先輩に飛びついた。

「な、やめっ」

「すーはーすーはー……ああ、蛇谷《へびたに》さん超いい匂い。好き」

「やめ、って！」

先輩が思い切り青山優子を引き離した。顔は紅潮《こうちょう》し、息が切れている。肩で息をしながら自分の身体《からだ》を両腕で抱きしめていた。

「な、なんなの？　どうしてあなたは昔から私にそうなのよ！」

「え～だってえ」指をわきわきと動かしながら青山優子は答えた。「あたし、蛇谷さん大好きなんだもん」

「私はあんたなんか嫌いよ！　妬ましい！　あんたみたいな人気者に好かれてもちっとも嬉し

くないんだから！」

まるでツンデレを絵にかいたようなセリフだった。

先輩はこれ以上なく細めた瞼《まぶた》の隙間《すきま》から相手を睨《にら》みつけた。

「なんだよお、せっかく生徒会の仕事終えてから来たのに～」

青山優子《あおやまゆうこ》。生徒会。そこまで聞いて僕はようやく思い至る。

「あの……もしかして生徒会長の人ですか？」

「お？　知ってるんだ。お姉さん嬉しいな」

そう肯定《こうてい》すると青山会長は傘を拾い上げた。そして片方の空いた手で自身の胸の辺りを自信満々に指さす。

「生徒会長の青山優子。見た目通り優しいから、どんどん頼ってくれていいよ！」

にかっと歯が見える。無邪気な笑みに思わず見惚れてしまう。太陽のような包み込む雰囲気《ふんいき》がある。随分《ずいぶん》と親しげな顔をする人だなと思った。

先輩とは大違いだ。そう思っていると頭部に痛みが走った。

「うぎゃ！」

「顔面読解《どっかい》レベルが絵本並みの癖《くせ》に堂々と晒《さら》しているんじゃないわよ。恨《うら》めしい」

「すげえ悪口……」

「本当、顔に出る男ね」

今度は踵《かかと》で足の先を踏《ふ》まれていた。ぐりぐりとドリルのように先輩が踵を押し込んでくる。

「私の踵がドリルだったらあなた今頃足に大穴空いてるわよ」

「踵が本当にドリルだったら先輩は化け物じゃないですか！」

「ああ言えばこう言う男ね！　減《へ》らず口の化身《けしん》！」

「嫉妬《しっと》の化身に言われたくないなあ！」

僕らがこうして不毛なやり取りをしていると「あははははは！」と大きな笑い声が聞こえてくる。見れば会長がお腹《なか》に手を当て笑っていた。

「は、初めて見たかも。蛇谷《へびたに》さんのそーゆートコ。超可愛い」

会長は今の先輩が余程《よほど》おかしかったのだろうか、なかなか笑いが止まらない。

「か、かわっ」先輩は一瞬頬《ほお》を染めると顔を逸《そ》らした。「なに笑っているのよ。馬鹿にしないで」

会長は目尻に出ていた涙を指先で拭いて、

「だって蛇谷さんいつも無口で不機嫌《ふきげん》じゃん？」

「今は不機嫌なんて一足飛びしてるわ。飛び過ぎて空に浮いてるくらい」

それは逆にウキウキしてるだろ。舞い上がってるときに使う表現だよ。

「レアな蛇谷さんが見られてラッキー。心のメモリに保存だねっ」

「なんなのこいつ、口喧嘩《くちげんか》強過ぎない……？　こんなに拒絶してるのに」

喧嘩にもなってないような。先輩が一人リングの上で踊ってるだけでは……？

それはそうと、僕は会長に頭を下げた。

「あの、ありがとうございました。助かりました」

「ああ、いいって。びしょ濡《ぬ》れになったら服透けちゃうし。変態になっちゃうもんねぇ？」

……なんだろう、会長に言われる「変態」は優しい響きを持っている。先輩の言う棘《とげ》のように尖《とが》った悪意ある変態ではない。柔らかい変態なのだ。

「……変態」

ぼそりと耳元で声がして、僕は飛び跳《は》ねた。その反応に先輩は目を細めた。

「どうして私と青山《あおやま》とでそこまで反応が違うのよ。妬《ねた》ましい」

「いやだって……」

「ふん、もういい。それで？　青山はなにしに来たのよ」

「あーうん。いや〜その、ね？　昨日、佳香《けいか》──渋沢《しぶさわ》さんが倒れていたって聞いたからさぁ。二人が見つけたんでしょ？　お話聞きたいなって」

会長はウインクして小首を傾げる。まるでおねだりのポーズだ。

「蛇谷《へびたに》さんは知ってるかもだけど、佳香──渋沢さんとはクラスメイトで仲がいいんだよね！」

青山会長はさした傘を頭上でくるくると回転させた。

「だから気になっちゃって。ケガしたから学校に来られないのはわかるんだけど」

「どうかしら」

「？　どういうこと、蛇谷さん」

「あの女が学校に来ないのはケガだけのせいかしらね。違う理由があるんじゃないかしら」

　昨日から渋沢さんに関して妙に思わせぶりなことを言う先輩。

「あの女はね――嘘《うそ》をついているわ」

「佳香が嘘を？」

「ええ、彼女は大嘘つきね。今日休んだのだって頭を打ったことが理由じゃないんじゃないかしら。ま、私に言わせれば自業自得に他ならないけれど」

「へえ……面白いことを言うねえ、蛇谷さん」

「妬ましい女よ。でも羨《うらや》ましくなんかないわ。だって昨日で彼女は酷《ひど》く惨《みじ》めな女に成り下がったんだもの」

　会長の言葉に棘が混じっても、先輩の悪態は止まらない。なぜなら、性格が悪いからだ。

「野水《のみず》、何か私を悪く思ったでしょ？」

「そ、それよりも」

　誤魔化《ごまか》すように僕は会長へ視線を向けた。てっきり渋沢さんを悪く言われて怒っているかと思ったのだが、会長はむしろ微笑《ほほえ》んでいた。

「もうっ、蛇谷さんはいつもそうやって露悪的《ろあくてき》なこと言うんだから」

「ふん、うるさいわよ。都合がいいときばかり私のところにやってくる癖《くせ》に」

……あれ。この二人の間に漂う雰囲気《ふんいき》というか、慣れ親しんだ様子に困惑する。

「あの、お二人は結構付き合いが長い感じなんですか？」

「あ、うん。あたしたち小学校から一緒だから。友達だよ！」

会長が苦笑いを返してくる。それに先輩は舌打ちした。

「友達じゃない。勘違いしないでもらいたいわ。こいつは私にとって泥棒《どろぼう》なんだから」

「泥棒？」

「こっちの話よ」

話は終わりだと先輩がそっぽを向いてしまう。

「はは、ごめんね一年生くん。蛇谷《へびたに》さんとはずっとこんな感じなの。今は困ったことがあるとたまに相談したりすることがあるんだ」

「あの僕、野水慧《のみずけい》っていいます」

「野水慧くんね。覚えた。忘れないよ。素敵な名前だね」

「う、嬉しいです」

人気者の会長に認知されてしまった。ミーハー心丸出しだけど、アイドルに名前を覚えてもらえる感覚ってこんな感じなのか。

「あなたはいったいどっちの味方なの」

先輩が咎《とが》めてくるが、本当よく言うよと内心思う。

「どっちの味方とかどうでもいいでしょ。それより先輩」

「な、なによ」

僕がジッと先輩へ視線を注《そそ》ぐと先輩は一歩あとずさる。

この人はよく攻撃するわりにちょっとしたことで怯《ひる》むというか……雑魚《ざこ》っぽいというか。

「どうして渋沢《しぶさわ》さんが嘘《うそ》をついていると思うんですか？　そこまで言うからにはきちんとした説明をする義務があると思います」

あそこまで渋沢さんのことを会長の前で悪しざまに言ったのだから、ちゃんと説明をする義務があるはずだ。

「なによ。その顔。本当失礼な顔ね」

「蛇谷さん、私からもお願い」

会長が頭を下げる。そんな会長に対し、先輩はにんまりとしていた。

「ふっ……」

至福……なのかもしれない。昨日のときもそうだった。渋沢さんのお母さんが僕らに頭を下げているとき、彼女は嬉しそうにしていた。先輩は嫉妬《しっと》深い。いつも人を妬《ねた》ましく思っている。だからこそ、こうして相手が頭を下げたりする瞬間《しゅんかん》というのはたまらないものがあるに違いない。先輩は満足げに何度か頷《うなず》くと、

「そこまでするなら話してやるわ」

「話してくれるの?」

「ええ、でないと」先輩が僕を睨《にら》む。「野水《のみず》が私を舐《な》め腐るのが直らないもの」

「僕はそんなこと……」

「言い訳しないで。あなた、私のこと舐めてるじゃない。顔見ればわかるのよ」

ぐうの音も出ない。実際そうだから。

「あははっ!」会長が笑い声を漏《も》らす。「仲が良いんだ二人。羨《うらや》ましい。嫉妬《しっと》しちゃうなぁ」

「冗談《じょうだん》じゃないわ。こんな腐れ一年と。最初は随分《ずいぶん》としおらしい、使い勝手のいい道具がやってきたと思ったのに」

「は、はあ!? そんなの——僕だって先輩は思ってたのと全く違いましたけどぉ!?」

「へえ、面白いじゃない。いったいこの私をどう思ってたの。言ってみなさいよ」

先輩が挑戦的《ちょうせんてき》な目つきになる。ここで呑まれてはダメだ。僕は一気に捲《まく》し立てた。

「先輩は綺麗《きれい》だしスタイルもいいし、肌も綺麗だし。花壇《かだん》で水をあげている姿なんて美麗な青春イラストみたいで僕憧《あこが》れてたんですよ!」

「ふ、ふん? 勝手に憧れられて迷惑《めいわく》だわ」

「なんかいい匂いするし! 性格の割に所作とか綺麗ですし!」

「……な、なんなの。これは褒《ほ》められているの? 怒られているの? そもそも今だって見た目は変わってないはずでしょ。ならそれで充分じゃない」

「ええ！　今だって綺麗ですよ！　可愛いです！」

「あう……」

「なのに中身はこんな嫉妬を煮詰《つ》めたような人だなんて思いもしませんでしたよ！　確かに見た目は可愛いですけどね！」

「……わ、わかったわ。わかった。騙《だま》したのは悪かったわ。だから……」

くそ、言っていて恥ずかしくなってきた。だが負けるわけには……。

先輩が自分の髪を摑《つか》んで目元を隠す。

「わかったから……もうやめて……」

耳が真っ赤だ。先輩は髪と手の隙間《すきま》から僕を見る。目が合うとすぐに逸《そ》らした。

先輩は小声で「……嘘《うそ》ついてないのがわかるからタチが悪いわ」と呟《つぶや》く。

僕は一度咳払《せきばら》いして、

「そ、それじゃ先輩、教えてくれませんか。昨日、渋沢《しぶさわ》さんが転んだ真相を。そして先輩が自業自得であると言ったその理由を」

「……そうね。いいわ。教えてあげる。でもその前に野水」

「なんですか？」

「あなた、もし私の言った通りだったときはわかってるわね」

艶《なま》めかしい表情で先輩が僕を見る。獲物《えもの》を狩る前の蛇のように舌なめずりをする。

僕は戦々恐々としながら聞いた。

「……わかってる、というと？」

「この部活で私の手足になってもらうわ」

「……へ？」この人の手足とか、それ人権あるの？

「ふん、喜びなさいよ。あなた、私のこと好きなんでしょう？」

「……は？」

「だ、だってそうじゃない？　あれだけ私のこと褒《ほ》めて……そうたくさん褒めたわ。だったら私のこと好きなんでしょう？」

小学生の理論じゃんそれ。なら青山《あおやま》会長のことも好きってことになっちゃうよ。

「……そういうことではないんですが、わかりました」僕は手をバンザイするように上げて、

「ひとまずそれでいいので話を進めてください」

「じゃあ、まずそうね。青山」

「なにかな？」

「私たちを渋沢《しぶさわ》の家に連れて行ってくれないかしら」

6

青山会長の案内で僕たちは渋沢さんの家にやってきた。

門構《がま》えが立派な洋風の二階建て。先輩はそんなところも気に入らないようで親指を噛《か》むような仕草をしながら「妬《ねた》ましい」と呟《つぶや》いた。

「あれ、赤羽《あかばね》くんかな」と会長が何かに気づいたらしく人の名前を呼んだ。

「誰」

「渋沢さんの彼氏。あたしクラスメイトなんだよね」

赤羽と呼ばれた男子はこちらに気づいたのか、慌《あわ》てて何かをカバンにしまって振り返った。睨《にら》みつけるような表情から一転、人好きしそうな笑顔になる。

「お！　青山さん……と蛇谷《へびたに》さんだっけ？　あと、ごめん。わからない」

「野水《のみず》って言います。一年です」

僕が自己紹介すると赤羽は「一年か。よろしくな」と僕の肩を叩いた。

「赤羽くんも来たんだ。やっぱり彼氏としては心配だよね」

「そりゃね。でも」赤羽は渋沢さんの家を一瞥《いちべつ》する。「今日は帰った方がいいかもしれない」

「どうして？」

「佳香《けいか》もショックを受けていると思う。そんな中、大人数で押しかけたら混乱するだろ？」

「待ちなさい。お前が彼氏なのね？」

二人のやり取りに先輩が割り込む。

「そうだけど……。それがどうかした？」

赤羽《あかばね》が肯定《こうてい》すると、先輩が僕にだけ聞こえる声で吐き捨てた。

「こいつがそうなのね」

先輩の表情はなお苦い。明らかな敵意をこの男に抱いている。

……いったいどうしたっていうんだろう。

「全員で家に行くっていうのも迷惑《めいわく》かな」と会長が頬《ほお》に人差し指を当てて考える。

「なら今日は俺だけで行かせてくれないか。佳香《けいか》には君たちが来ていたと伝えておくから」

赤羽の意見を受けて会長は先輩を見た。「どうする?」と視線が投げかけている。

「無駄足《むだあし》は嫌。彼女を助けたのは私たちなのだから今日見舞う資格があるわ」

先輩は門の前に立ち、そのままインターホンを押す。

「あっ」と赤羽が声を上げるが、家の中からすでにチャイムの音が響いている。

会長は苦笑すると赤羽に視線を向けた。

「もうっ！　蛇谷《へびたに》さんはしょーがないんだから。ごめんねぇ、赤羽くん」

僕たちは四人並んで門の前に立つ。

「……佳香、大丈夫だろうな」

赤羽が独り言を呟《つぶや》く。その横顔からは心配の色が濃く読み取れた。どうやら相当心配しているらしい。しきりに「佳香……」と口にする。ミントの濃い匂い。

「うっ」

僕は思わず鼻を押さえた。彼女の家に来るからと香りをつけてきたのかもしれないがやり過ぎだ。さっき何をしまったのかと思えば、香水だったのか。

扉が開く。中から昨日見た渋沢《しぶさわ》さんのお母さんが顔を出した。

「あら、青山《あおやま》さんに赤羽くん――と、昨日の……」お母さんは僕と先輩を認めると目を大きく開き、それからゆっくりと礼をした。「昨日は本当にお世話に……」

「い、いいえ。昨日充分お礼はいただきましたから」

僕が謙遜《けんそん》をしている間、先輩は頭を下げるお母さんを見てやはりにやにやしていた。

「佳香の具合はどうですか？」

会長が不安気に訊《たず》ねる。お母さんは手を振って、

「病院でも特に異常はなくて、大丈夫みたい。今は二階で寝ているんだけど……」

「それなら寝かせてあげてください」

「そう？　ごめんなさいね。昨日から本当元気がなくて……赤羽くんもごめんね」

「仕方ないです。救急車で運ばれたくらいですから」

肩を竦《すく》め寂しく笑う赤羽。まるで安堵《あんど》しているみたいに僕には見えた。

彼女が無事なのを聞いて安心するのは当然だ。だが、本当にそれだけか？

なにか違和感がある……。視線を感じて隣《となり》を見ると先輩が僕を見ていた。

「案外バカじゃなさそうね、あなた」

「え?」

「ねえ、庭に昨日の自転車がないわ。どこかしら」

先輩は三人の会話そっちのけで渋沢《しぶさわ》さんの庭を覗《のぞ》き込む。

「さあ、庭の奥の方に駐輪《ちゅうりん》スペースでもあるんじゃないですか」

「かもね……面倒だわ」舌打ちでもしそうな顔で先輩が一歩前に出る。「昨日の自転車はどこにあるの?」

「え、自転車?」

「どこ?」

「ああ、それなら……」

戸惑いながらもお母さんが庭の奥へ視線を向ける。家に隠れた位置だ。先輩は「あそこね」と勝手に庭を歩き始めた。ていうか、ため口……。

「野水《のみず》、あなたも来るのよ」

「え?」

先輩が僕の腕を摑《つか》んで庭の奥へと連れていく。お母さんは先輩の突然の行動に口を半開きにし、会長は額《ひたい》に手を当てている。一方で赤羽《あかばね》は苦虫を嚙《か》み潰したような顔をしていた。

「あったわ、自転車」

多少のへこみはあるが、特に問題なく使用できるだろう。

「持ちなさい」先輩が当然のように僕に命令する。「それと昨日の写真を使ってあの渋沢とかいう女の嘘《うそ》を白日の下に晒《さら》してやるわ」

昨日の写真……。先輩が地面に横たわっていたやつか。

仕方なく自転車を押しながら歩いていく。僕が言うことを聞いたのが嬉しいのか、その後ろを満足げに先輩がついてくる。

「あの、その自転車がいったい？」

お母さんが怪訝《けげん》そうに先輩と僕を見た。先輩は口の端を上げると、家の二階へ視線を向ける。僕もつられてそちらを見た。サッとカーテンが波打つ。

恐らく渋沢さんだろう。外でこれだけ話をしていれば声も聞こえるか。

僕が自転車を停めたのを見て、先輩はお母さんに向き直った。

「私とそこのは昨日、倒れている渋沢を見つけたわ」先輩が僕を指さす。「彼女は一人で地面に横たわり、頭から血を流していたわけだけれど」

先輩が自転車に視線を移す。そしてサドルを手で叩いた。

「このサドル、昨日とは高さが違うのわかるかしら？」

「え？」会長が眉を寄せた。「どういうこと？」

「おかしいと思ったわ。彼女は私と同じくらいの背なのに、随分《ずいぶん》とサドルを高くしているの」

そこで先輩が赤羽を一瞥《いちべつ》した。赤羽は顔を逸《そ》らす。

先輩は自分のスマートフォンを取り出すと、ある画像を表示した。それを二人に突き出す。

画像には地面に横たわる先輩の姿が映っていた。

「な、なにしてんのかな蛇谷《へびたに》さん。お昼寝じゃ……ないよね？」

「私は自分なりに証拠《しょうこ》を集めたつもり」

先輩はあのような奇行を見られてもいっこうに表情を変えない。

「画像で分かる通り、私と渋沢《しぶさわ》の身長はおおよそ同じ。けれど」先輩がサドルを再び叩く。「昨日、私が倒れた自転車を起こして乗ってみると明らかに乗りにくかった。それはサドルが高かったから。そうよね、野水《のみず》」

「あ、は、はい」急に名前を呼ばれ声が上擦《うわず》った。「ちょっと見ただけですけど、確かに」

あまり覚えていないが、先輩が自転車を降りにくそうにしていたのは記憶している。

ダメ押しとばかりにそのときのサドルの写真も二人に見せる先輩。

「ほ、本当ね……？」

「確かに佳香《けいか》が乗るには少し高いかも」

お母さんと会長が同意すると、先輩はスマートフォンの画面をスワイプして画像を変える。

するとそこにはスカートが捲《まく》れ上がった渋沢さんのお尻が大きく写っていた。

「うわあ！」

僕はとっさに顔を逸《そ》らした。昨日撮っていたやつじゃないか。まさかそれを母親と友人にまで見せるなんて、この人どういう神経をしているんだ。

案の定、お母さんと会長は固まっていた。赤羽《あかばね》も視線を逸らしている。

「こ、これ……」

「へ、蛇谷さん。これってもしかして」

二人が聞くと先輩は真顔で頷《うなず》いた。

「お尻よ。けっこう大きいわ」

それはわかっているんだよ！　いや、大きいかどうかはどうでもよくてさ！　そうじゃなくて、そんな写真を撮ったわけを聞いているんだ！

僕の無言の抗議を受け流し、先輩は片方の手で肩にかかった髪を払う。

「この写真を見てもらえればわかると思うけど――ここ、線があるのがわかるでしょう？」

先輩が画像の中央あたりを指さした。

「痕《あと》……よね」とお母さんが目を細める。

「これって」

ちら、と会長が赤羽を一瞥《いちべつ》した。視線を逸らしていた赤羽は俯《うつむ》くばかりでなにも言わない。

「そう、これは自転車の後部、荷台の痕」

先輩がそう言った瞬間《しゅんかん》、全員の視線が赤羽に集まった。

赤羽は顔を引きつらせ、軽薄な笑いを口元に浮かべている。

「は——なんだよ、俺がいったいなにをしたって言うんだ？　みんなして見ないでくれよ」

先輩はそんな赤羽《あかばね》を侮蔑《ぶべつ》し、見下すように眺める。

まるで昨日言っていた犯人を追い詰《つ》める知的な拷問《ごうもん》の話のように。

「渋沢《しぶさわ》は荷台に乗っていた。この痕《あと》が証明しているわ。そしてサドルの高さは彼女のものではない」

「じゃあ赤羽くんがなにかしたの……？」

母親が顔色を青くする。それに先輩は犬歯《けんし》が覗《のぞ》くほど口角を持ち上げる。

「渋沢は泣いていたでしょう？　ああ、可哀想に。泣いていたわ。裏切られた想いで絶望して、辛そうに張り裂けそうに泣いていたわ。けれど、誰にもそのことは打ち明けなかった。打ち明けられなかった。——そこまで想われている相手は彼女を見捨てたのにね」

先輩は自転車のサドルを摑《つか》むと高さを上げる。赤羽を睨《にら》みつけた。赤羽がびくりと肩を揺らした。先輩を恐れるように一歩後ずさる。しかし先輩は逃がさない。

「さあ、そこの男。これに乗りなさい。お前のために、お前の高さに合わせて、昨日の通りに仕立ててあげたわ。きっとお前にぴったり合うでしょう」

唾《つば》を飲み込む音が誰からか聞こえた。この場にいる誰もが赤羽に注目している。

「お、俺は……」

赤羽が一瞬、道路の方を気にした。逃げるつもりか？　そう僕が思った瞬間《しゅんかん》、先輩が前に出て赤羽の腕を摑む。

顔を限界まで近づけ、目をかっと見開き、相手を丸呑みするかのような瞳で赤羽の前に立つ。

「は、離《はな》せ！」

「逃げるの？　逃げたいの？　彼女を置き去りにしたときのように逃げたいのね？　いいわ、逃げなさい。でも、逃げ場なんてどこにもないのよ」

顔面を蒼白《そうはく》にした赤羽の額《ひたい》に汗が浮かぶ。僕は赤羽の後ろに回り込んだ。先輩からの目配せがありそれに従《したが》った。たとえ逃げたとしても罪は消えない。逃げ場なんて――ないのだ。

赤羽は観念したのか、脱力したように頭を俯《うつむ》けた。

先輩が口端《くちは》を広く伸ばし、不気味に笑いかける。

「――さあ、言いなさい。お前がやったことを、この場で言いなさい」

どこまでも絡みつく蛇のような視線だった。一度捕まえた獲物《えもの》は絶対に逃がしはしない。そんな意志が強く滲《にじ》み出ている。

それが、ただ嫉妬《しっと》深いだけだと思っていた蛇谷《へびたに》カンナ先輩のもう一つの側面であり。

それを見た僕は不覚にも、彼女を初めてカッコいいと思ってしまった。

7

赤羽はすべてを白状した。

昨日、彼は渋沢《しぶさわ》さんと一緒に帰宅しようとしたらしい。

道に人気《ひとけ》がなくなると赤羽《あかばね》は渋沢さんに『二人乗り』を提案した。

渋沢さんは最初断っていたが、赤羽が何度も頼み込むと彼女は渋々《しぶしぶ》了承したという。

「……だから、俺は佳香《けいか》の自転車に乗って、佳香を荷台に乗せたんだけど」

渋沢さんと赤羽では身長差があるせいで漕《こ》ぎにくく、赤羽はその場で自転車のサドルを高く調整し直した。そして再度渋沢さんを乗せ走りだした。

「俺が二人乗りに慣れていないというのもあるんだろうけど、車が前から来たんだよ。その車は二人乗りする俺らを見てわざとこっちに寄ってきた」

煽《あお》り運転だったのだろう。二人の横すれすれを走り抜け車が去っていったその時——赤羽はバランスを失ったらしい。

「俺は運転している側だから身構《がま》えることができたんだけど、佳香は……違ったんだと思う」

渋沢さんはその勢いのまま転倒した。腕は赤羽の腹のあたりに回していたため頭部の防御できずにいたのだろう。頭を強くアスファルトにぶつけて気を失った。

「血が出てて……佳香、全然揺すっても動かなくて。俺、パニックになって」

赤羽はその場から逃げ出した。

ごく、と喉《のど》を鳴らす音が聞こえた。見ると会長だった。会長は顔を俯《うつむ》け、青ざめさせている。

……なんだ？　どうして会長がこんな顔をするのだろう。

「俺、どうすることもできなくて。頭の中真っ白になってて」

赤羽が僕たちに縋《すが》るような目を向ける。その目は一人ひとりに移っていき、やがて渋沢さんのお母さんで止まった。

「赤羽くん、あなた……」

お母さんはひどく複雑そうな顔で赤羽を見る。会長もまた悩ましげに眉を寄せ、口元に力が入っていた。何かを言いたいが言い出せない。そんな印象を受ける。

「ほんっとうに、すみませんでした！」

突然目の前から赤羽の姿が消えた。視線を下へと移せばそこで地べたに額《ひたい》を擦《こす》りつけ、手の平で地面を押す赤羽の姿があった。土下座である。

お母さんは手を口に当てて言葉を失っていた。会長もまた目を大きく見開いている。

「い、いいから。赤羽くん、ね？　やめよ？　そういうのは」

ハッとしたお母さんが慌《あわ》てて声をかけた。しかし赤羽は首を横に振り、

「俺は最低でした。申し訳ありませんでした」

「本当お願い。そこまでしなくていいから、佳香も今は元気なんだし――」

そうお母さんが赤羽の身体《からだ》を起こそうと手を伸ばそうとし、赤羽も顔を上げようとしたときだった。……僕は見た。赤羽の口元に微《かす》かな笑みが浮かんだのを。

「誰が上げていいって言ったのよ。ゴミクズ」

瞬間《しゅんかん》、先輩の足が赤羽《あかばね》の後頭部を踏《ふ》み抜いていた。

肉と骨が固い地面に思い切り衝突《しょうとつ》する音は、簡単に「ゴッ」とか「ガッ」といった表現では言い表せないらしい。鈍く、振動する嫌な感触を耳に届けてくるような、気持ちの悪い音がした。「がぁ」と赤羽は呻《うめ》き声を上げる。

「へ、蛇谷《へびたに》さん⁉」

やり過ぎだと思ったのか、会長が切迫した声で先輩を呼ぶ。

お母さんは先輩の行為に腰を抜かし尻もちをついた。

「や、やりすぎだってば！　蛇谷さんまで悪くなっちゃうよ！」

会長が赤羽の頭部に足を乗せたままの先輩の肩を摑《つか》む。

先輩はその手を煩《わずら》わしそうに眺め、すぐに赤羽へと視線を戻した。

「こんな腐った悪者でも恋人はできるのね、ほんと妬《ねた》ましいわ。ま——その惨《みじ》めさに免じて許してやるけれど」

口調はどこか楽しげなのにも拘《かか》わらず、先輩は少しも笑わない。むしろ険《けわ》しい表情をしている。先輩の足にはより力が入ったように見えた。それに比例して赤羽の苦悶《くもん》の声が大きくなる。

あまりの痛みに立ち上がれないらしい。

「これだから嫌なのよ、嘘《うそ》をつくやつら——悪者は。彼女も嘘つきなら、彼氏は大嘘つき。ねえ、鈍いあなたたちに教えてやるから黙《だま》って聞きなさい。

赤羽——暴《あば》いてやるわ、おまえの嘘」

先輩は会長、お母さんに僕、そして最後に赤羽を見下ろしてから告げた。

「こいつは〝冷静〟に、血を流し倒れている渋沢《しぶさわ》を放置したのよ。さっきこいつの言ったパニックのせいで頭が真っ白になったというのは真っ赤な嘘」

「……蛇谷さん、それどういうこと？」

青山《あおやま》会長が睨《にら》みつけるように赤羽を見下ろした。

少し意外だった。会長は端《はな》から先輩の言葉を信じているように見える。

「私と野水《のみず》がどんな状態の渋沢を発見したのか、思い出してみればいいわ。ね、野水」

「え？」先輩に呼ばれて、僕は数秒その意味を考えた。「……ああ。そういうことか」

先輩の言わんとすることが理解できた。そうだ。僕と先輩がどういう状態の渋沢さんを見つけたのか。それがすべてだ。先輩が僕の様子を見てにやりと笑う。

「いいわ。言ってみなさい」

「わかりました」僕は会長といまだ放心状態のお母さんの方へ顔を向けた。「僕と先輩は『渋沢さんが自転車で転倒している』と思ったんですよ」

僕は昨日、渋沢さんが自転車で転んだのだろうと思った。それがいったいどういう意味か。

「——僕は思いました。渋沢さんは〝ひとり〟で、自転車で転んだのだな、と」

「そう」先輩が僕の言葉を引き継いだ。「もし二人乗りで転んでいたのなら渋沢は荷台の位置で転倒しているはず。なのに、『まるで彼女が一人で転倒した』かのように倒れていた。それが何を意味するのか――あなたたち二人にもわかるでしょう?」

会長はゆっくりと赤羽《あかばね》へ視線を移していく。お母さんもまた唖然《あぜん》と赤羽を見た。

「こいつが今日、ここに来ていたのは渋沢《しぶさわ》を説得するため。渋沢は本当のことを話していなかった。きっとこいつを庇《かば》っていたのでしょう。しかしいつ口にするかわからない。だから、その前に話をする必要があった」

赤羽から呻《うめ》き声はもう聞こえていない。上げる顔がないとはよく言ったものだと思う。

こいつはもう、顔を上げるに上げられないのだ。

赤羽はけっしてパニックになどなっていなかった。

いや、もしかしたら多少気は動転していたのかもしれない。けれど、どうすればいいかもわからなくなり逃走したなんていう話では絶対にない。

――こいつは偽装したのだ。

荷台に乗っていた渋沢さんがひとりで運転していたように見せるため、自転車を移動させ位置をずらした。そして自分のカバンなどを持ってその場をあとにした。

そうすれば傍目《はため》には渋沢さんが一人で転倒したように見える。実際僕もそう思った。

けれどそうではなかった。先輩は渋沢さんを見つけたあのときからそれを見抜いていた。

赤羽は家の門の前でとても心配していた。

だがそれは渋沢さんのことをじゃない。自分自身のことだったんだ。

「う、ぐあ」赤羽が地面に顔面をひっつけたまま叫んだ。「し、死んだと思ったんだよ！　血は出ているし、揺すっても動かないし！」

赤羽が先輩の足を押し退け立ち上がる。「きゃ」と先輩がバランスを崩す。僕はとっさに先輩を抱きとめた。華奢《きゃしゃ》な身体《からだ》が腕の中に収まる。

起き上がった赤羽の顔は鼻血と砂と怒気にまみれていた。

「もし死んでいたらどうする！　俺はどうなる!?」赤羽は見開かれた瞳で、自身の右腕を薙《な》ぎ払うように振る。「あの程度の女のためにどうして俺がそんなリスクを取らなきゃいけないんだよ！　ふざけるな！」

唾《つば》を飛ばし、保身にのみ縋《すが》りつく男の姿は酷《ひど》く惨《みじ》めだった。それは一般の人にとってあまりに醜悪《しゅうあく》で耐え難く、また、先輩にとっては甘い蜜に違いなかった。

先輩は目を爛々《らんらん》と輝かせ、恍惚《こうこつ》とした笑みを浮かべている。

「俺は悪くないだろうが！　煽《あお》り運転するやつが悪いに決まってんだろ！　そんなこともわからないのかよ、このバカどもが！」

二人乗りだって法律違反だし、それを渋々《しぶしぶ》とはいえ了承した渋沢さんにも非はあることはある。だが、争点はそういうところにはもうない。赤羽が偽装し、渋沢さん一人にすべてを押し付け、そして自らの罪を隠蔽《いんぺい》しようとしたそのことが問題なのだ。

「……そもそも二人乗りをしなければ良かったんじゃないですか？　渋沢《しぶさわ》さんは最初断っていたんですよね？」

「アイツ、中学のときの彼氏とは二人乗りしたって言ったんだよ！　なのに俺とはできないってありえないだろ！　舐《な》めてんのかよくそっ！」

……愕然《がくぜん》とした。剝《む》き出しな嫉妬《しっと》。丸裸《まるはだか》の嫉妬。それらは僕らにとって大したことはなくとも、赤羽《あかばね》の中ではくすぶり続ける炎のように明確に存在していたのだろう。嚙《か》み締《し》めた口元からは歯が折れるのではないかと思うほどの歯ぎしりが聞こえてくる。

「今は俺の女の癖《くせ》にそういうの許せるわけないだろ！」

赤羽は声高に怒鳴ると先輩の方へ突進してきた。先輩は目を見開き驚いたまま硬直している。この人、他人のことを徹底的《てっていてき》に煽《あお》る癖に自分がやり返されるとは考えていないのか！

「ああもうっ！」

僕はとっさに赤羽の身体《からだ》に飛びついた。身体は相手の方が大きい。しかし足枷くらいなら僕にだってなれるはずだ！

「離《はな》せこの！」

思い切り肘《ひじ》が腹にめり込む。同時に肺の空気が外へ押し出された。

「かはっ」

「このバカが！」

赤羽が叫ぶ――と同時に、僕の視界の端にあるものが映った。

誰かがこちらへ勢いよく飛び込んできた。その人物は思い切り腕を引くと全身の体重を乗せて右拳を突き出した。ゴキっという鈍器に殴られたかのような音が鈍く響く。

「いい加減にしてよ！　バカはあんたの方でしょ！」

その声は僕のものでも会長のものでも、お母さんのものでもなかった。そして勿論、先輩のものでもない。――渋沢さんが赤羽を殴りつけたのだ。

いつの間に家から出てきていたのだろう。彼女の目は涙に染まり目元は赤く浮腫《むく》んでいた。

赤羽の胸元を摑《つか》み前後に揺すっている。赤羽は……白目を剝いていた。

「最低！　最低だよ！　なんで私、あんたなんかのために……っ。うぁぁあぁわぁあんっ！」

ずっと我慢《がまん》していたのだろう。昨日病院で見たときとは比べものにならないほどに渋沢さんは泣いた。そして何度も何度も赤羽を激しく前後に揺らす。く、首折れないかあれ。

先輩は女の子座りでしゃがみ込んでいた。僕を見ると、四つん這《ば》いで近寄ってくる。目の前までやってくると僕の腹部に手が添えられた。

「……痛かったかしら」

手が僕の腹部に当てられる。そっと上下に手の平が揺れ動く。

「……先輩こそ、膝《ひざ》痛いでしょ？」

コンクリの上をそんな風に歩いたらケガをするだろうに。

本当この人はよくわからない。変な人というほかない。でも放っておけない人だと思った。

「蛇谷《へびたに》さん、今日はありがとう。やっぱりすごいね」

晴れやかな笑顔で会長が礼を口にする。先輩はむっつりとした表情で素っ気なく返す。

「別にどうでもいいわ。それより」先輩が僕へと疑いの目を向けた。「野水《のみず》、あなた、わかっているでしょうね」

「え、なにをですか？」

「手足になるんでしょう？　私の。そういう約束でしょ」

「ああ……」すっかり忘れていた。そういえばそんな約束をしていたっけ。「ありましたね、そんなこと」

「ちょっと何遠い目してるのよ！　一、二時間前の話でしょう！　あなたの頭は鳥なの？　三歩歩くと忘れるの？　残念な脳みそね、ちっとも妬《ねた》ましくならない！」

先輩に妬まれるといいことがないと思うからそれはそれでいい気がする。よし、僕は今日から鳥頭《とりあたま》だ。そう思ったことがまたもや顔に出ていたのか、先輩が僕の頭を叩いた。

「だったらほら、鳴きなさい。ホーでもコケーでもピヨピヨでも好きに鳴きなさいよホラ！」

「いっ、痛いですって！」

「鳴かないなら私の言う通りにするのっ」

無茶苦茶だ。鳴いたら鳴いたで先輩の言う通りにしてることになるじゃないか。僕らがくだらないやり取りをしていると会長が盛大に噴《ふ》き出《だ》した。

「あっはは！　やっぱ仲いいんだねぇ、二人は」

「良くないわ！」

「良くないです！」

見事に言葉がハモり、息だけは合っていることを証明してしまった。

「はーっ。笑った」と会長が目尻の涙を拭《ぬぐ》う。「でもそっかぁ……」

憤《いきどお》った先輩が僕らの前を歩く。その後ろをついていく僕の横で会長が囁《ささや》いた。

「──野水くんにちょっと嫉妬《しっと》しちゃうなあ、あたし」

「え？」

「じょーだんよ、じょーだん。あ、そーだ。アイス二人に買ってあげるね！」

「アイス？　どういう風の吹きまわし？」

「解決したら買うって決めてたんだぁ」

「ふうん。あなたって、そういうゲン担ぎ好きよね。まあ、貰《もら》えるものは貰っておくけれど」

会長は歯を見せて笑みを作ると、小走りに先輩へ駆け寄った。

「なんか今の……」

──野水くんにちょっと嫉妬しちゃうなあ、あたし。

冗談《じょうだん》に聞こえなかったのは……僕の気のせいだろうか。

8

先輩の活躍、そして渋沢《しぶさわ》さんの泣き顔を見たその翌日に僕は体調を崩した。

赤羽《あかばね》相手に慣れないことをしたツケかもしれない。

仕方なく学校を休み、家で盛大にゴロゴロして過ごした。妹には「だらしない」「兄ちゃんだけ休んでズルい」と散々嫌味を言われた。休みに関して小森《こもり》先生には連絡がいっているはずだから先輩にも伝わるだろう。そんな楽観的《らっかんてき》な気持ちで一日を過ごし、体調回復に努めた。

その翌日には熱も下がり、学校に行く。入学したばかりだからあまり休みたくはない。

「おう野水《のみず》、風邪治ったのか。ていうか聞いたぞ」

登校するなり山崎《やまざき》先生が僕の頭に手を置いてはにかんだ。

「二年の女子を助けたんだって？　救急車呼んだらしいじゃん。よくやったな」

そう言って僕の頭を左右に撫でまわす。髪の毛がぐしゃぐしゃになってしまう。

「ちょ、山崎先生」

「見て見ぬふりしないのはマジで偉い。俺なら逃げちゃう」

「先生が逃げたら絶対ダメでしょ」

「はは！　冗談だって」

山崎先生は再び歯を見せて笑った。小森先生同様、妙な気軽さといい加減さがあるが、だからこそ生徒の評判は悪くないのかもしれない。まあ……小森先生の方がより適当な気もするけど。

そんなやり取りもあった日の昼休み、売店に行くと渋沢さんがいて目が合った。渋沢さんは僕を見かけると手を振って走り寄ってきた。

「野水くん、だったよね！」はい、と返事する間もなく手を握られ、「ほんっとありがとね。蛇谷《へびたに》さんを守ったとき、すっごくかっこよかった！」

瞳が妙に輝いている。

「い、いや僕ただやられるだけだったので」

「ううん、そんなことないよっ！　弱そうなのに健気なのがいいっ！　君たちのカップリングすごく推《お》せるって思ったな！」

「か、カップリング？」

なにを言っているんだこの人は⁉　ていうか褒《ほ》められているようで全然褒めてない！

「二人は別れないでね。ずっと見守ってる。私の恋は無残に散ったけど、君たちはきっと相性ピッタリだと思う。そんな空気がある。私にはわかるっ」

二人は破局したらしい。まあそうなるだろうな……。

「赤羽は今どうしてますか？」

別れた相手のことを聞いていいかは微妙《びみょう》だが動向が気になる。渋沢《しぶさわ》さんは頭をかいた。

「いやー実は今回のことは公にしてないんだ。私も二人乗りをしてたし大っぴらにはしたくないっちゅーかね」

「はあ、そうですか」

「あ、でも」渋沢さんが周囲を確認してから小声で言う。「アイツ、執念《しゅうねん》深いから気をつけて。もしなにかしてきたら私に言ってね？　ボコボコにしてあげるからっ！」

「は、はは……」

腕まくりをして力こぶを見せる渋沢さん。美人なのに腕の筋肉がすごい。

絶対怒らせないようにしよう……。


放課後になるとその足で花壇《かだん》へ向かった。

花壇の端、校舎側のコンクリート部分に先輩は腰を下ろしていた。

「蛇谷《へびたに》先ぱ——」と声をかけようとして思わずやめる。

先輩は体育座りのような格好で足を内股《うちまた》気味にして座っていた。膝《ひざ》のあたりに顔を埋め、髪をだらんと垂らしている。

「……先輩？」

どうにも様子がおかしい。どう見ても元気がない。僕は近づき、「寝ているんですか？」と少しからかうように声をかけた。

　すると、

「……遅い」

　先輩が膝に顔を埋めたまま、囁《ささや》くような小さい声で言った。

「え？」

「……嘘《うそ》つき。嘘ついた。酷《ひど》い」

　落ち込んだ声音《こわね》でそう言う先輩。だが僕はその意味がわからず、

「……なにかありました？」

「なにかあった……ですって？」先輩がキッと顔を上げる。目の端には涙のような痕《あと》があり、それを何度も擦《こす》ったのか少し赤くなっている。「私の手足になるって言ったのに。昨日、結局来ないし、今日だってこんな時間までずっと……」

「え？」

「それになんかタバコまで落ちてるし……」

　先輩が花壇そばの校舎に目を向ける。吸《す》い殻《がら》が一本落ちていた。

　不良か……？　治安悪いな、この学校。赤羽《あかばね》みたいのもいるし。

「あの、昨日は具合悪くて休んだんですが……小森《こもり》先生から聞いてないですか？」

「聞いてない！」先輩が小さな小石を投げつけてくる。「知らない！　あの人昨日も今日も部

活来てないんだもの！」

「マジでどうしようもないなあの人！」

それじゃあ僕は本当の鳥頭《とりあたま》か、もしくは約束破り野郎じゃないか！

ていうかあの吸《す》い殻《がら》もまさか——小森《こもり》先生のじゃないだろうな？

堂々とポイ捨てする小森先生を思い浮かべていると先輩が怒った猫のように唸《うな》りを上げた。

「どうしようもないのはあなたもそうじゃない！　この馬鹿！　妬《ねた》むところゼロ男！」

ふと見ると、先輩の膝《ひざ》の絆創膏《ばんそうこう》が剝《は》がれかけていた。

僕はため息をつくとカバンから別の絆創膏と消毒液を取り出した。今度はわざわざこの人のために用意してきたのだ。

「……沁《し》みる？」

「消毒ですからね」

「痛いの嫌いだわ……」

言いながら素直に足を出してくる。先輩は両手でスカートを捲《まく》り、顔を明後日《あさって》の方へ背けていた。絆創膏を貼りなおしていると、先輩がいじけたように聞いてくる。

「……で、どうするの。私の手足になるの、ならないの」

「手足は嫌ですけど、手伝いくらいはしますよ。先輩のこと」

園芸部なのに雑草《ざっそう》ばかり育てているし、人に嫉妬《しっと》しては惨《みじ》めな人間を見たいがために謎を欲

している変人。そんなどうしようもない先輩だが。

なるほど――小森《こもり》先生の言ったことは確かだったらしい。

面白いものが見られる。それは確かだった。

さすがにそこまで僕の顔も器用ではないらしく、先輩は僕が何を考えているか計りかねているらしい。首を傾げ、怪訝《けげん》そうにこちらを眺めている。

「なによ、なにを考えているの」

「少なくとも悪口じゃないですよ」

「それは……なんとなくわかるけど」

まるで人慣れしていない猫にも似ている、そんな僕の先輩。

「先輩は面白い人だなあって、そう思っていました」

「やっぱり馬鹿にしてるっ！」

「いやいや、尊敬していますよ？」

「嘘《うそ》つき！　顔見ればわかるのよ！」

先輩が僕の制服のネクタイを引っ張り、威嚇する。近づけてくる顔が微妙《びみょう》に赤い。やれやれ、と思う。確かに尊敬とはちょっと違うかな。

僕は昨日の先輩のことを――カッコいいと思ってしまったのだから。

嫉妬探偵の推理メモ

赤羽 真人

妬ましいところ

こんなやつでも恋人がいることかしら。世の中どうなってるの？

嫌いなところ

言動が嫌いだわ。女を軽く見ているということは、私も軽く見ているということよ。

いろんな意味で最低な男だったわね。悪者として文句がないわ。知的な拷問とか言いながら物理的に制裁してしまったけれど……許されるわよね。だってあいつ、恋人がいたんだもの。まったく妬ましい……。

青山 優子

妬ましいところ

いまいましい乳、あと人気者なところね。

嫌いなところ

誰にでも優しいところ。

自称私の幼馴染。いつも抱き着いてきて困るわ。あれ、絶対自分の胸を見せつけてきているわよね……妬ましい。いつもニコニコしていて、腹が立つ。裏であなたが何を思っているかなんてお見通しなんだから。

渋沢 佳香

妬ましいところ

運動能力ね。あんなゴリラにならなくていいけど、野水を倒すパワーが欲しいわ。

嫌いなところ

ガサツなところ。背中とか気安くばんばん叩いてきそうだわ。そして痛そう。

見るからに元気っこ。太陽のような女ね。隣にいられると溶けてしまいそうだからできるだけ遠くにいてほしいけれど。もし青山みたいに抱き着かれたら私はたぶん……背骨が折れるんじゃないかしら。

第二話　おまえ自身がまるで野犬のようだわ

Chapter2

1

「おい、野水《のみず》。本校舎見てみろよ。桜庭《さくらば》だ」

クラスメイトで友人である友岡《ともおか》と僕は第二校舎の生物室へと向かっていた。

第二校舎は狭い中庭を挟《はさ》んで本校舎の向かい側にある。そんな第二校舎の廊下《ろうか》に、本校舎から声が聞こえてきた。

窓の向こうを見ればガランとした三組の教室に、二人の女子生徒の姿があった。

「桜庭ァ早くぅ」

日中開けっぱなしの窓越しに通った声がよく届く。背が高く髪を茶色に染めた女子が急かすように入り口の近くから教室へ呼びかけているのが見えていた。

教室の中央あたりの席、桜庭さんは肩口で切《き》り揃《そろ》えられた髪をかき上げ、首から下がっている銀色のネックレスをサッと外した。その際に胸元が若干はだける。桜庭さんは素早くネックレスをピンク色のポーチの中へしまい込んだ。

「なんかエロくね？　桜庭ってＳＮＳでも割と自撮りとか上げててさ……目の保養だわ」

友岡が興奮《こうふん》している。無理もない。アイドル並みに可愛い一年が入ってきたと入学当初から噂《うわさ》になった。上級生も同学年の男も教室に見にきていたのを覚えてる。

「桜庭の姉も超美人なんだってな。入学式来てたらしいぞ。めっちゃ愛想いいんだと」

友岡の話に「へえ」と相槌《あいづち》を打とうとしたとき、ふいに――桜庭さんと目が合った。

桜庭さんは大きな瞳を何度か瞬《まばた》きさせ、視線を下げていく。はだけた胸元に目がとまる。慌《あわ》てるようにシャツを寄せると僕に視線を投げかけ、ぷくっと頬《ほお》を膨《ふく》らませた。

「っ」

……確かに可愛いな。

なんていうかあざとエロいというか。アイドルっぽさがある。

「ゲッ……」友岡が喉《のど》に餅《もち》を詰《つ》まらせたような声を出す。「椎名優里《しいなゆうり》じゃねえか」

今度は二組から一人の女子が出てきていた。

アシメの髪は右目がギリギリ隠れない程度に長い。ピアスと着崩した制服が印象的だった。

トイレの方へと向かう椎名さんを教室から出てきた桜庭さんたちが追い抜こうとしていた。

椎名さんは桜庭さんの姿を認めると、明らかに怒りの籠《こ》もった瞳で桜庭さんを睨《にら》みつける。

桜庭さんはその視線に気づいているようだったが、反応しないで通り過ぎていく。逆に椎名さんは踵《きびす》を返して二組の中へ戻っていった。

「……なんだあれ?」

「嫉妬《しっと》だろ。椎名《しいな》は桜庭《さくらば》に負けて佐々木《ささき》先輩取られたらしいからな」

「佐々木先輩？」

「知ってるだろ？　イケメンのサッカー部の男。桜庭の彼氏だよ」

友岡《ともおか》いわく、佐々木優馬《ゆうま》という先輩と桜庭さんは付き合っているらしい。

以前椎名さんが放課後に佐々木先輩へ話しかけている場面が目撃されており、その後桜庭さんと佐々木先輩が付き合いだしたことで椎名さんは佐々木先輩に振られたと噂《うわさ》が立ったそうだ。

「嫉妬ねえ」

どこぞの先輩が頭に浮かぶ。ま、僕には関係ないことだ。桜庭さんも椎名さんもその佐々木先輩とやらも。そう思っていたとき、ちょうどチャイムが鳴った。

窓の向こうを見れば、それまで廊下《ろうか》に出ていた生徒は一人残らず教室へと引き上げていた。

2

「……は？」

花壇《かだん》に辿《たど》り着《つ》くと、ピンク色のポーチが花壇横に落ちていた。

「えっと、え？」

目を疑いそうになった。これ、さっき見たばかりの桜庭さんのポーチじゃない？

ポーチは酷《ひど》く汚れていた。幾度も幾度も踏《ふ》み潰されたのか表面には靴跡《くつあと》までが残り、ポーチの周りの土には踏み外した痕跡《こんせき》までくっきり残っている。

「どうしたの？」

背後から声が聞こえ僕は飛び上がった。先輩だった。

「なによ。私の声がそんなに怖い？　酷いのね、最低ね、絶対許さない」

「絶対のハードルが低過ぎる」

いきなり真後ろに立たれたら驚くに決まっている。僕は一度咳払《せきばら》いをすると足元のポーチを指差した。

「これ見てくださいよ」

「なにこれ」不快そうに先輩は下唇を突き出した。「ばっちいポーチ。野水《のみず》のかしら」

「んなわけないでしょ。ここに落ちてたんですよ」

事情を説明する。といっても僕もよくわかっていない。わかっているのはこのポーチが桜庭さんの物だと考えられることだけだ。

「ふうん」先輩は顎《あご》に手を当てる。形のいい顎先を指先で擦《こす》りながら、「桜庭とかいうビッチのポーチがここに打ち捨てられていたと。野水はそう言いたいのね」

「ビッチとは言ってませんけど」

「妬ましい女ね。私なんか性格のせいで彼氏できる気配もないのに」

「……ソンナコトナイデスヨ」

「なんで片言なの？　バカにしてる？」

「いえ」と顔を背ける。顔に出てしまうから対策がこれくらいしかない。この人、観察力だけは人一倍あるからな。

「ふっ、でもあれね。ざまあないわ。学生の分際で彼氏のネックレスなんかつけてくるからよ。そんなものただの首輪と同じ。メス犬という喧伝《けんでん》に他ならないわ」

すごい言うじゃん。めちゃくちゃ嫉妬《しっと》してるよこの人。

「そもそも先輩」僕はあることに気がついた。「これ、うちの部が疑われたりしませんか？」

園芸部は学校全体の右端にひっそりと存在している。いわば校舎裏に近い場所だ。普段人が来るような所ではない。

先輩は考えるように首を捻《ひね》ったあと、

「まさか。そうはならないでしょ。そもそもなんでこんな場所にポーチを捨てたの？」

「人気《ひとけ》がないからじゃないですか」

ポーチは何度も踏《ふ》みつけられてボロボロだ。中に入っている物も無事じゃないだろう。

その姿を他人に見られるわけにはいかなかった。だからここ——僕らしか来ない園芸部の花壇《かだん》で犯人はポーチをぐちゃぐちゃにした。

「誰もが先輩みたいに冷静に考えられるわけじゃないんですよ。園芸部にポーチが落ちていたということが噂《うわさ》には重要なんです」

「……なに？　じゃあ私たちのせいになるかもしれないの？」

「それはわかりませんけど……」

可能性はゼロじゃない。

(園芸部にあの桜庭《さくらば》さんのポーチが落ちてたらしいよ)

(え？　園芸部の人がそれやったの？)

(わかんないけど、そうっぽいよ)

みたいな。すごくありえそう。

「よし、隠滅《いんめつ》しましょう」

先輩の判断は速かった。スコップを手に取ると花壇に穴を掘ろうとし始める。

「ダ、ダメですよ！　もしバレたら完全に僕らのせいになりますって！」

「うるさいわね。バレなければないのと同じ。知らないの？」

「もう犯人の言い分じゃないか！」

「ロジハラしないで。大丈夫、雑草《ざっそう》が覆《おお》い隠《かく》してくれるはず。この子たちの生命力は私たちの想像を超えるわ」

「そんな安心はいらないんですよ！」

僕が先輩の腕を掴《つか》みどうにかスコップを奪おうともがいていると、急に背中に重みを感じた。

「あたしもまーぜーて」

「青山《あおやま》会長!?」

　僕に会長がのしかかっていた。背中から僕ごと先輩を抱きしめるような形になっている会長は先輩と違って肉づきがいい。全体的に柔らかい。ていうか、すごい……なにかが背中で押しつぶされているっていうか。

「ちょ、離《はな》れなさいよ！　ていうか重いわ！」

　僕の下で先輩が喚《わめ》く。手に持ったスコップが左右前後に振り回された。

「先輩危ないって！」

「危ないのは私の方よ！　こっちの筋力のなさ舐《な》めるんじゃないわよ！」

　そう叫んだ瞬間《しゅんかん》だった。

「あ、無理」という呟《つぶや》きとともに先輩が崩れ落ちる。あっという間に僕らは三段重ねの人間ドミノ倒しになってしまった。

「なんで私がこんな目に……うう、重いわ。辛いわ」

「あはは、ごめん。ちょっとやり過ぎた？」

　会長が僕の上から立ち上がると、頭を掻《か》きながら舌を出した。

　よろよろと立ち上がった先輩は会長を睨《にら》みつけると舌打ちした。

「なにしにきたのよ」

「実は今、佐々木《ささき》優馬《ゆうま》くんから相談受けててね」

「佐々木？　誰よそれ」

「桜庭《さくらば》さんっていう一年生の子の彼氏。ポーチがなくなったのを彼氏の佐々木くんに話したみたいなの。で、今それを探してて。ピンク色のポーチらしくてね」

そのポーチには誕生日プレゼントのネックレスが入っており、桜庭さんは半ばパニックになっていたという。

「ネックレス……」

生物室へ向かう途中の光景を思い出す。ポーチに入れていたあのネックレスか。

「佐々木くんがね、どうしてもネックレスを見つけたいから私にも手伝ってくれないかって」

会長は両手の指を突き合わせて申し訳なさそうに微笑する。

「生徒会はそういう手伝いも出来るだけしようとしてるからさ？　前にも似たような相談事を受けたことがあったしね……ん？」

会長は先輩の足元に落ちているポーチに目を向けた。

「えっと……そのボロボロのポーチ、探してるポーチと色が同じだけど……まさか」

「ち、違うわ。私じゃないのよ。彼氏のいる女がむかくつから嫌がらせをしてやろうとしたわけじゃないわ。本当よ。嘘《うそ》じゃないわ」

ものすごく嘘っぽいことを先輩が慌《あわ》てて言う。それから話を逸《そ》らすように、

「そ、それより青山、あんたはアレをどうにかして」

「アレ?」

「タバコよタバコ。最近たまに落ちてるわ。どっかのバカ教師が吸い捨てしてるのよ、きっと」

先輩が指さした先には先日と全く同じ場所にタバコが落ちていた。

「あーホントだ」会長は指先でタバコを拾い上げると、「わかった。犯人見つけとくね!」

「ふん。生徒会長なら当然ね。それじゃ私たちはこれで失礼するわ」

「ダメだよ?」

立ち去ろうとする先輩の腕を摑《つか》み、会長はにっこりと微笑《ほほえ》む。

「このままだとあたし、蛇谷《へびたに》さんを疑わないといけないかもなぁー」

会長が先輩に後ろから抱き着く。先輩はじたばたと不細工なダンスをするように暴《あば》れた。

「鬱陶《うっとう》しい妬《ねた》ましい!　いちいちその乳、押しつけないでくれる!?」

「お、韻を踏《ふ》んだね?」

「そ、そんなつもりじゃないんだからね!」

コントのようだ。的確に踊らされている。見事だ。僕も見習いたい。

「ふふ」会長は顔を赤くして怒っている先輩から離《はな》れると、「もちろん、あたしは蛇谷さんがそういうことしないってわかってるけどね?　でも、勘違いしちゃう人も出るかもしれないし?」

「私を脅《おど》すつもり?」

「違う違う!　前の時みたいに力を貸してくれない?　お願いっ」

会長が両手を合わせておねだりする。先輩は顎《あご》を持ち上げて目を細めた。

それから小さく息を吐くと「やれやれ、仕方ないわね」といった態度で腕を組む。

「まあ、私のテリトリーで事に及ぶのは許せないし。何より……これには悪者がいそうだわ」

悪者。赤羽《あかばね》のときにも言っていた言葉だ。会長が先輩を上目遣《うわめづか》いに見つめる。

「力、貸してくれるの？」

「力を貸す？　何を言っているの？」

先輩はポーチを睥睨《へいげい》し続けた。

「あなたが私に協力するのよ」

3

会長は先輩に言われて桜庭《さくらば》さんと佐々木《ささき》先輩を連れてくるために校内へ戻って行った。

「さてと」先輩は足元のポーチに視線を移し、僕に顎で示す。「中を開けて」

「いいんですか？」

「確認しておきたいじゃない。少しでも手掛かりが欲しいの」

言われて渋々《しぶしぶ》とポーチを拾い上げる。他人の私物に（それも女子の）勝手に触れるのは家の中に土足で入るような後ろめたさがあるが、必要なら仕方ない。

ポーチの表面には土と足跡《あしあと》がこびりつき、洗っても傷が深刻に残っていることだろう。

ファスナーを開けると中にはリップクリームやハンドクリーム、眉などを整える小さなハサミに手鏡、そして――あのネックレスが入っていた。

「うわ……」

思わず声が出る。ポーチの中は散々だった。リップはキャップが潰れ粉々になっているしハンドクリームは中身が出てしまっている。

ハサミは繋《つな》ぎの部品が取れ、手鏡に至っては割れた破片が散らばっている。

「……ネックレスも酷《ひど》いな」

ネックレスは表面が傷だらけになっており、鎖は途中で千切れていた。犬の形をしたペンダントのようなものが垂れ下がっており、それにも酷く傷がついている。

「なにこれ、ダサいネックレス……。センスの欠片もないわね」

先輩がポーチからネックレスを摘み上げる。鎖が切れているせいで輪としてではなく、ただの一本線に成り下がっていた。

「全く妬《ねた》ましくならない。こんなもの貰《もら》っても次の日に私のお財布が少し厚くなるだけだわ」

「売ってませんかそれ」

「売るくらいダサいもの」

まあ……お世辞にもセンスがいいとは言えない。犬は好きだけど犬のネックレスって。

「これ桜庭《さくらば》さんの付けてたやつですね」

「学校にこんなものを持ってくるから悪いのよ。私みたいに自分しか大切なものがない人間はこんなこと起こらないのに」

「……そうですね」

それから先輩はポーチの中身を観察し、ネックレスを日光に当てながら細かく見ていく。地面やポーチにつけられた足跡《あしあと》を写真に撮り、その長さを測ったりもしていた。そうしているうちに会長が佐々木《ささき》先輩と桜庭さんを連れてやって来た。

「ごめん、お待たせ！」

会長が胸を弾ませて息を整える。豊満な胸元がその度に上下する。その後ろには背の高い、顔立ちの整った爽《さわ》やかなスポーツマンが体操服姿で立っていた。横には桜庭さんもいる。

「あ……私のポーチ！」

桜庭さんは転びそうになりながらも焦燥感《しょうそうかん》に駆られた様子で僕の元へと走り寄って来る。僕はなんて答えたらいいのか分からず、黙《だま》ってポーチを差し出した。

「え、嘘《うそ》……酷い……」

ポーチを摑《つか》んだ桜庭さんの指は震えていた。無惨《むざん》な姿に成り果てたポーチはくすんだピンク色を日差しに反射させている。桜庭さんはこわごわとポーチの中を覗《のぞ》き込み、ネックレスを取り出した。本来輪になるはずのそれはダラリと直線になって垂れ下がっている。

「そんな……」

途端に力が抜けた桜庭《さくらば》さんの腰が地面へと落ちていく。「芽衣《めい》！」と佐々木《ささき》先輩がそれを支えた。言っちゃ悪いけど少し大げさに思える。

「優馬《ゆうま》くん……ごめんね。せっかくのプレゼントなのに」

「なぜ謝るんだ！　芽衣は悪くない。悪いのはこんなことをした犯人だ！　芽衣を傷つけるなんて俺が絶対に許さない。必ず見つけて吊してみせる」

吊しちゃだめだろ、さすがに。

「優馬くん……優しい。大好きだよ」

それは優しさなのか？

桜庭さんの目元が潤《うる》み、それを隠すように顔を俯《うつむ》けた。佐々木先輩はそれを慰《なぐさ》め、頭を撫《な》で付《つ》けている。落ち着きが戻るまで一分ほどかかり、会長が様子を見て口を開いた。

「ポーチはこの二人が部活に来たときにはあったみたいなんだよね。その時にはもうそんな状態だったみたいでさ」

会長が説明をしていると、横から「くっ……」と何かを我慢《がまん》したような笑いが聞こえた。

「ふ、く……ふふ」

先輩が口を腕で塞《ふさ》ぎつつも、笑いを必死に堪えていたのだ。

桜庭さんたちは先輩が笑っていることに気がついていない。僕は先輩と桜庭さんたちの間に身体《からだ》を入れ視界を遮《さえぎ》る。見られるわけにいかない。先輩に小声で呼びかける。

「なに笑ってんですか！」

「だ、だって……な、なにあれ、映画みたい。崩れ落ちる女、抱き止めるイケメン……面白過ぎるわ」

さ、最低過ぎる！ 人が本気で悲しんでいるのを笑うなんてこの人くらいなものだ。

「ま、まだ抱き止めてる……そろそろ立ちなさいよ、私が死んじゃうわ」

そろそろ腹を抱えて笑いだしそうで怖い。先輩は惨《みじ》めな人を好む。確かに見ようによっては、今の桜庭さんたちは惨めなのかもしれない。だけど場を考えて欲しい。

「今から桜庭さんにポーチを最後に見たときの話を聞こうと思うけどいいかな？」

一通り説明を終えた会長が僕らの方へ振り向いた。僕は頷《うなず》きを返しておく。ちなみに先輩はまだ笑っていた。

桜庭さんは頷くと佐々木先輩の手を使って立ち上がり、充血した目で弱々しい声を出す。

「……ポーチは」

桜庭さんが話し出したとき、「あ！ 佐々木こんな変なトコにいた！」と野太い声が聞こえた。

明らかにサッカー部と思われる格好をした丸坊主の男子が手を大きく自分の方へ招いている。

「彼女もいいけどさ、今から連携《れんけい》の練習すっから来てくれよ！」

「くそ……今は芽衣を守ることが俺の宿命のはずなのに」

「自分に酔い過ぎだろお前。イケメンがそれするとむかつくからやめろ」

「芽衣《めい》、すぐ戻ってくる。君のために全員を打ちのめしてくるよ」

「連携《れんけい》だって言ってんだろ。チーム崩壊させる気か！　おら、行くぞ」

佐々木《ささき》先輩は坊主頭に連行されていく。

「芽衣ィ！　必ず戻って犯人に全裸土下座させてやるから！」

「さっさと来いや！　色ボケ顔だけ野郎！」

「違う！　色ボケ芽衣だけ野郎だ！」

「知るか頭花畑が！」

騒がしい二人を見送りつつ桜庭《さくらば》さんは呟《つぶや》く。「優馬《ゆうま》くん待ってるからね」と。

どうやら全裸土下座を待つ所存《しょぞん》らしい。

桜庭さんは腫らした目元を細くして佐々木先輩を送り出す。走りだした佐々木先輩の背中はあっという間に見えなくなった。一瞬の静けさのあと、会長は桜庭さんに声をかける。

「あ、言い忘れてたけど後ろの二人は信用できるから安心してね？」

「は、はい」桜庭さんは僕らに頭を下げる。「お、お願いします」

やっと笑いを収めた先輩は腕を組み、やはりと言うべきか、下げられた頭を見て満足そうにしている。

「えっと、ポーチを最後に見たのは……」

桜庭さんと友人の館野《たての》さんの二人は最後まで教室に残っていた。そして教室を出る直前にネックレスをポーチにしまっている。このときの様子は僕も館野さんも見ていた。

桜庭さんは体操袋を持って館野さんと共に教室を出る。

その後、桜庭さんは椎名優里《しいなゆうり》と擦《す》れ違う。

「アイツ……私が優馬くんと付き合ってからずっと睨《にら》みつけてくるんです。優馬くんが言うには、昔からの知り合いらしいんですけど……」

「幼馴染《おさななじみ》なのかなぁ？　あたしと蛇谷《へびたに》さんみたいだねっ」

「うっとうしい……」

仲いいなあ、この二人。肩を寄せてきた会長に先輩は眉を顰《ひそ》めるが突き放しはしない。

さて、僕と友岡《ともおか》はチャイムが鳴るまで廊下《ろうか》にいたわけだが、その間桜庭さんのクラスの教室に入った人はいなかった。

もし犯人がいるとすれば、授業中に抜け出して三組に侵入したことになる。

うちの高校はセキュリティが緩《ゆる》く防犯意識も薄い。貴重品は朝の時点で担任に預けることになっており、体育や移動教室の時も施錠《せじょう》されていなかった。

「それで館野と体育へ向かったんですけど、私たち以外は全員集合していて」

桜庭さんは思い出すようにゆっくりと続ける。

「体育はチャイムが鳴るより前に終わったから、他のどのクラスよりも早く教室に戻って来られて。そしたら……ポーチがなくなってました」

それを聞いて会長は桜庭《さくらば》さんへ質問する。

「前にもポーチへネックレスをしまったことはあるのかな？」

「ないです。誕生日に貰《もら》ったのが一昨日《おととい》で、昨日は体育がなかったから。ネックレスは貰ってからずっと肌身離《はな》さず身につけてましたし……」

「じゃあ犯人はポーチにネックレスが入ってたって、たぶん知らないはずだよね。なら、どうしてポーチを盗《ぬす》んだんだろ」

顎《あご》に細い指を当て、会長は首を斜めに傾けた。

「犯人は体育のときも桜庭さんがネックレスを付けているって思うよね。少なくとも体育だから絶対に外すなんて予想できないもん」

その通りだ。ネックレスを狙って教室に入った場合、犯人はあるかもわからないもののために危険を冒したことになる。

「ねえ、ひとつ聞きたいんだけど」ようやく先輩が口を開き、桜庭さんに訊《き》く。「そのポーチはなにか特別なものなの？　ブランドだとか、大切なものだとか」

「いえ？　百均《ひゃっきん》で売ってるやつですよ。かわいーって思って買ったやつ」

「そう。なら『犯人がポーチ自体に用があった』可能性はかなり低いわね」

先輩は桜庭さんの手にぶら下がるネックレスを一瞥《いちべつ》して、

「となると……犯人は『ネックレスが外されていると把握《はあく》』していて、それを狙ったか」

桜庭さんがはっとして瞼《まぶた》を大きく開いた。先輩がひとさし指を立てる。

「まず考えるべきは『犯人がポーチ自体に用があった』場合だけれど……これはないと思う。なぜか？　そのポーチはただの安物で、ポーチそのものを狙う理由がないから。でも、そう考えるとひとつ不自然なことがあるわ」

「……なんですか？」

未知のものに初めて触れる時のような慎重《しんちょう》さで桜庭さんが訊《たず》ねた。先輩は淡々と話す。

「わざわざ自分の授業を抜けてまでそれを盗む価値がないってことよ」

「え？　……ああ！　そういうことか」

僕は手を打った。学校には履物やノート教科書など様々な私物がある。放課後など人気《ひとけ》のない時間にこれらを狙うならリスクはほぼなくなる。

しかし、犯人はわざわざ危ない橋を渡った。

「ポーチにはネックレス以外、特別な私物が入ってなかった。そして、ちょうどそのタイミングに盗まれた。なら犯人はポーチにネックレスが入っているのを知っていてそれを狙ったとしか考えられない。『ネックレスの入ったポーチ』だけは〝体育の時間〟しか盗みようがないもの」

その通りだ。体育の時間以外は常にネックレスを身につけていたと桜庭さんは言っていた。

ネックレスを盗める唯一の時間が『体育』中なのだ。

僕は頭の中で情報を組み立てる。

容疑者になり得る条件を持つのは以下の人たちだ。

「……『ポーチにネックレスを入れたこと』を知っているのは桜庭《さくらば》さん以外に僕と友岡《ともおか》と館《たて》野《の》さん。他だと体育の時間にネックレスを『外している』と知ることができたのは体育に参加していた桜庭さんと同じ三組の人たち。これだけですね」

「野水《のみず》とその友岡というクラスメイトは生物室に入ったあと、教室を抜け出したりした？」

先輩の質問に僕は首を横に振った。

「体育に見学者はいたのかな？」

「……いえ、いませんでした」

会長の問いかけに不安そうな桜庭さんが答える。

……どういうことだろう。これでは容疑者になり得る全員にアリバイがあるようなものだ。

そう思っていると会長が疑問を口にした。

「もしさ。三組の人たちが体育のあと、桜庭さんより先に戻ってポーチを盗《ぬす》んだとしたら？」

あ、それなら……と推理に希望の兆《きざ》しが見えたと思った瞬間《しゅんかん》、先輩が即座に否定した。

「無理ね。だとすると犯人は、①教室にいち早く戻ってポーチを盗む。②すぐに花壇《かだん》までやってくる。③ポーチをその場で徹底的《てっていてき》に踏《ふ》みつぶす。④教室に戻る。……どう？　やれる？」

あ、怪《あや》しすぎる！　そんなことをしていればポーチがなくなった時点ですぐに犯人だと疑われただろう。案の定、会長が落胆の声を出す。

「そっか……もし犯人がそうしてたら、きっと野水くんに鉢合《はちあ》わせちゃうよね。放課後、すぐに花壇へ来たんだし」

「でしょうね」僕は頷《うなず》く。と、同時にハッとした。「でも……これだと犯人がいないことになりませんか？」

「可能性としてあり得るのは、犯人が授業中に抜け出して盗みに入った場合だけ。この場合犯人はネックレスが外されていることを知っている必要があるわけだけれど……」

先輩は目を細めて、僕らを見回した。何かに気付いたのだろうか。

犯人の条件は〝授業中に抜け出していること〟、〝ネックレスがポーチに入っていると知っていること〟の二つ。だが、両方が成り立つ生徒が今のところいない。

「僕、とりあえず職員室へ授業中に抜け出た生徒がいないか確認してきますよ」

そう僕が口にした瞬間、「あ……！」と桜庭さんが急に大声を上げた。

「椎名《しいな》……アイツならもしかして」

「椎名さん？」

「教室を出たあと、椎名と擦《す》れ違ったって話したじゃないですか。そのとき、椎名が私の首元をジロジロ見たんです。アイツは私がネックレスをしていないのを知っていたはず……！」

会長は一考したのち訊《たず》ねた。

「桜庭《さくらば》さんは体育へ行く間に椎名《しいな》さん以外の誰かと擦《す》れ違わなかったの?」

「は、はい。だって私たち授業開始ギリギリに更衣室へ行きましたから」

だから誰ともすれ違ってません、と桜庭さんは自信ありげに続けた。

「──椎名優里《ゆうり》。アイツが犯人に違いありません!」

4

椎名優里は図書室にいた。

僕が走り回って椎名さんを探し出すはめになった。帰宅してなくて本当に良かったと思う。

椎名さんは僕が声をかけると、「あ?」とか「なんだテメー」だの「気安くしてんじゃねーよ」など、非常に口が悪いお人だった。頭を下げて、さらにはオレンジジュースを奢《おご》ってなんとか花壇《かだん》まで連れてくる。なんで僕がここまでしないといけないんだろう。

「遅いわよ。どこで道草食ってたの」

しかも文句まで言われる始末。

「道草なんて食ってませんよ。職員室で話を聞いてきたんです」

「ふうん。そこに草がたくさんあるから褒美に食べてもいいわよ。道草よりいい草だわ」

「おい、なんであたしはここに連れて来られたんだよ」

椎名さんは首を鳴らしながら僕を見上げてくる。明らかにメンチを切られていた。

　こんな見た目な割に図書室で本を読んでいるんだから人は見かけじゃわからない。

「桜庭のクソもいやがるし……」

「ク、クソとは言うじゃない」

　桜庭さんの左頬《ほほ》が痙攣《けいれん》したように何度も跳《は》ねている。

「クソをクソと言って何がわりーんだ。ああ？」

「あんたねえ……！」我慢《がまん》の限界に達したのか桜庭さんは語気を荒《あら》くした。「いちいち突っかかってきてなんなのよ！　そんなに優馬《ゆうま》くん取られたのが悔しいの!?」

「はぁ？」

「知ってるんだから！　あんたが優馬くんに粉かけてたの。本当嫌い！」

「お前なに言ってんだ？」

　あいつから何も聞いてないのか？　と椎名さんは心底呆れたようにため息をついた。

　その仕草がさらなる怒りを呼ぶ。桜庭さんは口を戦慄《わなな》かせ、椎名さんへポーチを突き出した。

「なんだ、そのきったねえポーチは」

「あんたがやったんでしょ！　優馬くんからプレゼント貰《もら》ったのが妬《ねた》ましくなって、こんなことを……」

「なあ、こいつ何言ってんのかわかんねーよ」

　椎名さんは僕と先輩、最後に会長へ視線を巡らせていく。会長は頬をかきつつ、「ええと」

と一歩前に出て一通り事の流れを説明する。聞き終えた椎名《しいな》さんは口先を尖《とが》らせた。

「桜庭《さくらば》がネックレス外してたの知ってるはずだからあたしが犯人？　はっ。ありえねー」

椎名さんは大げさに肩を竦《すく》める。

「あたしは授業抜けてねーし。そこの野水《のみず》ってやつが言うようにお前と擦《す》れ違ったあと、すぐ教室に戻ってる。気になるなら他のやつにも聞けばいい」

「で、でもあんたは動機があるし」

「お前勘違いしてるって。あたしはお前が嫌いだけど、お前の考えてる意味じゃねーし」

だから『嫉妬《しっと》』っていう動機は成り立たない。椎名さんはそう吐き捨てた。

「大体あたしが盗《ぬす》んだとして、いつポーチを花壇《かだん》で踏《ふ》みつける時間があるんだよ。仮に授業中に抜けて盗み出せても、そんな長い時間戻ってこなかったらマズいだろ」

「あ……」

「そもそもソイツの話じゃ、授業中に抜け出したやついないんだろ？」

椎名さんが僕を見る。椎名さんを呼びに行く途中、僕は職員室へ寄った。六時間目に途中退席した生徒がいないか確認してきたのだ。

「職員室にいた先生方に確認を取ったんですけど、そういう生徒はいませんでした」

「え？　なら、どういうこと？」と会長が深刻そうに眉《まゆ》を寄せた。

話をまとめよう。

三組の教室を最後に出たのは桜庭さんと館野《たての》さんの二人。そのあとチャイムが鳴るまで誰も入っていないのは僕と友岡《ともおか》が見ていた。そして桜庭さんのクラスが体育を終えて戻ってくるより早く授業を終えたクラスはなく、途中で抜け出した生徒もゼロ。

まるで透明人間が桜庭さんのポーチを盗み出したかのようだ。

「とにかくあたしは関係ない。バカみたいなことで呼ぶんじゃねえよ！」

椎名さんは桜庭さんに肩をぶつけて歩き去っていく。

「ふぅ、とんだヤンキーがいたものね」

それまで黙《だま》っていた先輩が急に喋りだした。

「まったく、ああいう輩は困るわ。そもそもヤンキーとか嫌いなのよ。態度悪いし、柄も悪いし、言葉遣いも悪いし。きっと私より性格も悪いはず」

「先輩……」

「日本から消えればいいのに」

「椎名さんまだいますよ」

「……と、野水が言っていたわ。本当よ嘘《うそ》じゃないわ」

先輩が壊れた機械のようにゆっくりと背後を振り返る。そこには誰もいない。

「い、いないじゃない」

「……先輩、ビビってたんですか？」

「は？　意味わかんない。何語話したの？　全然聞こえない」

「もうセリフからビビってるのわかるんですよ」

雑魚《ざこ》っぽいのはわかっていたけど、後輩の椎名《しいな》さんにここまでビビるとは思わなかった。

「私をハメたのね？」

「すいません」

「……恨《うら》めしいことをしてくれたわね」

「蛇谷《へびたに》さん落ち着こう。ね？　ほーらいい子。カンナちゃんはいい子。ビビりじゃない」

唸《うな》り声を上げる先輩に会長が手を伸ばして頭を撫でる。「やかましい！」と先輩がそれに噛《か》みつこうとした時だった。

「もういい！　もう、いいです……」

桜庭《さくらば》さんは弾けるような大声を上げ、汚れたポーチを強く握りしめ歩き出す。

「……私諦《あきら》めます。優馬《ゆうま》くんにはたくさん謝って許してもらいますから」

僕も会長も止めることはできなかった。これ以上桜庭さんを無駄に付き合わせることはできない。下手に犯人探しをするよりも、彼女の気持ちを落ち着かせることの方が大切なのかもしれない。ネックレスもポーチも戻ってはこないのだから……。

桜庭さんは覚束《おぼつか》ない足取りで歩き出す。しかし次の瞬間《しゅんかん》、僕の耳に先輩の声が届いた。

「待ちなさいよ」

「……なんですか？」

不信感を滲《にじ》ませた顔で振り向いた桜庭さんに、先輩は必ず足止めになる魔法の言葉を告げた。

「私が——今から犯人を教えてあげるわ」

「……は？　犯人を教える……？　どういうことですか？」

先輩は「ふん」と鼻を鳴らすと「野水《のみず》、こっちに来て」と僕を呼んだ。

意味がわからず先輩のすぐ側まで寄ると腕を思い切り引かれた。

「野水、よぉく聞くのよ。いいわね？」

「は、はい……」

キスでもするのかというくらい距離が近い。先輩の吐息が僕の耳にかかる。

「今から……」

二十秒ほど先輩が一方的に話す。

「え？」

先輩が口にしたのはある命令だった。

「頼むわよ」

「はあ？　わかりました」

意図はよくわからない。だけどそれに反対する気も起きなかった。今の先輩は渋沢《しぶさわ》さんの事件を解決した時と同じ顔をしている。僕は「少し待っていてください」と桜庭さんと会長に告

げて大急ぎでその場をあとにする。二人とも呆けたように固まっていた。

その五分後――僕は戻って来た。

「ご苦労様」

先輩が僕の頭を軽く叩く。本気で走ったので息が苦しい。何度か頷《うなず》いて返事とする。

「さて」先輩はその場で立ち尽くす桜庭《さくらば》さんに焦点を合わせ見下《みくだ》すように顎《あご》を上げた。「この妬《ねた》み、晴らさせてもらうわ」

「……いったいなにを言っているんですか？」

「彼氏がいる時点で気に食わないのに、私たちの神聖な花壇《かだん》のそばにポーチを投げ捨てたのもムカつくわ。いくらここに人が来ないからって舐《な》め腐って。忌々《いまいま》しい」

「……この人、本当になにを言っているんですか？」

桜庭さんが助けを求めるように会長を見た。会長は口を開きかけたが、先輩の横顔を見てその口を閉じてしまう。先輩の瞳は瞳孔《どうこう》が開き、桜庭さんを凝視《ぎょうし》していた。

「おまえ、さっき随分《ずいぶん》と青い顔をしていたわね」

「……それは、椎名《しいな》が犯人だと思ったのに外れたから」

「違うでしょう？」先輩が一歩足を進めた。「そうじゃないでしょう？　自分のやったことに――策に溺れたからでしょう？」

「な、何を……」

「おまえの計画は本来なら完璧だったものね」

ふふ、と悪意の籠《こ》もった含み笑いをする先輩を、不気味なものでも見るように桜庭《さくらば》さんは見つめた。

「もし。野水《のみず》が廊下《ろうか》を見ていなければ、あのまま椎名《しいな》が教室にすぐ戻らなければ、おまえは可哀想な被害者でいられたんだもの」

「あの、言っている意味が本当にわかりません」

「そう？　じゃあはっきり言ってあげる」

先輩は声を大きくし、告げた。

「桜庭芽衣《めい》。——おまえが今回の犯人。ポーチとネックレスを壊した張本人よ」

5

「私が……？　この人、頭おかしいんじゃないですか？」

顔が紅潮《こうちょう》し、桜庭さんは手元のポーチを指が白くなるほど握りしめている。

僕も会長も目を見開いていた。先輩の言っていることがよくわからない。

「桜庭さんが犯人？　それはさすがに無理じゃないかなぁ？」

会長が不安そうに二人を見た。

「だって桜庭さんは館野《たての》さんと教室を出たわけだし、その後体育から戻って来てポーチを花壇《かだん》まで運ぶのは時間から言っても無理だよ」

「そうですよ」僕も続く。「桜庭さんは体育から戻って来て、そのすぐあとにポーチがなくなったと気づいたんですよ？　それに……」

桜庭さんは怒りに声を震わせた。

「私にはする理由もないし、やる時間もなかった。周りのみんなも知ってることよ！」

「ハン、大抵アリバイが強固なやつほど怪《あや》しいのよ」

先輩は桜庭さんに近づくとポーチを取り上げた。「あ！」と桜庭さんが声を上げて手を伸ばす。

「返して！」

「どうせ捨てるものなのだからいいじゃない」

桜庭さんの手をかわした先輩は、ポーチの表面を撫でると、そこについた足跡《あしあと》を指さした。

「この靴の足跡……おまえと同じくらいの大きさよね」

じっとりと絡みつくような視線で桜庭さんの足を見る。

「そんなの、他にいくらでもいるでしょ！」

「この靴跡《くつあと》、じっくり調べたらわかるかもしれないわね」

「学校指定のローファーなんて使ってる人たくさんいるじゃない！」

「あら、私はまだ靴跡がローファーなんて言っていないのよ？　体育用の運動靴かもしれないし、上履きかもしれないのに」

桜庭《さくらば》さんはローファーを履いていた。

先輩が軽薄に笑うと、桜庭さんは苦々しい声音《こわね》で弁明《べんめい》する。

「だ、だって私が今履いてるのはローファーなんだし、そう思うのは当たり前でしょ」

「ふうん。それよりもおまえの利《き》き足はどちら？」

「左、だけど……」

「へえ、このポーチを踏《ふ》んだのも左足のようね。普通利き足以外では強く踏まないものね？」

「ぐっ……とにかく私じゃない！　私にはポーチをこんな風にする時間はなかったんだから！」

喉《のど》に言葉を詰《つ》まらせ、桜庭さんの視線が左右へ動く。

「わ、わかった！　あんただ！　ポーチは花壇《かだん》に落ちていたんだし園芸部のあんたが……」

「私を——悪者にするのね……？」

一瞬にして周囲の空気が冷えたような錯覚に陥る。それほど底冷えする低い声だった。

「え、あ……」

先輩は桜庭さんの目の前まで移動すると、額《ひたい》と額をくっつけた。

ここからはよく見えないが、桜庭さんは先輩の眼光をゼロ距離で受けているのだろう。

あの絡みつく蛇のような視線を間近《まぢか》で。

「いいわ……っ！　最低に見苦しくて……あなた最高。でも——私を悪者にするのは……」

囁《ささや》くように、低く低く先輩は声を出した。

「――死んでも許さないから」

額を離《はな》すと一転、今度は優し気な声音で先輩は訊《たず》ねた。

「桜庭。おまえの――『本当』のポーチはどこにあるの？」

「え……」

その言葉を聞いた瞬間《しゅんかん》、桜庭さんの全身から力が抜けたのがわかった。まるで額に銃口を押しつけられた映画のやられ役のように、呆然《ぼうぜん》とした姿だった。

「ポーチを盗《ぬす》めた人はいないし、花壇までポーチを運べる時間があった人もいないわ。野水《のみず》」

先輩が僕の方へ顔を向けた。「これがどういうことかわかる？」

「えっと……」

目を深く閉じ、一度頭を整理する。

盗むことも運ぶこともできない。なのにポーチは花壇にあった……。

「……もしかして」

「気づいたみたいね」

「……ポーチは、二つあった？」

先輩が口角を釣り上げた。

「正解。そう考えるのが妥当《だとう》ね」

ついに桜庭さんは座り込んでしまう。それを支える彼氏はここにはいない。

「桜庭《さくらば》はポーチを二つ用意していたはず。

ひとつは教室のポーチ『A』。もうひとつは花壇《かだん》に置いたポーチ『B』。桜庭は体育が始まるよりずっと前にネックレスを『B』のポーチに入れ、それから花壇に置いた。そして――」

ダン！ と思い切り先輩は桜庭さんの真横に足を下ろした。

桜庭さんの身体《からだ》が怯《おび》えたように跳《は》ねる。

「それを何度も何度も踏《ふ》みつけた」

そこまでを聞いて僕の頭にある疑問が浮かび上がった。

「あれ、でも先輩」

「なに？」

「僕は桜庭さんが教室でネックレスを外してポーチ『A』に入れるのを見たんですが……。先輩の推理だといつネックレスをポーチ『B』に入れ替えたんですか？」

僕の質問に会長も同調する。

「館野《たての》さんも野水《のみず》くんもその場面を見ているんだよね？ でも壊されたネックレスは送り主の佐々木《ささき》くんも確認してるし……」

その疑問に先輩は「あなたたちバカなの？」と首を左右へ振った。

「野水、あなたは教室でその壊されたネックレスと全く同じ物を見たの？」

「え？」

「ネックレスの大部分は制服に隠れるわよね？　見えていたのは首元の鎖部分だけ。野水は桜庭がネックレスを外したとき、その全体が見えたの？」

「……あ！」

見えていない！

あのとき桜庭さんは素早くネックレスを外した……。だからそれが〝ネックレス〟であるということしかわからなかった。多分、そばにいた館野さんも同じはず。

つまり、と先輩は指を振る。

「野水が教室で見たネックレスは偽物。桜庭は事前に本物のネックレスを入れたポーチ『B』を花壇に放置し、教室では予め用意しておいた偽のネックレスを身につけた。まるで今も本物のネックレスを身につけているかのように見せかけた」

僕が見たときには既に、本物の——犬のネックレスは花壇に放置されていたのだ。

「そうすることで桜庭は友人の館野、偶然見ていた野水たちに〝ネックレスをポーチに入れて教室を出た〟と思わせることに成功した」

「それじゃつまりもう一つのポーチは……」

僕の言葉に桜庭さんは身を固くした。先輩はそれを見て嬉しそうに目を弧にする。その様は壁際に追い込まれた獲物《えもの》を追いかける獰猛《どうもう》な動物のようだった。

「桜庭……もう一つのポーチ、どこにあるの？」

「な、なにを」

先輩の問いに桜庭《さくらば》さんは言い淀むと、最後の力を振り絞るように額《ひたい》に汗を滲《にじ》ませる。

「野水《のみず》、教室行って桜庭のカバンを持って来て」

「それはダメ！」

「そう！　ダメなの！　それはどうして？　もしカバンにポーチがなければおまえの疑いはなくなるかもしれないのに」

「それは……だって……っ」

もう言い逃れは不可能だった。

桜庭さんは自ら答えを明かしてしまっている。

「どこかに捨てればポーチが二つあるとバレてしまうわ。隠すのもリスクがある。なら自分のカバンの底にポーチをしまい込んで、『失くなった！』と叫べば誰もおまえのカバンを疑わない。おまえは周りから〝好かれている〟ようだもの。……妬《ねた》ましい限りね」

好かれているとは、信頼されているとも言い換えが可能だ。

そんな桜庭さんがカバンにないと言えば、周りはそれを信用する。

それに、桜庭さんのような可愛く人気のある子の持ち物が盗《ぬす》まれるというのはありえない話じゃない。まさか自作自演だなんて誰も思わないだろう――この先輩を除《のぞ》いては。

「そんな……」会長は項垂《うなだ》れている桜庭さんへ視線を向けた。「どうしてそんなことしたのかな？　大事なプレゼントだったんじゃないの？」

桜庭さんは身を固くし、両腕で肩を抱きながら重々しく口を開いた。

「私……犬が苦手なんです」

「……犬？」

「だから、この犬のネックレスを付けてって言われたとき、どうしようか迷ったんです。でも、嬉しそうで期待のこもった顔をされて断れなかった……」

「犬が苦手だからって、ネックレスのデザインまでダメになるのか……？」

僕がその疑問を口にすると、桜庭さんは顔を覆《おお》った。

「苦手なものをずっと身に付けてって言われたことないからそう思うのよ！」

指の隙間《すきま》から僕を睨《にら》み、桜庭さんは続ける。

「虫が嫌いな人が虫のペンダントを欲しがると思う？　それと同じ！　私には犬のネックレスを付けるなんて無理だったの！」

「……そっか。でも、それなら佐々木《ささき》くんにちゃんと言ったほうが良かったんじゃない？」

会長は同情しつつも意見を述べる。桜庭さんは左右に強く首を振った。

「本当に優馬《ゆうま》くんのこと好きなんです……だから言えなかった。でも、付けていられないから私、ああするしか思いつかなくて」

両手で顔を覆い、桜庭さんは嗚咽《おえつ》を漏《も》らす。

「バカでごめんなさい……っ」

構図だけを見れば泣いているひとりの女の子を三人で取り囲んでいる状況だった。

これ以上僕らが言えることはないのかもしれない。確かに桜庭《さくらば》さんのしたことは良くないことだ。途中、追い詰《つ》められた彼女は椎名《しいな》さんのせいにしようともした。

そのこと自体は改めなければいけない点だろう。

だけど、桜庭さんには桜庭さんの事情がある。それを外からとやかく言うのは違う。

先輩に視線を向けると、何やら夢中になってスマホを弄《いじ》っていた。

……いったいなにをしているんだ？

「わかったよ、桜庭さん」

会長が桜庭さんの側に寄り、その肩を優しく撫でた。

「とにかく盗難はなかった――と。それなら良かったかな」

「はい……ごめんなさい」

「次からはこういうことしちゃダメだよ？」

「はい……優馬《ゆうま》くんには自分からちゃんと謝ります。心からちゃんと……」

嗚咽《おえつ》を漏《も》らしながら桜庭さんは口元を覆《おお》っていた。その時だった。

「ねえ、これはなに？」

先輩がスマホの画面を僕らに向けて突き出していた。

そこには犬とピース姿で写真を撮るパジャマ姿の女の子が二人写っている。

二人とも鼻の位置にハートマークの絵文字をつけ、顎《あご》に二本の指を添えていた。

写真には『ユカん家のチロルちゃん可愛すぎか』『お泊まりたのしー』とデコレーションされた文字が躍っている。

片方の子は見たことがなかった。しかし、もう一人は見間違えない。

なにせ目の前にいるのだから。

今より多少幼さの残る顔だが、それは間違いなく桜庭さんだった。

「え……？」

会長が言葉を失う。それは僕も同じだった。

桜庭さんは両手で口を塞《ふさ》ぐ。まるで悲鳴を押さえつけているようだった。

「これ、おまえのSNSよね？　うちの高校、一年生、最寄り駅、桜ってキーワードで検索したら出てきたわ。随分《ずいぶん》とセキュリティがガバガバなのね。おまえらしくて私は好きよ」

「あ、あ……っ！」

「この写真、二年くらい前のだけど探せば見つかるものね」

「うわあぁぁぁぁあああ！」

半狂乱《はんきょうらん》になった桜庭さんが髪を振り乱し、先輩に飛びかかる。

それを側にいた会長がとっさに背後から抱き止めた。

「さ、桜庭《さくらば》さん！」

「見るな見るなぁ！」

叫びながら必死に宙をかく姿にいつもの面影は全くといっていいほどなかった。

先輩は桜庭さんから距離を取ると、スマホを左右に振ってみせる。

「犬が苦手というのは真っ赤な嘘《うそ》ね」

「うるさい！」

「あらあら、おまえ自身がまるで野犬のようだわ」

スマホで口元を隠し、含み笑いをする先輩に、顔を真っ赤に染めた桜庭さんは犬歯《けんし》が見えるほど歯を剝《む》き出しにしている。

「この場をどうにか乗り切ろうとしたのだろうけど、かえって誤魔化《ごまか》しようがなくなったわね」

僕は桜庭さんを見た。興奮《こうふん》状態にあった彼女は次第に力を抜くと、屈辱《くつじょく》からか制服のスカートの裾《すそ》を握りしめていた。それを見た先輩は追撃を開始する。

「なにが『自分から謝ります』よ。ようは私たちが佐々木優馬《ささきゆうま》に事情を話すのを止めるためでしょう？　見え透いた嘘をついて、この場をやり過ごして、あとで佐々木優馬には適当なことを言って丸め込むつもりだった。違う？」

「……黙《だま》ってよ」

「いいえ、黙らない。甘ちゃんの青山《あおやま》は騙《だま》せても私は違う」

「……本当なの桜庭さん？」

いまだ半信半疑の様子で会長が訊《たず》ねる。

「ああもう、うるさいなぁ！」

「きゃっ」

自身を羽交い締《じ》めにしていた会長を桜庭さんは乱暴に振り解いた。会長が尻もちをつく。

「あんたらウザいんだよ、なんなんだよ！　関係ないじゃん！」

「関係ならあるわ」一瞬、先輩の瞳に明確な怒りが宿った。「おまえは私たちの花壇《かだん》にポーチを捨てた。加えて一度私のせいにしようとした。――絶対許さないから」

先輩は真《ま》っ直《す》ぐに桜庭さんを見つめると、口の端を軽く持ち上げた。

「当ててあげましょうか？　おまえがそこまでしてネックレスを壊した理由」

桜庭さんは先輩を睨《にら》みつけたまま答えない。先輩は一拍《いっぱく》置くと続けた。

「――ダサかったからでしょう？」

「なっ……」

僕の声だった。まさか、という疑念が胸をよぎる。ダサい。そんな理由で大切な人からのプレゼントをあそこまで傷つけられるものなのか。

桜庭さんは俯《うつむ》くと、髪をぐしゃぐしゃとかき乱す。それが落ち着く頃には、見たこともないような軽薄な嘲笑《ちょうしょう》が口元に浮かんでいた。

「……ああ、そうよ、その通り」

それが桜庭《さくらば》さんの本性なのだろう。いつもの雰囲気《ふんいき》は消え去り、教室の中心で誰かを小馬鹿する人間のような空気感が内から滲《にじ》み出ていた。

「あんなゴミみたいなネックレス、一秒だってつけたくなかった。貰《もら》ったとき笑いそうになったわ。中学生だってもっとまともなモン渡すっつーの」

はっ、と息を吐くと桜庭さんは僕ら三人へ順番に視線を向けていく。

「あんたらだって思ったでしょ？　ダサいって。あんなのが彼氏のプレゼントとか笑える」

「だからって壊さなくてもいいでしょ？」

そう言ったのは会長だった。

心優しい会長からすれば、桜庭さんの行為は理解の範疇《はんちゅう》を超えているのだろう。

桜庭さんは皮肉げに笑った。

「私だって最初は適当に失くしたことにしようって思った。でも優馬《ゆうま》くん、毎日付けてって言ったんだよ？　重くない？　イケメンの先輩から言われたことだから周りは羨《うらや》ましがるけどさ」

先輩が手に持つポーチを一瞥《いちべつ》し、桜庭さんは舌打ちをした。

「毎日なんて無理。苦痛。でも学校で壊されれば、次のプレゼントは毎日付けてなんて優馬くんも言わなくなるでしょ？」

だからわざわざ盗難に見せかけて、学校で壊した——。

まるで違う言語を聞かされているようだった。僕は僕なら、そんなことばかり考えてしまう。僕と桜庭さんとでは文化も考え方もまるっきり違うのだ。それはまるで国が違うかのごとく。

「盗《ぬす》まれて壊されれば違うやつ買ってくれるかもしれないじゃん。そのときは私が選べばいいし。そうすればみんな幸せじゃんね」

言葉が出ない。

「……顔がいいから〝アイツ〟に見せつけられると思って付き合ったのに。なんか独占欲強いし、髪型作ってんのに頭撫でようとするし」

「——言いたいことはそれだけ？」

その声音《こわね》は冷たい響きを伴っていた。先輩は鋭い目つきで桜庭さんを睨《にら》むと捲《まく》し立てた。

「佐々木《ささき》だって同じよ。おまえの顔がそこそこだから付き合ってるだけ。ネックレスなんてただの首輪。あんたなんてただのトロフィー。その顔と、あとは胸の脂肪と下の穴にしか男は興味なんてない」

凄まじい偏見だった。もはや桜庭さんを攻撃しているのか、この場にいる唯一の男である僕を攻撃しているのかさえわからない。だがその偏見は桜庭さんに動揺《どうよう》を与えていた。

「は、はあ？　そんなこと、ないから」

「あら、なんで？　おまえが本性を隠して付き合っていたように、相手もそうだとなんで想像できないの？」

「……それは」

桜庭《さくらば》さんが口籠《くちご》もる。

先ほどまでの上から目線は自分が愛されているという確信があったからだろう。

だがそれは佐々木《ささき》先輩が演技をしていなかったら、という前提に基づくもの。佐々木先輩が桜庭さんのように本性を偽っている可能性を考えてもいなかったのだ。

僕はそっと校舎の壁の影を見る。大丈夫だろうか……。

「ゆ、優馬《ゆうま》くんは間違いなく私のこと好きよ！」

虚勢《きょせい》を張った桜庭さんが声高に言う。

「だって女慣れしてないし、そもそもそんな演技できるくらいなら、あんなダサいネックレスなんて送るわけ――」

「芽衣《めい》……」

「……え？」


声の主は僕でも先輩でも会長でもなかった。

その人物はゆっくりとした足取りで校舎の影から姿を現した。

長身で顔立ちの整った上級生。サッカーのビブスを身につけ、泣きそうな顔をしている。

「な、なんで優馬くんがここに……」

「そこの彼が少し前に僕を呼んだ。練習を抜けてきた。君になにかあったかと思って即オウンゴールを決めてやってきた」

佐々木先輩が僕を指さした。

僕のせいでもある。サッカー部のみなさん、大変申し訳ございません……。

それから佐々木先輩は桜庭さんに顔を向けぎこちなく笑う。

「嘘《うそ》だよね？　芽衣は喜んでくれた。だって犬好きだって言ってたし。なにかの間違いだよね？」

「……」

「どうしてなにも言ってくれないんだ……？」

目が少し赤い。佐々木先輩は静かにこちらに近づいてくる。

桜庭さんの足が一歩後退した。しかし佐々木先輩が足を向けたのは先輩だった。

「……そこの彼が俺を呼んだのは、きみの指示だよね、たぶん」

「ええ」

自分よりもかなり背の高い佐々木先輩を見上げて先輩は頷《うなず》いた。

「あなた、桜庭に甘そうだから直接見ないと結局うやむやになるでしょう？」

「わからないよ、俺には」

佐々木先輩の拳は強く握られ過ぎて白くなっている。

「礼なんて言いたくない……。でも知らないでいるのも嫌だ。でも、ああっ！　俺は……！」

佐々木《ささき》先輩がうずくまる。膝《ひざ》を抱え背を丸めた。「俺は……今からサッカーボールになる」

その姿を見て先輩はぽかんとしたあと、

「別に礼なんていらないわ。だって」

先輩は桜庭《さくらば》さんへ視線を移した。

「――いい気味だったもの」

完全に悪役のセリフだった。

いや、実際先輩には正義もクソもなくただ自分のために謎を解いている。

それも謎を解くことが主な目的ではなく、犯人――先輩の言うところの悪者を徹底《てってい》して叩くことが目的なのだから。

「カップルなんて妬《ねた》ましい以外のなにものでもないけれど、その惨《みじ》めさに免じて花壇《かだん》にポーチを放置したことは許してあげる」

それは言外に『犯人扱い』したことは許さないということでもある。

それほどに先輩にとって自身が悪者の扱いを受けるのは許し難いことなのだろう。

……存在自体が悪者というか、悪役側気質なのによくわからない価値観だ。

「少し二人きりにさせてくれ……」

ボールに擬態《ぎたい》した佐々木先輩が言う。

桜庭さんはスカートの裾《すそ》が皺《しわ》になるのも気にせず握りしめ続けていた。

「じゃあ野水《のみず》、行くわよ。もうやることないし」

頬《ほお》をつねられながら連行される。

「いひゃい、いひゃいへす！」

「野水、さっき私のことなんか悪く思ってたでしょう？　こっちきなさい！　ほら、青山《あおやま》も行くわよ」

「え？　う、うん……」

いくら生徒会長といえども、この場を収める方法はわからないのだろう。

先輩は持っていたポーチを桜庭さんの足元に置く。

謎は解決し、真実を知ることもできた。僕らにできることはもうない。

佐々木先輩は最後の話をするのだろう。擬態を解き覚束《おぼつか》ない足取りで桜庭さんへと近づいていく。立ち去ろうと校舎の角を曲がりかけたそのとき、一際大きな声が聞こえた。

「ふざけんな！　バカ！」

僕らは足を止め、振り返る。

桜庭さんは僕らではなく、佐々木先輩を蹴り上げていた。同時にボールと化した佐々木先輩は容赦《ようしゃ》なく転がった。決して体勢を崩さないあたりボールとしてのプライドが凄まじい。

「そもそも優馬《ゆうま》くんがあんなネックレス渡すのが悪いんじゃん！」

桜庭さんの形相はここまで人の顔は変わるのかと思うほどに歪んでいた。

「ずっと付けてとか重いんだよ！」

桜庭《さくらば》さんは手に持っていたネックレスを佐々木《ささき》先輩に投げつけた。

ネックレスが微《かす》かな音を立てて地面に落ちる。

「女は頭撫でられたら嬉しがると思ってんじゃねーよ！　犬じゃねーんだよ！　こっちは髪作ってんだよ！　ワックスつけた髪撫でられたら男だって嫌だろわかれよ！」

「そ、それは悪かった。で、でも！」佐々木先輩は断言するように語気を強めた。「あのネックレス、君は絶対喜んでた！　俺にはわかる！　あの笑顔まで嘘《うそ》じゃなかったはずだ！」

「そ、そんなの……っ」

桜庭さんが一瞬、泣きそうな顔になった。

「どうしてだ⁉　どうしてそこまであのネックレスが嫌になったんだ⁉」

その問いに桜庭さんは答えた。

「……アイツが、『ダサい。そんなのくれる彼氏とかないわ』って」

「アイツって」

「う、うるさいうるさい！もうどうでもいいのよ！　あんたなんて――顔だけじゃん！」

髪を振り乱して桜庭さんが叫んだとき、僕らの横を誰かが走り抜けて行った。

……その影に見覚えがある。アシメントリーの髪を靡《なび》かせながら、椎名《しいな》さんはその勢いのまま桜庭さんへと走っていた。

「し、椎名っ」

「うちの兄貴をバカにしてんじゃねーぞ！」

ドロップキックがさく裂する。桜庭さんは勢いよく地面に倒れた。

椎名さんは手を緩《ゆる》めることなく、馬乗りになって胸ぐらを掴《つか》み上げた。

すごい光景だ。いや、それよりも……兄貴？

「兄貴がどれだけ悩んでお前にプレゼントしたかも知らねえ癖《くせ》に……っ」

「あ、あんた今なんて」

「そもそも文句があるんならさぁ！」

まずい、と直感的に思った。椎名さんは思い切り頭を後ろに傾け、

「陰湿《いんしつ》なことしないで直接言えやぁ！」

容赦《ようしゃ》ない頭突きが桜庭さんの額《ひたい》を直撃した。

6

「あいつのクソ女ぶりは中学のときから結構有名だったんだよ」

椎名さんが足を組みながら吐き捨てた。

僕と先輩は椎名さんと佐々木先輩と四人でファミレスにやってきていた。佐々木先輩はファミレスでも膝《ひざ》を抱え続けている。

ちなみに会長は生徒会の仕事が残っているらしく泣く泣く校舎へ戻っていった。

「あ、ほら。メニューから好きなの頼んでくれよ。せっかくお礼に連れてきたんだからさ」

「いえ、でも……」

「あ？　礼が受け取れねえのか？　貸し作って、あとで使うつもりじゃねーだろうな？」

椎名《しいな》さんに睨《にら》まれて僕は慌《あわ》ててメニューを手に取った。

「……先輩、何にしますか？」

「一番高いのならなんでもいいわ」

投げやりに先輩はメニューから目を逸《そ》らした。椎名さんがお礼をするというので、相手が下手に出るのが大好きな先輩は反射的についてきた。僕は店員さんに適当に飲み物を注文する。

しかしここに来て、こういう集まりが好きじゃないことを思い出したらしい。

そんな先輩の態度に気を悪くした様子もなく、椎名さんは頬《ほお》を緩《ゆる》めていた。

「いや、本当に助かったぜ。あんたら、すげえな」お冷《ひや》を椎名さんが一口飲む。「あいつのあんな顔が見られてスッキリしたぜ」

僕らはテーブル席で向かい合って座っている。椎名さんの隣《となり》で佐々木《ささき》先輩が俯《うつむ》いていた。

それを気にした様子もなく椎名さんは陽気に笑みをこぼした。

今から約三十分ほど前、椎名さんは桜庭《さくらば》さんに頭突きを食らわせた。

数十秒間、桜庭さんは痛みに悶《もだ》えていたが、涙目で立ち上がるとひたすら喚《わめ》き散らした。

「死ね！　死ねバカ！　タコ！　あんたなんかこっちから別れてやるから！　そもそも好きじゃなかったし！　振ったの私だから！　振られたのあんたの方だから！　勘違いすんな！　椎名も死ね！　みんな死ね！　一生ボールになって空気抜けてぺしゃんこになれ！」

椎名さんと佐々木先輩の二人に向けて、当人が持ち得るあらゆる悪態をついて桜庭さんは校舎裏から姿を消した。正直見ていて可哀想なくらいだった。

「本当は見てるだけのつもりだったのに、思わず身体《からだ》が動いちゃったんだよな」

椎名さんは花壇《かだん》に呼び出されたあと、僕が佐々木先輩を呼びに行く姿を見て様子を窺《うかが》っていたらしい。

「さすがに我慢《がまん》できなくなってさ、あたしこう見えても昔から喧嘩っ早いから」

見た目通りなんですが……とは言わない。顔も見られないように俯ける。

「あいつさ、中学のとき彼氏何回も作ってたんだよ。付き合った人数三年間で十五人だぜ？」

「十五っ……」

想像できない数だった。

隣では先輩も戦慄《せんりつ》しているのか、手からストローが溢《こぼ》れ落ちている。

「は、ハーレムじゃない、そんなの」

「いや、同時じゃないでしょ」

歴代彼氏の数ってことだろう。……そうだよね？

椎名《しいな》さんは隣《となり》でじっと黙《だま》ったままの佐々木《ささき》先輩に、肘《ひじ》をぶつけた。

「いくら初カノだからって兄貴があんなのに引っ掛かるから。何度も言ったのにさ」

「……引っ掛かってなどいない。あれは運命だった。出会いも別れも……俺がボールに擬態《ぎたい》することさえ、きっとそうなんだ」

年上の男が膝《ひざ》に顔を埋めて嘆《なげ》くさまはなんというか、見ていて辛い。

「……たく。あたし桜庭《さくらば》とは同じ中学でさ、あたしの住んでる地区からだとこの高校ってほとんど来ないから知らなくても無理ないんだけどな」

ため息をつき、椎名さんは続ける。

「まさか高校が桜庭と同じになるとは思わなかった」

「あの」僕はずっと気になっていたことを聞いた。「お二人は兄妹なんですか?」

「そうだよ。顔とかちょっと似てんだろ? なあ?」

椎名さんが伸びた片方の前髪を持ち上げる。確かに似ている気がする。ていうかすごまないで。怖い。

「名前も優馬《ゆうま》に、優里《ゆうり》だしな。親が小学生のとき離婚してっからさ。住んでるトコも違うわけ。あたしらは親と違って仲良くやってんだ」

「別に兄妹なの隠してるわけじゃないんだ」

佐々木先輩が口を開いた。

「ただ離婚してることとか広めたいわけじゃないし、優里が知られるの嫌って言うから」

「だって兄貴、モテるから周りがウザいだろ。性格はこんなんだけどな！」

椎名さんが口先を尖《とが》らせた。

「あたしに連絡先とか聞き出そうとするやつ絶対出てくるじゃん。そういうの嫌いだね」

「こいつがこんな感じだからさ。話す時は人気《ひとけ》のないところが多くて」

佐々木先輩は苦笑する。

だからか。椎名さんが以前、佐々木先輩と二人で親し気に話していたって噂《うわさ》はそこから生まれたのだ。ふと先輩に視線を向けると、仲睦《なかむつ》まじく話す二人を黙って見つめていた。

「仲、いいのね」

先輩の小さな呟《つぶや》き。

「……妬《ねた》ましいわ」

先輩がそう言うのはいつものことだ。

なのに、いつもと同じ言葉には思えないほど音の響きが切なげだった。

「そ、そういえば桜庭さんが『アイツ』って何回か言っていたんですけど誰のことなんですか？」

二人を見ている先輩の様子がどこか変で、とっさに別の話題を振る。

椎名さんはあっけらかんと答えた。

「ああ、たぶんそれ、姉のことだよ」

「姉？」

「そ。アイツ姉がいんの。すげー美人で優秀な姉」

そういえば友岡《ともおか》がそんなことを言っていた。

「桜庭《さくらば》のやつ昔から対抗心燃やしててさ。その結果、男漁りの変な方向へ行っちまった感じらしい。男で姉に優越感《ゆうえつかん》を得たかったんだろ。――見苦しい嫉妬《しっと》の果てってやつだな」

「あいつもなかなかの嫉妬マスターだったわけね。身近に感じるわ……」

先輩が呟《つぶや》く。……マスターできてないからこうなっているのでは？

「でも、まあ……案外あいつ、兄貴のことはマジで好きだったかもな。中学までは彼氏いても常に別の男に粉かけてたし」

椎名《しいな》さんは横の佐々木《ささき》先輩を一瞥《いちべつ》して続けた。

「今だから思うことだけどさ。もしかしてあいつ本気で好きになった兄貴のこと姉にバカにされて、その怒りがおかしな方向へいっちまったのかも。ほら、さっき桜庭言ってたろ？」

『ダサい。そんなのくれる彼氏とかないわ』

桜庭さんは〝アイツ〟――姉にそう言われたと口にしていた。

「理想的な相手を手に入れて幸せだったときに、世界で一番嫌いなやつがケチをつけたって感じだったのかもな」

椎名さんのその言葉を聞いて、僕は少しだけ切ない気持ちになった。

あのネックレスさえなければ……と、そう思ったのだろうか。

本来姉の言うことなんて気にしなくていい。だけど、無視することもできない。なら——ネックレスさえなければ姉にバカにされる前の自分たちに戻れる。そんなことを。

身勝手で子供じみた考えだ。短絡的でもある。でも、ほんの少しだけわかる気がした。自分では最高だと思っているものも誰かにバカにされた瞬間《しゅんかん》、途端にみすぼらしく感じることがある。そういうことは誰にでもあると思う。

……もちろん、桜庭さんのしたことが許されるわけじゃないけど。

最後に佐々木先輩は一言こぼした。

「……本当に芽衣《めい》のこと好きだったんだよ、俺は。一緒にいたときの笑顔が全部嘘《うそ》ってことはなかったと思うから……」

僕らはファミレスで別れた。椎名さんと佐々木先輩は連れ立って歩いていく。その背中を途中まで見送った。

先輩は暗くなりだした空を見上げていた。先ほどまでの先輩はいつもより様子がおかしかった。今もそうだ。そこにいもしない誰かを探すように、空を眺めている。

「野水《のみず》、あなた兄弟はいる?」

「妹がひとり」

「もしそのあなたの兄妹がとても優秀で、自分よりすごかったらどう思う?」

「え? ……すごいなぁと思いますけど」

「変な人。ほんと野水《のみず》は私と違うわ」

先輩が歩きだす。僕もそれについていく。

「佐々木《ささき》と椎名《しいな》、それと桜庭《さくらば》とその姉。まるで正反対よね」

「確かにそうですね」

佐々木先輩たちは仲が良く、互いを尊重していた。逆に桜庭さんは姉への対抗心が拗《こじ》れて、見た目のいい男と付き合うことで優越感《ゆうえつかん》を得ようとしていたようだ。

「どうしてあんな違いが出るのかしら」

「さあ……」

急に会話が途切れる。背後を振り返ると先輩が足を止めていた。

「先輩?」

「野水」

先輩は一度足元に視線を落としてから僕を見た。

「わかりやすい悪者って、なかなかいないものね」

愛想笑いのような笑みを浮かべた先輩に、僕の胸はなぜだか少し痛んだ。

嫉妬探偵の推理メモ

桜庭 芽衣

妬ましいところ

やたら学校の男どもに持ち上げられているようね。上に立っているのは妬ましいわ。

嫌いなところ

彼氏がたくさんいたことかしら。そうなりたいか？　……いや、微妙ね……。

例のネックレスがダサいという意見は見事にハモってしまったわ。悪者としては二級、いえ三級かしら。悪者というより小物……ザコっぽい感じ。……野水？　今なんて思ったのかしら？　私もザコっぽいですって？

椎名 優里

妬ましいところ

……年下のくせに、あんなに威圧感あるなんて、いったいなんなの？

嫌いなところ

不良なところね。私、不良嫌い。だってこわ……くないけど！

見るからにヤンキー。目つきが悪いのだけは親近感あるわね。まあ、怖くはないけれど。ていうか、年下だし。だから苦手なんかじゃないわ。ビビってもない。何かあればあんなやつ……ひっ！　の、野水はどこ!?

佐々木 優馬

妬ましいところ

モテるところかしら。あんなバカなのに。

嫌いなところ

バカっぽいところね。話が通じないわ。

脳のメモリを桜庭で埋め尽くした男。無駄に顔だけはいいのがムカつくわね……。でも、イケメンがああして絶望する姿を見るのは悪くないわ。因果応報、世の中それでこそバランスが取れるというものよね。

第三話 嘘ばっかり。おまえ――嘘くさいのよ

Chapter3

1

その光景に目を疑いそうになった。

白を通り越して青白くなった顔。全身に張りついた体操着。日焼けのない肌に直射日光が反射している。

「ど、どういう……」

動揺《どうよう》している僕の横で先輩が唾《つば》を飲み込んだ。

「野水《のみず》、先生を呼んできて」

「え、あの先輩これって」

「いいから早くなさいっ！」

「は、はいっ！」

焦りを含んだ先輩の怒鳴り声が花壇《かだん》に響く。いつもは嫉妬《しっと》したりふざけたりしている先輩の額《ひたい》にも汗が浮かんでいた。

夏の始まり。夏休み前の最後の大イベント――文化祭でのことだった。

2

うちの高校の文化祭は夏休み前に開催される。三年生に最後の文化祭を楽しんでもらうため、というのが建前らしい。

受験生である三年生は夏休み以降、遊んでいる時間はほとんどなくなる。他の学校の文化祭は九月や十月に行われるところも多いそうだけど、それでは思いっきり楽しむことは難しい。なるほど、考えられている。

「暑いですね……」

「そうね……」

「先輩、人来ませんね」

「来たら奇跡よ奇跡。ていうかバカね。こんなの見てどうなるってのよ」

僕ら園芸部の出し物——それは雑草《ざっそう》の種類わけだった。

雑草なんてどれも同じだと思っている人も多いかもしれない。しかし、雑草という草は存在しない。あくまで適切な場所に生えていない草を雑草と呼ぶ……のだそうだ。

というわけで、花壇に植えられている雑草らは正確に言えば雑草ではないことになる。先輩が意図的に育てているわけなので、適切と呼べなくはないのだ。

よって僕はひとつひとつの種類を調べ、札を立てた。これが花相手にしたことであれば立派な園芸だったと思う。でも誰もそうは思わないだろうな。

「鳥だわ、野水《のみず》」

喉元《のどもと》に汗を垂らした先輩が柵《さく》の近くにある木を指さした。

「最近、鳥が巣を作っているみたいですね」

「フンが落ちてた。こないだはタバコ、今度はフン……。まるでこの部をせせら笑っているかのようね。上から目線だわ。妬《ねた》ましい」

いや、鳥は単に一生懸命《いっしょうけんめい》生きているだけだと思うけど……。

「それにしても暑いわ。まだ七月なのに。……妬ましい。太陽が妬ましい……疎《うと》ましいわ」

「ですね……。この際、せっかくですし文化祭見て回りましょうか。中の方が涼しいでしょ」

ここにいてもやることはない。このまま花壇《かだん》で干からびていても仕方がない。熱中症にでもなったら大変である。それならば文化祭を堪能した方がよほど意味があるはずだ。

「そうしましょう、ここにいたら死ぬわ」

僕らは立ち上がると『不在』の札を立てて校舎へ足を向ける。

昇降口《しょうこうぐち》のところで靴を履き替えていると、会長の声が聞こえた。

「あ、二人も文化祭見て回るの？」

「はい。外、暑くて」

「そっか。だよねぇ。蛇谷《へびたに》さんもカットソー、くっついてるし」

　実はそうだった。どうやら先輩も汗をかく生き物なのだ。冷血な性格とは正反対に服が肌にくっついている。喉元を垂れ落ちる汗が妙に生々しい。

「野水、キモいわ……顔に出るのだから気をつけてほしいのだけど」

　罵倒《ばとう》ですらない言葉が僕に突き刺さる。

「……すいません」

「あはは。男子だもんねぇ」と会長が愛想笑い。「あたしも二人と一緒したい……けど、残念。生徒会の仕事だぁ」

　うなだれる会長を見て先輩が鼻で笑う。

「生徒会なんてまさに社畜。いえ校畜ね」

「うう、蛇谷さんはいつもあたしに意地悪言う」

「……意地悪のつもりじゃないわ。本音よ」

　なお悪いじゃないか。

「ちゃんと楽しんでよね！　あ、あとこれあげる。じゃあまたね！」

　会長は去っていく。手渡されたのは校内新聞だった。文化祭の出し物や特徴が書かれている。

「うわ、青山《あおやま》の顔写真つきインタビューが載ってるわ……」

　本当だ。微笑《ほほえ》む会長の写真の下に「文化祭の伝統について」のインタビューが載っている。

「野水、これにラクガキしましょう。きっと可愛くなるから」

「絶対原型なくすからダメです。ほら、校内回りましょうよ」

ちなみに僕のクラスの出し物は、地元の名産についての模造紙レポートというなんともつまらない代物《しろもの》でクラスでの仕事は皆無《かいむ》。一年は二年三年と比べて希望の申請が通りにくいらしい。

「そういや、先輩のクラスはなにしてるんですか?」

「……しきよ」

「え? なんです?」

「お化け屋敷、よ!」

言い切りと同時に額《ひたい》を指でつつかれた。なぜに。

「いいわ。わかるわよ。どうせ似合うとか言いたいんでしょう? でもね、残念! 私は裏方の仕事をほんの少し手伝って終わりにしたからお化け役なんてしなくていいのだわ」

胸を張る先輩。少し残念に思う。実際見て見たかった。さぞ似合っただろうに。先輩の雰囲《ふんい》気《き》と幽霊《ゆうれい》役はまさに絶妙な組み合わせだったはずだ。

「こ、のっ! やっぱり似合うって思ってるわね!」

「いった! 頬抓《ほおつね》らないでください!」

「千切ろうとしてんのよ!」

「死ぬわ! だ、だって先輩なら似合うじゃないですか! 雪女とか! 色白で美人じゃないと無理でしょうし!」

「なっ……そ、そんなの似合っても嬉しかないわよ！」

目に一生懸命《いっしょうけんめい》力を入れているが、先輩の口元は微《かす》かに緩《ゆる》んでいる。

「ま、まあ？　そこまで言うなら真冬になって雪が降ったら白装束着て夜中にあなたの家まで行ってあげるわ」

やめてよ。怖いよ。


「お姉ちゃん、こっち、こっち見たいっ！」

「わかったから、引っ張らないでよ」

僕の横を小学生くらいの女の子が、女子生徒の手を引きながら通り過ぎる。

それを見て先輩はなにかを思い出すように小さく息を呑んだ。

僕の横を奇抜な格好をした生徒が駆け抜けていく。それを見て先輩は小さく息を吐いた。

「そういえば昔、一度だけこの文化祭に来たことがあるの」

懐かしむように先輩は目を細めた。へえ、意外だ。

「姉に連れられて来たのよ。無理やり」

「お姉さんに……そういえば前にお姉さんがいるって言ってましたね」

「ええ。嫌がって死ぬほど泣き喚《わめ》く私を姉は縄《なわ》で縛《しば》って連れて来たわ」

なおも先輩は懐かしそうにしているけど……どういうこと？

「着くやいなや食べ物を片っ端から与えられて、食べきらないと怒るから無理に食べたわ。最後は戻したけど……まあ、今となってはいい思い出ね」

どこが!? ほぼ拉致《らち》られて拷問《ごうもん》にかけられてるだけじゃん！

「す、すごいお姉さんですね。なんかエネルギッシュというか」

「そうね」先輩はクスリと笑って、「姉は昔から強引だった。なんでもできるし、優秀だし、顔もよくて髪も綺麗《きれい》で……なんて妬《ねた》ましい女だったのかしら。許せない」

言葉の序盤と終盤で情緒がひっくり返っているのは気のせいだろうか。

「でも……恨《うら》めしくはなかった」

その言葉は優しくて、大切な宝箱をそっと開けるような言い方だった。

「おう、二人とも。楽しんでるか」

背後から声をかけられる。振り向けば小森《こもり》先生が立っていた。

「ん？ なんだよ、どうした。そんなジッと見て」

「あ、いや……小森先生？ ですよね？」

「そうだが？ 校内で若い女は生徒を除《のぞ》けば私以外にいないだろ」

「それはだいぶ除かれてると思うんですが」

今の小森先生はいつもの汚れた白衣を着ていない。身体《からだ》のラインに合った青のノースリーブ。そして眼鏡も外されている。いつもはまとめている髪もストレートに下ろされていて、毛先が軽くカールしていた。正直モデルみたいだった。……誰だよ、この人は。

「先生、なんかいつもとだいぶ違いますね」

「そうか？　いつも可愛いだろ、私は」

「……可愛い？」

「失礼だぞ！　二十代はどう考えても可愛いを自称して許される年齢だろ！」

「うぐ……く、苦しい！」

小森先生が背後から腕を回して首を絞めてくる。先輩も小森先生もやたらと首を絞めてくるのはなぜなのか。助けを求めて先輩を見ると冷笑していた。

「滑稽《こっけい》。実に滑稽だわ。なんて見苦しいの。この若さが妬ましいのね？　いい気分だわ」

「そういうこと言っていいのか？」先生が僕の首から腕を外し先輩を睨《にら》みつけた。「お前もすぐにやってくるぞ。日焼けして小さなシミを見つけ絶望的な思いでケアをする日がな！」

「……そんな日が。人生の終わりだわ」

「終わってない！　そうやって適齢期《てきれいき》の女を馬鹿にする女が一番厄介《やっかい》だええいくそ！　せっかく今日の私はイケてるのに気分が悪くなった！　ほかに褒《ほ》めてもらう！」

のしのしと大股で歩きながら小森先生はいなくなった。ていうか褒められたかったのかよ。

「野水《のみず》、疲れた。座りたい」

「じゃあ適当に飲み物でも買ってどこかで休みますか」

「お腹《なか》も空いたのよ」

時計を見る。時刻は十二時半を回っていた。

「とっ」

手に看板を持ったライオンの着ぐるみとぶつかりそうになる。ライオンはペコリと頭を下げていなくなった。大変だなあ……あれ。めっちゃ暑そう。ていうか最悪死にそう。

「あの中すっごく臭そうね」

「そういうこと口に出さない。あ、すいません」

歩いていると上級生らしき二人の短髪の女子とぶつかった。

「あーさーせん」僕にぶつかった女子はこちらも見ずに謝ると、すぐ隣《となり》のもう一人へ話しかけた。「……でさぁ、例の白豚がどこにいるか知ってる？」

「白豚？　誰のこと？」

「うちらの雑用だよ、雑用！　マネージャーという名のさ。アイツどこにもいなくねー？　飲み物買わそーと思ったのにぃ」

「ひでー。きゃはは」

……なんだあれ。苦々しく思っていると先輩が僕の背中を叩いた。

「ああいう下らない輩はどこにでもいるわ。気にしないの」

先輩が先にトイレに行きたいというのでそちらへ向かっていると、トイレの前で青山《あおやま》会長と他の生徒会らしき人が何かを話していた。

「青山会長？　どうかしたんですか？」

「あ、野水《のみず》くんと蛇谷《へびたに》さん」会長がトイレをちらと一瞥《いちべつ》し、「なんかずっと出てこない人がいるみたいで。もしかして倒れてたりしてないかなぁって」

「声はかけたの？」と先輩。

「かけたよ。そしたら大丈夫、お腹が痛いだけだって」

「ならいいじゃない。放っておけば」

「それはそうだけど、万が一ってこともあるからね。どうしようかって話してたわけ」

「ふうん、お優しいことね」

「他にも作業用のヒモがなくなったってクラスがあったりで大変」

肩を落として言う割に会長は少し楽しそうだ。

先輩は会長の話に鼻を鳴らしてトイレの中へ入っていく。僕も用を足しておくとしよう。

男子トイレは女子トイレと水道を挟《はさ》んで反対側にある。さっと済ませて出てくると会長は今も生徒会の人と話をしていた。出てきた先輩が手を拭きながらため息を吐いた。

「仕方ないわね」先輩が二人に近づく。「青山、中のやつは大丈夫よ」

「え？　どうして？」

「だってスマホゲームの音がしたもの。どこの誰か知らないけれど、ぼっちの惨《みじ》めなやつだわ。文化祭の日にわざわざそんなことしてるなんて恥ずかしくて知られたくないのでしょう」

会長が口を半開きにして唖然《あぜん》とする。なるほど。出てこないわけだよな。

「妬《ねた》ましくないやつを見つけてしまったわ。今日は運がいいわね」

相手の運は悪そうだな、と思った。

僕は会長と生徒会の人に挨拶してから先輩とその場を離《はな》れた。廊下《ろうか》の途中で先ほどのライオンの着ぐるみをまた見かけた。若干ふらついているように見えるが大丈夫だろうか。

手に持っている看板を見るとライオンダーツとかいう意味不明な催《もよお》しが書かれている。どうやらライオンの絵にダーツを投げるらしい。酷《ひど》くない？

「文化祭って意味不明なイベントやるクラスとかあったりしますよね——」

横を歩く先輩にそう言いかけたときだった。バチッッ!!　っと何かが弾けたような音がした。

「きゃっ」と先輩が僕の腕に抱き着く。

僕の心臓も早鐘《はやがね》を打っていた。見ればライオンも驚いて看板を落としている。

「な、なに？　なんなの？」

音のした教室を覗《のぞ》いてみると電子レンジから小さな煙が出ていた。

「このバカ！　アルミホイルをレンジに入れたらダメだって言ったでしょ！　つっかえないわね！」

「ご、ごめんごめん！」

「アホグズ！　タコ！　バカ！　タコ！　このイカッ！」

この怒鳴り声と語彙力《ごいりょく》のなさにどこか憶《おぼ》えがあった。

「あ……」と、向こうもこちらに気づく。メイド服姿の桜庭芽衣《さくらばめい》さんがそこにいた。

彼女は僕たちに気づくとすぐに視線を逸《そ》らし、「い、いいからさっさとやり直して」と命令した。言われた女子は桜庭さんを見上げて「かっこいい……」となぜか頬《ほお》を赤くする。

「アイツ、猫被るのはやめたのね」

「みたいですね」

個人的にあの桜庭さんの方がいいと思う。まあ、気性は荒《あら》いんだけど。

「せっかくだからここで食べていきましょう」

ニヤついた先輩が目を輝かせて教室改め店内の中へ入っていく。それを見た桜庭さんが片頬を引《ひ》き攣《つ》らせながら叫んだ。

「な、なんで入ってくるのよ！」


それから何度も細々と注文を繰り返しては桜庭さんをからかい、お腹《なか》が膨《ふく》れた僕らは教室を出ていた。

「二度と来るな！」

桜庭さんが廊下に一握りの食塩を撒《ま》く。

「失礼な女ね。うっかり除霊されたらどうしてくれるの」

色白で髪が長く、不気味な雰囲気《ふんいき》を漂わせている先輩は夜に電柱の下あたりに立っていれば幽霊《ゆうれい》と間違われてもおかしくない。

「お前も失礼よ」

「い、いひゃいです」

「ほんと構《かま》ってちゃんね。わかってる癖《くせ》に顔に出して」

……そんなつもりじゃないのだが。

ていうか、先輩だけですよ。僕の表情からそこまで読み取れるの。

他の人は精々《せいぜい》感情が顔に出ているとか、嘘《うそ》ついているとかそれくらいしかわからないのに。

「……あなたといる時間が長いからわかるだけよ」

「え？」

「ほら、行きましょう」

袖を掴《つか》まれ先輩と廊下《ろうか》を進んでいると再び会長を見かけた。

「あ、また会ったね」

会長が手を振る。僕は軽く頭を下げた。会長の横には見知らぬ上級生らしき人がいた。

随分《ずいぶん》と汗だくで全身が濡《ぬ》れて服が張りついている。髪は金に近い色で、それをサイドにまとめていた。おでこにも汗で前髪がくっついていた。

「こんにちはぁ〜」

若干間の抜けた挨拶。会長が彼女を手で示して、

「真咲愛《まさきあい》ちゃんっていうの。クラスメイトなんだよ」

「こ、こんにちは」

「ライオンの着ぐるみ見なかった？　あの中の人だよ」

「え、女子だったんですか？」

中身は男子だと思ってた。意外そうに真咲さんを眺めていると急に顔を近づけられる。

「はぁい。ねえ、一年生？　かぁいいねえ」

ぎゅっといきなり抱きしめられた。身体《からだ》が密着し真咲さんの濡れた肌と僕の肌が重なる。

「え、ええ!?」

「ちょ、ちょっと愛ちゃん！」

「え？　あーごめんねぇ。そーいや汗だくだったぁ。臭かった……？」

やや頬《ほお》を赤らめる真咲さん。いやいやそこじゃない！

「ご、ごめんね。愛ちゃん抱き着き癖があるの」

え、なにそれ。これみんなされてるの？　すごくないか？　絶対好きになっちゃうよ。

呆然《ぼうぜん》と突っ立っていると腕を後ろへ引っ張られる。

「なに他人にマーキングされてんのよ！」先輩が鼻を近づけて僕の匂いを嗅《か》ぐ。「……あんま

り臭くないわね」

「ちょっとやめてくださいよ！」

先輩から距離をとる。

でも確かに真咲《まさき》さんはあまり汗臭くはなかったな。ギャルっぽい感じだけど清潔感あるし、きっとこんな人の汗は臭くないんだ。そうなんだ。

「一時半からまた着ぐるみ着なきゃ。またねぇ」

真咲さんは目を綺麗《きれい》な弧にして笑いながら去っていった。

「そろそろ戻るわよ。あの花壇《かだん》にお布施《ふせ》を落としていくやつがいるかもしれないわ」

「お布施？」

先輩はニヒルに笑った。

「見学料、五十円」

「嘘《うそ》だろ……？」

あれで？　しかも札《ふだ》の準備したの僕なのに？　雑草《ざっそう》しかないのに？　しかも金額がリアルだ。

「先輩ってなんか……」

超せこいですよね。そう思ったら案の定、頭を叩かれた。

「ふん、先に行ってるから。お金が落ちてたら全部私がもらうわ」

そう言って先輩は廊下《ろうか》の角を曲がっていく。賭《か》けてもいい。絶対お金は落ちてない。

「よう野水《のみず》！　楽しんでるか！」

「山崎《やまざき》先生」

アロハシャツにサングラスをつけた、いかにも陽気な姿で山崎先生が手を振ってくる。

「遊び歩いてて平気なんですか？」

「うちのクラス、模造紙のレポートじゃんか。やることなくてなー」

確かにそうだけど。教師って文化祭じゃ色々やることありそうだけどな。小森《こもり》先生といい、山崎先生といい、僕が関わる先生はなんかみんな軽い気がする。

そんなことを思っていると、一人の二年らしき生徒が先生に声をかけてきた。

「あの、山崎先生……」

「うん？　どした」

「お金合わない場合ってどうすればいいんでしょう。今、うち担任どっかに行ってて。小森先生なんですけど……三百円合わなくて」

あの人、自分のクラス放置してなにしてんだ。

「あーそれならさ」山崎先生は二年生に自分の財布から取り出した小銭を手渡した。「これで合わせておいて」

「い、いいんですか？」

「いやー本当はダメなんだけどさ。まあ、あとで小森先生から返してもらうし。面倒くさいじやん、せっかくの文化祭なのに。だろ?」

「あ、ありがとうございます!」

二年生は頭を下げると去っていく。山崎《やまざき》先生は僕に人差し指を立てて笑った。

「野水《のみず》も内緒な?」

3

「……は?」

なんというか既視感。いや、既視感で済ませていいものではないんだけど。

山崎先生と別れ、僕は先輩を追いかけて花壇《かだん》までやってきていた。

そんな僕と先輩の目の前、花壇のその奥。校舎裏に繋《つな》がる柵《さく》の近くに女性が倒れていた。

渋沢《しぶさわ》さんのとき、桜庭《さくらば》さんのポーチのとき。そのハイブリッドのような状況が僕らの目の前にはあった。彼女は全身を直射日光に晒《さら》されている。だが肌は真っ白で日焼けの様子はない。

「……死んでいないわよね?」

近づいて見てみると倒れていたのは知らない顔だった。先輩は目をキツく細め、

「こいつ、二年だわ」

倒れている女性は体操着を着ていて胸元に白峰《しらみね》と書いてある。

全身から血の気が失せ、肌はもはや青白い。体操着は真咲《まさき》さんのように全身が汗でびっしょ

りと濡《ぬ》れていた。微《かす》かに異臭がする。なんの匂いだろう……。汗、と何かが混ざり合ったような匂い。まるでタンスの中に長年押し込んでいたような匂いだった。

「う……」

小さな呼吸音とうめき声。先輩がこっちを向いた。

動揺《どうよう》している僕に、先輩の声が飛んだ。

「白峰はどこだ!?」

見かけた小森《こもり》先生に声をかけ花壇まで連れてきた。先生はスマホを取り出してすぐに救急車を呼んだ。

「白峰ッ！」

白峰さんは校舎の壁際の日陰まで移動させられており、先輩はその横で濡れた服を脱がせていた。キャミソール状態になった白峰さんを寝かせ、どこからとってきたのかペットボトルを額《ひたい》に当てている。

すると、くぐもった妙な声が近づいてくるのがわかった。

真咲さんだった。ライオンの着ぐるみを着たまま彼女は必死に走ってくる。その後ろから「ぬ、脱いでいった方がいいって！」と青山《あおやま》会長が走ってくるのが見えた。

ライオンは白峰さんのそばまでやってくると跪《ひざまず》いてその顔を覗《のぞ》き込んだ。

『いうッ！　うう！』

何かを言っているがほとんど聞き取れない上に、音が非常に聞こえ辛い。

追いついてきた会長がライオンの頭頂部にあるファスナーを背中まで下ろした。

「美玖《みく》っ！」

顔を出した真咲《まさき》さんが叫び名前を呼んだ。白峰《しらみね》さんはぐったりと横たわったままだった。意識がもうろうとしているのがわかる。

「すぐ救急車が来るはずだ。落ち着け」

小森《こもり》先生の言葉に真咲さんは唸《うな》り声混じりの嗚咽《おえつ》を漏《も》らす。これだけで二人の関係性がわかるというものだった。真咲さんは着ぐるみを完全に脱ぎ捨て、白峰さんの顔を覗《のぞ》き込む。

「美玖！　美玖ぅ！」

必死の姿が見ていて痛々しい。少し前に会ったときの彼女の大らかな笑顔は、今では見る影もなかった。

救急車の音が聞こえ始め、小森先生は白峰さんを担いで運んでいく。それに真咲さんと会長もついていった。僕は先輩の姿を探した。

「――――は？」

先輩は着ぐるみの中にいた。下半身がすっぽりと収まっている。そして前に垂れた上半身から頭部の部分を被った。そこには一匹の直立したライオンがいた。

「野水《のみず》、ファスナー閉めて」

「……なにしてんですか？」

「どれくらい臭いのかしらって思って」

「なにがしたいんですかっ！」

シュールすぎる。人がひとり倒れていた現場でライオンと化した先輩だった。

「がお」

「……ぐ」

手を顔の前に持ち上げて獣の真似《まね》をする先輩を不覚にもちょっと可愛いと思ってしまった。

不覚にも！　不謹慎《ふきんしん》すぎて僕は自分を許せないっ！

「いいですか？　人が倒れたんです。わかってますか？」

「なによ。私に萌えた癖《くせ》に。がおー」

「先輩の癖に可愛いことしないでくださいよ！」

なんかときめいちゃうから！　それにやっぱり不謹慎だし！

「いいから野水、ファスナー閉めて」

「ああもう！　知りませんよこんなことして」

勢いよくファスナーを上げる。くぐもった声が内側から聞こえてきた。

『……一気に密閉感《みっぺいかん》上がるわね。臭さも段違いだわ。……臭い。くさ……草生える』

「……なんですかそれ?」

『昨日ネットで知った。草っていうネットミーム。すごくこの部っぽいから気に入ったわ』

……だめだ。あまりにこの人はふざけ過ぎている。

「いい加減にしませんか? 人が大変な目に遭《あ》っているんですよ?」

『だから調べているんじゃない。ねえ、野水《のみず》。見て』

先輩がバンザイした。さしずめ今度は「ガオーッ」だろうか。

「はいはい、可愛い可愛い。わかりましたから」

『そうじゃないわ、ボンクラ!』先輩がライオンパンチを猫パンチの威力でお見舞いしてくる。『この手! 頭に届いてないでしょう!』

「え? ……ああそうですね」

『これじゃ、着ぐるみ脱げないわ』

そういえばさっき真咲《まさき》さんも会長が着ぐるみを脱がせていた。

「着脱《ちゃくだつ》は誰かに頼らないといけませんね」

ファスナーを開けてやると「ぷはっ」と先輩が顔を出した。頰《ほお》に長い毛がついていてやや艶《なま》めかしい。

「おふざけはここまでにして」と先輩が仕切りなおすように言った。「今回の件――臭い。そんな気がするわ」

4

「白峰《しらみね》さんは昔から夏になると体調を崩しがちだったみたい」

救急車を見送って戻ってきた会長が神妙な顔つきで言った。

あれから学校はにわかに騒がしくなった。しかし『熱中症』に対する警戒の放送が流れただけで、すぐに校内は文化祭モードに戻っていた。「なんだ熱中症か」「中止になったらどうすんだよー」「水のもー」という声が周囲から聞こえていた。

「身体《からだ》が弱くて愛《あい》ちゃんがよく面倒を見てきたんだって」

白峰さんは責任感も強く、任された仕事は必ずやり遂げるタイプで、だからこそ無理に用事を押しつけたりする人がいないように気を配っていたという。

「あの二人、幼馴染《おさななじ》みなんだよ」

なるほどね。あれだけ心配するのも納得だ。

「白峰さんはどうしてここに倒れていたんでしょうか？」改めて花壇《かだん》とその周辺を見渡してみた。「ここってあまり人が来る場所じゃないですし」

「そうね……」先輩は唇の周りを指でなぞりながら歪んだ笑みを浮かべる。「ここにいたのなら、ここに用があったということ。どちらにしろ、白峰が――あるいは別の誰かがここを下らないことに利用しようとしたのなら」

――絶対に突き止めてやるわ。先輩はそう低く呟《つぶや》いた。


それから僕たちは校内で白峰《しらみね》さんがどこでなにをしていたのかを調べることになった。

暑いのでいったん休憩《きゆうけい》室へ移動し話し合う。文化祭は外部の客も多く、各階には休憩スペースが設けられている。部屋の中は扇風機が回っていて、外と比べると随分《ずいぶん》と涼しい。

「白峰がいつ花壇《かだん》にやってきたのか、どうしてやってきたのかを知る必要があるわ」

扇風機の前で上着の裾《すそ》を捲《まく》りながら先輩が言う。

それには僕も同意だった。人気《ひとけ》のない花壇。熱中症で倒れていた白峰さん。

白峰はそこで何かをしていた。あるいはしようとしていた――はず」

「なにか……告白とか。もしくは誰かと密会とか」

文化祭なら充分ありえそうなことだ。

「もしそうなら妬《ねた》ましくもならないわね。すっぽかされたってことでしょうから」

「確かにそうなりますよね……」

気の毒な話だが状況的にはそうなる。待たされた挙句、白峰さんは熱中症になってしまった。

「でもそうだったとしたら、やっぱり熱中症になるのが違和感あるわ」

「どうしてですか?」

「普通、別のところで休むでしょう?」

「ですね。でも……」

もし僕が大好きな相手と待ち合わせをしたとして、その相手が来るのを心待ちにしていたらいつの間にか時間が経って気分が悪くなっていた——ということはありえそうな気がする。

「蛇谷《へびたに》さん。白峰さんと一緒にいた人、見つけてきたよ！」

休憩室の入り口から会長の声がした。

「何人かに聞き込みしたら、佐々木《ささき》くんが白峰さんとここにいるの見たんだって」

文化祭は外部のお客も多い。そのためそれぞれの階に休憩スペースが設けられている。椅子《いす》が室内に置かれているだけだが、なんとなく座れる場所があるだけでありがたいものだ。

連れてこられたのは佐々木優馬《ゆうま》先輩だった。

「久しぶりだね。いや、そうでもないか」

相変わらずの高身長、甘いマスク。足が長く全体的にスタイルが非常にいい。

だが僕は彼の中身を知っている。

「桜庭《さくらば》の元カレ、こんにちは」

「ぐはっ！」

先輩の挨拶に佐々木先輩が上体をくの字に折り曲げる。

「桜庭の元カレ、どうしたの？　大変よ野水《のみず》。桜庭の元カレの具合が悪そうだわ」

「呼称のせいですよ！」

具合を悪くさせているのはまさにあんただ。

「……変ねぇ。だって桜庭《さくらば》の元カレは桜庭の元カレでしょう？　犬のネックレスをプレゼントしたセンスのないあの」

「ひ、ひ……」

「佐々木《ささき》先輩の呼吸が……」

瀕死《ひんし》になりかけている佐々木先輩を椅子《いす》に運ぶ。佐々木先輩はようやっと青白い顔を持ち上げて、それでも儚《はかな》いイケメン風に笑ってみせた。

「それで……俺に聞きたいことってなにかな」

「あなた、白峰《しらみね》とここで話していたんですってね」

「ああ。新たな恋を探していたんだ。女子が来るまで二時間ここで待機していた」

「……可哀想に。完全に脳を破壊されてるわ、こいつ」

たぶんそれ正常です。元々恋愛脳っぽいし。

「白峰さんが入ってきたとき、俺は思ったさ。『なんかイケそう』って」

「最低だよあんた」

運命を待ち構《かま》えているような面をしておきながら、単なる尻軽《しりがる》野郎だった。

「違うんだ。あの子、少しおどおどしているというか、友達少なそうで。イケそうだったんだ」

「なにも変わってないじゃないですか！」

やっぱり脳が破壊されているのかもしれない。一度恋人を作ってしまったが最後、恋人がいない期間を我慢《がまん》できない身体《からだ》になってしまっている。

「クズだわ。少しも妬《ねた》ましくない」

「同意。最低」

ほら見ろ。先輩どころか、あの優しい会長までゴミを見るような目になってるぞ！

「君らにはわからないだろうな……俺の寂しさなんて」

「一生懸命《いっしょうけんめい》サッカーしてたでしょ？　それで寂しさはどうにかならないの？」

会長の疑問に佐々木先輩は首を横に振った。

「ボールは友達。だがラバーじゃない」

「きっしょいわ……。もういい」先輩は数歩、佐々木先輩に近づくと吐き捨てるような顔で訊《たず》ねた。「あなたがここでどうしていたかだけ教えて。それ以外はいらない」

「俺が？　そうだな……」

佐々木先輩はここで白峰さんと何があったかを話し始めた。

「確か十二時前だったかな。休憩《きゅうけい》しにきた彼女に声をかけたんだ。イケそうな気がしたから」

しつけえ……。

「少しずつ打ち解けてきたからこのあと文化祭を回らないかって聞いた。そしたら『このあと特殊ミッションがあるの。ごめんなさい』って謝られたよ」

一部声真似《まね》なのか声を高くして佐々木《ささき》先輩は続ける。

「それで？」

「じゃあそのミッションが終わったらどうかって俺は食い下がった。『いや、でも』とか『なんか用事があったような』とか言ってたけど、押しまくった」

「佐々木くんには幻滅《げんめつ》したよ……」

会長は片目をひくつかせて呟《つぶや》く。

「そしたら十三時以降なら……って言ったんだ。だから俺は待った。ここで」

「ずっとここで？」

「ああ。今も待ってる。さっきはトイレに行ってただけだから。そしたら青山《あおやま》さんに声をかけられたんだ」

……やばくない？　今が二時過ぎだから四時間以上ここにいるじゃん。ナンパするにしても完全に方法を間違えてるよ。

「つまりあなたはこのあともここで待つの？」

「ああ。もちろんだ」

「でも白峰《しらみね》、さっき救急車に運ばれていったわよ」

「……は？　どゆこと？」

佐々木先輩は豆鉄砲を食らった鳩のような顔をしていた。

「ごめん！　生徒会あるから行かないと」

休憩室《きゅうけい》から出ると会長は両手を合わせた。文化祭の間、生徒会はやることがたくさんあると聞く。会長は何度も名残惜《なごりお》しそうに僕らから離《はな》れると廊下《ろうか》の角を曲がっていった。

「いったん花壇《かだん》に戻りましょう」

会長を見送ったあと、僕らは現場まで後戻りしてきた。

白峰さんが倒れていた場所を先輩がジッと見つめている。特になにも残っていない。

「白峰は夏になるとよく体調を崩していた。そうよね？」

「はい。そう言ってました」

「なら、どうして熱中症になったのかしら」

「……どういう意味ですか？」

「だってそうでしょう？　熱中症になりやすい人間がどうして対策をしないの？　変じゃない」

確かにその通りだ。もし僕が白峰さんの立場なら絶対に気をつける。

「室内で熱中症になることもあるわ。対策していてもね。でも白峰は〝日なた〟に倒れていた」

「具合が悪くなったから戻ろうとしたのかも。その途中で倒れたとか……」

「ありえないわ。見て御覧《ごらん》なさいよ」

先輩は花壇そばの校舎を示す。

「すぐ近くの壁際には日陰がある。それに具合が悪いなら壁に手をつきながら移動すればいい。白峰《しらみね》はそのどちらも放棄している。よっぽどバカじゃないならありえないと思わない？」

「もしかして」僕は一つの考えを口にする。「白峰さんはどこかに閉じ込められていたんじゃないですか？　そこで熱中症になり、なんとか脱出したけどここで力尽きた、とか」

「ありえない。だってここらへんにそんな場所ないもの」

先輩が花壇《かだん》周辺に目を向ける。じゃあ、と僕は続けた。

「犯人が運んできたとか」

「仮にそうだとして――文化祭の中、誰にも見られずに『閉じ込めたどこかの場所』からここまで運べる？」

「無理ですね……」

肩を落としていると先輩がポンと僕の頭に手を乗せた。

「でも悪くないわ。ほら、あそこを見て」

先輩が指さした先は学校と校外を仕切る柵《さく》だった。そこにヒモが結びつけられている。

「あのヒモ……僕らが今日、花壇にいたときにはなかったですよね？」

「なかった。つまりあれは私たちがいなくなってから事件までの間につけられた可能性が高い」

ヒモを見ると、一方が柵に結びつけられており、もう一方の先端は二股に分かれていた。

「これって輪っかを作って、それを後から切ったんでしょうか。だとしたら白峰さんは……」

「ここに縛《しば》り付けられていた……かもしれないわ。ここは日も当たるから」

それで熱中症になった、と考えれば辻褄《つじつま》は合うのだろうか。そもそもここで縛りつけられたとして、大声を出せば簡単に人に気づかれるだろう。それに素直に縛られるとも思えない。

先輩はしゃがみヒモを手に取って観察する。

「この輪っかかなりでかいわね」

そうなのだ。腕や足を縛るには大き過ぎる。しかし、胴に巻けるかと言えば心もとない。

腕を組んだ先輩は何かを思案していた。ハッと閃いたように僕の方を見て、

「野水《のみず》、試しに太ももに巻いてみて」

「僕のにですか？」

「違う。私の。白峰だと思ってやって」

「自分でやればよくないですか……？」

「他人が巻けるか調べないと意味ないじゃない。早く」

先輩は柵のそばに立ち白峰さん役になった。そしてスカートの裾《すそ》を持ち上げる。意外にも白くて健康的な太ももが露《あら》わになった。

ど、どうしてこの人はいったん自らで実験しないと気が済まないのだろう？

だが仕方ないよな。そう、これは命令だ。

好みなタイプの女子が目の前で太ももを曝《さら》けだしているからとかは関係ない。

「し、失礼します」

僕は震える指でそっとヒモを摑《つか》むと先輩の前で膝《ひざ》をついた。先輩は靴を脱いで僕の膝の上に足を載せてくる。

「そ、そっすね」

「これでやりやすいでしょう?」

「ちなみに発情した顔をしたらこのまま股間に全体重をかけるわ」

「ちょ、それはマズいですって!」

女性にはあの痛みがわからんのだ! だからそんな発想ができる。

「な、なに? 自信ないの?」先輩はスカートをさらに捲《まく》った。「ほ、ほら。早くしなさいよ」

「い、いきます」

艶《つや》のある肌。ヒモを手にした指先がそっと触れる。

「あんっ……」

「先輩わざとそういう声出さないでくださ――」

「……っ」

口は手で覆《おお》われ、目が思い切り開かれていた。

そのうえ顔だけじゃなく、耳も首も手も全部が赤い。

ま、まさかマジの声――いや、まさか。そう思いつつ僕は降り注《そそ》ぐ日光の中、手早く作業を進めた。このままじゃ僕も先輩も持たない！

しかし作業中、先輩は「んっ」「いや……」「あっ」と変な声を出し続けた。それも口を押さえながらだから非常に危うい感じになってしまっていた。どうやら太ももが弱いらしい。

「お、終わりました」

「……ご苦労様」

先輩の太ももはすでに汗でびっしょりになっていた。僕の手汗もすごいことに。こんなに出るんだな汗。初めて知ったよ。

「け、結果として太ももだと少し余るみたいですね」

「そのようね」

白峰《しらみね》さんの太ももは正直覚えていないが（覚えている方もおかしい）、恐らく先輩よりずっと太いってことはなかったはずだ。

「つまりこれでわかったことと言えば」

先輩の太ももの太さくらいか。

「このヒモは無関係ということくらいかしらね」

「え？」

「なに？」

「いや？　なんでもありませんけど」

「なんか嘘《うそ》くさい顔……」

結論、進展なし。ただ先輩と後輩が太ももにヒモを巻いただけでした。

「そもそも思ったんですけど」いや、気づいたというべきか。僕は言う。「白峰《しらみね》さんの身体《からだ》にはどこにも縛《しば》られたりした痕《あと》ってありませんでしたよね」

5

「特殊ミッションってなんだったんでしょうね」

自販機でジュースを買い先輩に手渡す。先輩はそれを開けようとしてすぐに断念した。

「……開かないわ」

先輩ってマジで力とか運動面とか全然だよな。割とよく転ぶし。

「野水《のみず》、開けて」

「はいはい」

ペットボトルを受け取り蓋《ふた》を開けて戻す。先輩は両手でボトルを包み飲み始めた。

なにかに似ている……リスか？　リスは気性が荒《あら》いというしな。

「ぷは……特殊ミッションのことだけど。なに笑ってんのよ」

コーラから口を離《はな》す先輩。口の周りに泡がついている。ちょっと面白い。

「佐々木《ささき》いわく、一時から白峰は予定がなかったはず。つまり特殊ミッションは一時より前に終わっていた。そう考えるのが妥当《だとう》ね」

「一時以降に秘密の予定があったわけではないと？」

「ええ。だったら佐々木の誘いはちゃんと断ったでしょう。だから一時までに何かがあった」

「となると問題は……」

「その時間まで白峰がどこにいたのか？　ね」

それからひたすら聞き込みを行った。文化祭はもう少しの間続く。この時間が終われば来客も帰ってしまうかもしれない。それは聞き込みできる人が減《へ》ってしまうことを意味する。あまり時間がない。

会長に加え、佐々木先輩や椎名《しいな》さん、渋沢《しぶさわ》さんにも手伝ってもらえた。

椎名さんは「これで貸し借りなしだかんな」とダーツの催《もよお》しを中断して舌打ち混じりにのってくれた。佐々木先輩はアホなので「これで事件を解決したら彼氏になれるぞ！」とガッツポーズを決めていた。渋沢さんは「よっしゃ！　ダッシュで聞き込みしてくるよ！　怪《あや》しい奴がいたらボコって連れてくるかんね！」と親指を立てていたけど絶対にやめてほしい。

「友岡《ともおか》も悪いな」

「いいよ。でもあとで花壇《かだん》の近くの木にカメラ設置させてくれねえか？　鳥が巣を作ってるの見たんだ。今度の作品で使おうと思ってな」

「わかった。先輩には言っとく」

唯一の友人と言って差し支えない友岡《ともおか》にも応援を頼んだ。木にある巣というのは今日見たあの木で間違いないだろう。

「あーしもやる」と、病院から戻ってきた真咲《まさき》さんも引き受けてくれた。「当たり前だしぃ。あーしもちょー気になるから。だって美玖《みく》が……」

真咲さんは泣くのを堪《こら》えるように下唇を持ち上げ目を潤《うる》ませた。

「美玖……なにしてたんだろ。言ってよあーしにも……」

僕は真咲さんにかける言葉が見つからなかった。一緒に戻ってきた小森《こもり》先生がそっと真咲さんの頭を引き寄せた。

「あの、白峰《しらみね》さんは今……」

「無事だ。だけど今はかなり混乱しているみたいで会えない。記憶にも混乱が見られるそうだ」

「記憶の混乱……」

「あとかなり喉《のど》が嗄《か》れていたな。ガラガラだった」

大声を出したりしたのだろうか。ひとまずは無事を喜ぶべきなのだろうが、不安は拭《ぬぐ》えない。

「一年くん、行こ」

「あ、はい」

僕は真咲さんと一緒に聞き込みを行うこととなった。先輩は待機である。あの人にはこの手の作業はまったく向いていない。今は休憩室《きゅうけいしつ》で事件について考えているはずだ。

「美玖とはねぇ、ずっと仲良しでねぇ」

真咲さんは一通り聞き込みが終わると白峰さんとのことを話してくれた。

「あの子、いっつも引っ込み思案だからぁ、あーしがそばにいなきゃって思ってた」

みんなの遊びに入れない白峰さんを引っ張って仲間に入れたこと。

給食を食べるのが遅くて先生に疎《うと》まれていたのを庇《かば》ってあげたこと。

白峰さんはバレー部のマネージャーとして頑張ってること。それを応援していること。

「子離《ばな》れみたいで寂しいなぁ。美玖って真面目《まじめ》過ぎるから心配」

だからさ、と真咲さんは一度唇を噛《か》んでから続けた。

「どうして、こんなことになったのかなぁ」

「……いったん戻りましょうか」

「そだねぇ」

真咲さんが頷《うなず》いたとき、昼に曲がり角でぶつかった二人組が出てきた。その二人は部活の出し物で使ったのか、バレー部のユニフォーム姿だった。

「バレー部……もしかして」

あの人たちが言っていた「白豚」「雑用」ってまさか白峰さんのことじゃ……。

二人は僕らの横を通り過ぎていく。

「マジうけんね」「ざまあって感じ」「明後日《あさって》から部活ダルぅ」「てかさー」

バレー部の一人が笑った。

「部室にいれっぱだったアレ、どこ行ったの？」

アレ……？　アレってなんだ？　ただの催《もよお》しに使う道具かなにかか？　それとも――白峰《しらみね》さん……。熱中症、届かない声。もし部室に白峰さんが放置されていたとしたら。

思わず振り返りバレー部の二人に声をかけていた。

「あ、あのっ」

「……は？　なに？　うちら？」

二人のうち一人――襟足を刈り上げた背の高い方が首だけで振り向いた。

「部室のアレってなんですか……？」

僕の質問に二人は顔を見合わせて、噴《ふ》き出《だ》した。

「なんで部外者に教えなきゃなんないんだっつーの」

「……白峰さんのことじゃないんですか？」

「こいつなに言ってんの？」「わかんない。バカなんじゃね？」

「白峰さんは――」

言いかけたところで手を握られた。真咲《まさき》さんだった。

「もういいよ、一年くん」

真咲さんは二人を睨《にら》みつけた。それに気分を悪くしたのか、その二人は舌打ち混じりに廊下《ろうか》の角に消えていく。僕らはそれを見送った。

「真咲さん、いいんですか？」

「え？　あ、ごめんねぇ。へへ。あの人たち好きくないから……」

頭をかきながら柔らかく微笑《ほほえ》む真咲さん。

「でもねぇ。部室と花壇《かだん》って距離あるし、部室に閉じ込めとかは難しそぉかなぁ」

……それは、確かに。軽率だったかもしれない。

「きょーはありがとねぇ一年くん。はい、ぎゅー」

抱き着かれる。本日二回目のハグ。

「ありがとー」

「は、はい」

振りほどくこともできず、僕はなされるがままで。周りにまだ人がいるんですけど……。

「……？」

瞬間《しゅんかん》僕の鼻先を何かの匂いが掠《かす》めた。……なんだ？　嗅《か》いだことがあるような、ないような。

「なんの匂いだこれ……」

「ちょっとくすぐったいよぉ」

「あ、すいません」

「なぁに？　制汗剤の匂い、好きなの？　えいっ」

真咲《まさき》さんは僕の顔の前でわざとシャツの胸元を手前に引っ張った。胸の縦線が見えている。

結構着やせするタイプなんですね……。

「ここ、ちょー匂いするよ？　……嗅《か》ぐ？」

「いやいやいやいやいや！」

ここで「はい喜んで！」とか言ったら大変なことだよ。バレたら先輩に殺される。………いや待て。どうして先輩が出てくる。この状況とは関係ないはずなのに。

そうだよ。別に先輩に遠慮《えんりょ》しなくてもいいんだ。嗅いでもいいんだ。

「なぁんてじょーだん。本気にした？」

「ま、まさかぁ。んなわけないじゃないですかぁ」

「あー真似《まね》っこ。あーしだってぇ、わざとこの話し方してないからねぇ？　なんか速く話すの苦手なだけだしぃ」

「あはは」

「一年くんってさぁ、あの蛇谷《へびたに》？　って人と付き合ってんのぉ？」

「はい!?」

突然の質問に動揺《どうよう》を隠せない。

「だってぇ、あの人が誰かと親しげなの初めて見たしなぁ。かいちょーとは微妙《びみょう》に壁あるしぃ」

面白そうに唇に指を当てる真咲さん。

「……キスとか、した？」

「してないしてません！　滅多《めった》なこと言わんでください！」

聞かれたらどうするんだ。下手したら殺されるぞ！

「そっかぁ。じゃああーしと付き合う？　きみ、可愛いもんねぇ」

顔を近づけて真咲さんが舌をぺろりと出す。

「あーし、年下とか好きかも」

「野水《のみず》くん——なにしてるの」

背後から名前を呼ばれた。恐る恐る振り返るとそこには青山《あおやま》会長がいた。

いつもの優し気な雰囲気《ふんいき》ではない。腕を組み指先が二の腕を何度も叩いている。

「あ、かいちょーだ」

「二人とも遅い。聞き込み終わったなら早く戻ってほしいな」

「ごめんねぇ。なんかこの子、いいなぁって思っちゃってぇ」と、真咲さんが僕の肩に後ろから手を置いた。それを見た会長の眉がぴくりと揺れる。

「……愛《あい》ちゃん、野水くんは蛇谷さんに報告あるから借りるね？」

「あ、うん。……えっとごめんねぇ？　怒ってる？」

本気で申し訳なさそうに真咲さんが会長を上目遣《うわめづか》いに見る。会長は真咲さんを一瞥《いちべつ》すると

「別に」と素っ気なく返して僕の手を取った。

「行くよ、野水《のみず》くん」

「は、はい」

引き連れられるように会長に引っ張られる。こんな会長は初めて見た。

「あのさ、野水くん。自覚もってくれないかな」

「……え？　自覚、ですか？」

「野水くんは、恵まれてるの。蛇谷《へびたに》さんに気に入られて、彼女の役に立って。なのに他の人にデレデレして……」

「で、デレデレなんて」

「してたじゃん。顔に全部出てたから。あたし見てたよ」

……仮にそうだったとして何が悪いのか。別に先輩と付き合っているわけでもないのに。

会長は立ち止まると僕の方へ振り向いて目に力を込めた。

「――逃がさないよ」

背筋がぞくりとするような寒気が走った。

「もし逃げようとしてもあたしが逃がさない。他の人のところになんて行かせない。野水くんは蛇谷さんのそばにいなきゃだめなんだから！」

会長の表情はいつも以上に必死で、圧倒的な感情が込められていた。

「会長どうしたのあれ」「喧嘩か？」「へー珍しい」

周囲の声でようやく今の状況に気づいたように会長がハッとする。妙に気まずい……。

「わかるっ！」

唐突に僕らの間に入ってきた人物がいた。渋沢《しぶさわ》さんだった。

「本当その通り！　さすが会長！　お目が高いねえ！」まるでウンチクを垂れるように渋沢さんは人差し指を立てて続けた。「やっぱこの二人じゃなきゃ、しっくり来ないんだよね、うん」

「あ、うん。そ、そうなんだよ！」と会長もそれに同調し、二人は僕の前を歩いていく。

「な、なんだったんだ？」

困惑に包まれた僕だけがその場に取り残された。

6

「ようはなにもわからなかったと」

「……すいません」

いくら聞き込みをしても白峰《しらみね》さんが何をしていたのかはわからなかった。

もしかしてバレー部の部室に……とは思ってそれも伝えたが、先輩は特に気にしていないように見えた。誰も目撃者がいないのだ。そうでなくても文化祭、それぞれが楽しんでいる。仮装している人、メイクしている人、一般客。クラスと部活の出し物。

様々な要素が重なり合っていて、特定の誰かの行動を調べるのは非常に難しい。

佐々木《ささき》先輩、渋沢《しぶさわ》さん、椎名《しいな》さんに友岡《ともおか》も同じだったらしくすでに報告は終わっているようだ。追いついてきた真咲《まさき》さん含めて五人で事件のことについて話していた。会長は僕の隣《となり》で今もやや気まずそうにしている。さっきのことなら気にしなくてもいいのに。

「なにかわかったか？」

休憩室《きゅうけい》の中に小森《こもり》先生が入ってきた。

「白峰《しらみね》の親御さんに説明するためにもあいつが何をしていたのか知りたいんだがな」

先輩は首を横に振った。先生は深く息を吐いた。

「そうか。まあ仕方ない。当人の状態が戻ればいいんだがな」

「小森」

先輩が先生の名前を呼ぶ。

「先生、な？　カンナちゃん」

「……小森教諭」

「こいつ意地でも私を先生って呼びたくないらしいな……？」

まあ抵抗があるのはわかる。だってちゃらんぽらんだし。と、先生が僕を睨《にら》んだ。

「よおし、野水《のみず》含めてあとで説教してやる。蛇谷《へびたに》くん言ってみろ」

「頼んでおいたやつ——正門のカメラは見てきてくれたの？」

「ああ、今確認した。見た限り白峰は救急車で運ばれるまで校外へは出ていない」

「なら白峰は間違いなく学校にいたわけね。なのに私と野水が発見するまで誰にも見つかっていない……そんなことがありえるの？」

「あの、トイレはどうですか？　ほら、トイレで籠《こ》もってる人がいたじゃないですか」

もしかしたらあの人が白峰さんなのかもしれない。

「それはたぶん違うかなぁ……」

会長が言いにくそうに否定した。

「あのトイレ、あのあとまた確認したんだけどね、一時過ぎには空になってたの」

「そ、そうですか」

「ごめんね、野水くん。せっかく意見言ってくれたのに……」

「いえいえ、こちらこそすいません」

「ううん、あたしが悪いの。ごめんね」

「なにこれ。なんなの？」たまらないといった様子で先輩が割り込んでくる。「謝るのがブームなの？　知らなくてごめんなさいね。ああごめんなさい」

さりげなくブームに乗ろうとしている……。いや、別にブームでもなんでもないけど。

「ち、違うって！　俺はずっと休憩室にいたって！」

急に佐々木先輩の焦った声が聞こえた。

「でもあーしが見たときいなかったよねぇ？　美玖《みく》と会う約束してたんしょ？」

佐々木《ささき》先輩を真咲《まさき》さんが問い詰《つ》めている……ように見えた。

「なんで嘘《うそ》つくのぉ？　休憩《きゅうけい》室にいなかったの見たんだからぁ」

「そ、それは……」

佐々木先輩が答えに窮している。椎名《しいな》さんが「兄貴……なんかしたのか？」と疑惑の目を向けている。

「ち、違う！　俺は……別にやましいことなんてしてない！　白峰《しらみね》さんに不誠実なことは……」

「美玖になにかしたの!?」

「俺はなにもしてないんだよお！」

そう叫ぶと佐々木先輩は部屋を飛び出した。

「あ！　待てコラ！」

椎名さんがそれを追いかけていく。な、なんだ？

先輩は佐々木先輩が去っていった扉の方を見つめる。

「そういえば、いなくなる前の白峰と最後に話したのは佐々木よね」

「そうですね、たしか」

「……もし佐々木が犯人だとしたら、どうやって休憩室から花壇《かだん》まで白峰を誰にも見られずに運んだのかしら」

顎《あご》に手を当てながらその場で考え込む先輩。

佐々木先輩が犯人……。いや、ないような……だってあの人、おバカだし。

「ひとまず、いったん解散にしよう？」と会長が時計を見て言う。「文化祭も終わっちゃうわけだし、みんなそれぞれに片付けや打ち上げもあるだろうしね」

「……そうね、いったん終わりにしましょう。少し考えたいし」

僕らは解散することになった。

「だいぶ人、減《へ》りましたね」

午後五時を過ぎた校舎内から来客の姿はめっきり減っていた。一通りの片づけがなされ、喧《けん》騒《そう》だけが置き去りにされている。

ついさっきまでたくさんの人がいた。それが嘘みたいだ。記憶が幽霊《ゆうれい》みたいに二時間前の人々を思い浮かべさせてくる。

先輩はじっと虚空《こくう》を見つめていた。

「野水《のみず》って幽霊は信じる？」

「いきなりですね。先輩のことじゃなくて？」

「ふざけないで。で、信じる？」

「そうですね……」

僕は残念ながら霊感には恵まれていない。だから生まれてこの方心霊体験をしたことも、それらしい気配を感じたこともない。「そんな気がする」なんていう経験すらなかった。そんな僕に言わせれば「幽霊《ゆうれい》なんていない」となる。

けれど、自分だけの感覚がすべてとは思いたくない。

「いたらいいな、とは思います」

「それはどうして？」

「別に深い理由とかはないんですけど……」

自分の中にあるなんとなくの感情と願いを集めて一つの言葉にする。

「科学的でないことがあった方がいいなと思います。あとは、死んだ人がそれですべて終わりにならないでいて欲しいかなって」

病気で死んだ祖母のことを思い出す。闘病《とうびょう》はとても辛そうで最後は自分のことも忘れていた。

「例えば生まれてすぐ死んだりする赤ちゃんとか可哀想じゃないですか。魂があればそれで全部終わりになることもないかもしれないし」

だから僕は魂、ひいては幽霊がいたらいいなと思っている。

「それに、そうなら死ぬのが少し怖くなくなる気がしませんか？」

「野水《のみず》って結構ロマンチストなのね。気持ち悪い」

「ロマンチストって」

急に恥ずかしくなる。というか、僕はなんで先輩にこんな話をしてしまったのだろう。急に真面目《まじめ》なトーンで死生観《しせいかん》を語ってしまったことを後悔する。

きっと揶揄《からか》われるのだろうな……と僕が身構《がま》えていると、

「……でもま、悪くないわ、その考え」

「え？」

「なんでもないのよ、黙《だま》って黙れなさい」

黙れなさいってなんだ。いや、それよりも。今先輩は確かに「悪くない考え」と言った。それを口にしたときの顔が妙に印象的だった。

「あれ？」

階段の下スペースで真咲《まさき》さんが着ていた着ぐるみを見つけた。

大きいからここに放置しているらしい。

「がお」と先輩が真顔で言った。「私がライオンなら野水を真っ先に食べてるわ」

「僕はそんなおいしくないですよ」

「そんなの人によるじゃない」

先輩は階段まで走っていき着ぐるみを持ち上げた。イタズラめいた笑顔でポンポンと叩く。

「次は野水が入って。そしたら美女と野獣ね」

自分で美女って言っちゃったよ。まあそうだけど。

「ほら早く」

「はいはい。言ったら聞かないですもんね先輩は」

正直臭そうだから嫌だなあ、と思いつつ僕はそれを手に取り足を入れようとして、気づく。

「……この匂い」

「どうしたの？」

「なんか……」

そうだ。この匂いあれだ。

「真咲《まさき》さんと同じ匂いだ……」

制汗剤？　違う！　あれはコレと混ざった匂いだ。あるいは上塗りされた匂いだったんだ。

「同じ匂いなのは当然でしょ。着てたんだから。てか、あいつの匂いってどういうこと？」

「いやそうじゃなくて……」

僕はこの匂いを真咲さんから嗅《か》いだとき、思ったのだ。

——なんだっけ、この匂い、と。そうだ。そうだったんだ。

「……先輩」

「な、なによ。なにシリアスな顔になってんのよ。それより真咲の匂いってどういう……」

「僕、すごく大事なことに気づいたかもしれません」

7

文化祭が完全に終了し一切の喧騒《けんそう》は消え去った。

明日に向けて皆、エネルギーを溜《た》めるか、あるいは余韻《よいん》に浸るのだろう。

だが僕らにそんな時間はない。少なくとも今だけは。

その人は先輩の呼び出しに、一人で花壇《かだん》までやってきた。

先輩が僕の一歩前に出る。僕はその先輩の真横に立った。先輩が相手を挑発《ちょうはつ》しがちなことはわかっている。赤羽《あかばね》のときのようなこともある。僕は先輩を守れるよう、できるだけ腕をフリーにしておく。

「犯人はお前ね」

「……」

先輩はその人物に告げた。

だが相手は身じろぎもしない。ただ黙《だま》って僕らを見つめていた。

「白峰《しらみね》はここで倒れていた。救急車で運ばれ、症状は熱中症。身体《からだ》中に酷《ひど》く汗をかき、顔は青ざめていた」

相手はまだ何も喋らない。

「でも変ね。白峰は夏に体調を崩しやすかった。いくらでも対策可能な状況で熱中症になり、わざわざ日なたで倒れるかしら?」

その人物は微《かす》かに身じろぎする。

「白峰《しらみね》は十二時以降、誰にも目撃されていない。その間いったいどこにいたのかしら。隠れていた? ある意味イエス。人気《ひとけ》のないところにいた? イエスね。では、熱中症になるまで助けを呼ばなかった? ノーよ」

先輩は相手を鋭く睨《にら》みつけた。相手は一歩足を引いた。

「正確には呼べなかった。白峰は責任感が強く与えられた仕事を全うする人間だった。そう――真咲愛《まさきあい》、おまえに命じられた仕事もね」

真咲さんは口元に力を籠《こ》めた。不安げに瞳が揺れ次第に涙が溜《た》まっていく。

「な、なんだよぉ。あ、あーしがなにしたっていうんだよぉ……」

「白々しい。私は泣く女が嫌いなのよ」

……笑う女も嫌ってそう。じろりと細めた視線が向けられる。

「なにか言いたげね。あとで聞いてあげるわ」

真咲さんに向き直ると先輩は顎《あご》を斜め上に持ち上げ、見下すように、

「お前十二時から一時の間、どこにいたの?」

「っ」

「答えられる? られないわよね?」

「そ、そりゃもちろん」真咲さんは恐々《こわごわ》と窺《うかが》うように顔を上げ、「着ぐるみの中にいたけど……」

「へえ！　そう！　ならあれを覚えているかしら！　ねえ野水《のみず》。あったわよね？　桜庭《さくらば》の教室でアレが」

「え、ああ」アレのことか。僕は頷《うなず》く。「ありましたね」

満足そうに悪どく笑うと先輩は真咲さんに視線を戻す。

「お前もすぐそばにいて驚いていたわね。メイド喫茶をしていたクラスの前でライオンの着ぐるみを着たお前はさて、何に驚いたのか」

「そ、それは……」

真咲さんの視線が左右に泳いだ。

もし着ぐるみの中にいたのなら答えられるはずだ。あのとき電子レンジが『バチッッ！』と大きな音を立てた。教室のそばにいた僕と先輩はもちろん、着ぐるみも身体《からだ》をびくつかせリアクションをとっていたのだから。

「こ、コップ割ったあの音……かなぁ」

「残念。違うわ」

不正解。つまり——

「おまえは着ぐるみを内緒で代わってもらっていた。その間お前はトイレにいた。違う？」

「そ、それはぁ」

「違うならどこにいたのかぜひ私に教えてくれるかしら」

ふふ、と先輩は口元に小指を当て何度も唇をなぞる。瞳孔《どうこう》は開き、口調は冷静でありながら興奮《こうふん》しているのが伝わってくる。

二人は入れ替わっていたのだ。声は籠《こ》もるからそれでバレることはないし、着脱《ちゃくだつ》が大変だから顔を容易に見せることもないし要求もされない。入れ替わりにはぴったりだ。

「野水《のみず》におまえが抱き着いたとき、身体《からだ》が濡《ぬ》れていたそうね？　汗に見せかけるために濡らしたのかしら。ていうか、こいつに気安く抱き着かないでもらえる？　むかつくわね……」

先輩が苛立たしげに言う。

そのあと、僕が真咲《まさき》さんの匂いを嗅《か》いだとき、胸元を見せたり口説くようなことを言ったのも全部匂いから気を逸《そ》らすためだったのだろう。

「……うぅ。だって、だってぇ」真咲さんが瞬《まばた》きすると瞳に溜《た》まった雫が零《こぼ》れ落ちた。「どーしてもゲームしたかったんだもん。ログインしないと間に合わなかったんだもん」

「……は？」

思わず間の抜けた声が出てしまった。なんだそれ。いや、なんだよそれ！

「でも仕事サボったらクラスの子たち怒るしぃ……だから美玖《みく》にお願いしてぇ」

うえええぇぇえん、と高校生にあるまじき泣き方をする真咲さん。

呆れかえっている僕とは違い、先輩は真咲さんを睨《にら》み据《す》えていた。

「……よくもまあ、いけしゃあしゃあと。ならあれはなにかしら？」

先輩が背後を指さす。その先には例の柵《さく》に結ばれたヒモがあった。

「白峰《しらみね》は必死に人を呼んだはずだわ。だから喉《のど》が嗄《か》れていた。でもそれは届かなかった」

真っすぐに腕を伸ばし、先輩は犯人に指を突きつけた。

「なぜなら——着ぐるみの中に閉じ込め続けられていたから」

「……あーし、そんな酷《ひど》いことしないもん」

「お前は着ぐるみの中に白峰を閉じ込め、あの柵に縛《しば》りつけた」

先輩が背後を一瞥《いちべつ》した。ヒモが風で揺れる。

「あのヒモの先端は二股に分かれ、輪っかを切った状態だったわ。そしてその輪っかは人間の部位においても小さいか大き過ぎる。でもね」一度言葉を区切り、先輩は声を低くして言い放つ。「——着ぐるみの膝《ひざ》ならぴったり合うのよ」

これはさっき、真咲さんを呼び出す前に実験してみたことだった。完全に一致する。よく見れば着ぐるみの左ひざには一部毛が倒れている箇所があった。

「そしてあの着ぐるみは自分ひとりで脱ぐことはできない。もちろん、あの手じゃヒモの結び目をほどくようなことも、ね」

先輩は一歩二歩と真咲さんに近づいていく。次第に二人の距離は間近《まぢか》に迫り、

「お前は一時を過ぎるとトイレを出てここへ来た。待ち合わせしていたんでしょう。雑草《ざっそう》しか

ないから誰も使ってないとでも思ったのかしら？　失礼千万。なんて恨《うら》めしい。絶対許さない」

なんだか私怨が混ざりだした。……いや、この人は最初から正義感で謎を解いているわけじゃない。犯人がいるかどうか。それが——悪者か否か。それだけだ。

「ねえ、お前が来たとき、着ぐるみ姿の白峰《しらみね》はすでにここにいたんじゃないかしら」

「し、知らない」

「お前はそこで白峰を柵《さく》まで誘導した。そして——縛《しば》りつけた」

ヒモを結ぶような動きをして先輩は両手拳をきゅっと持ち上げた。

「あとは離《はな》れるだけ。ただでさえ暑い中着ぐるみにいた白峰は、日なたで動けずじまい……さぞ、地獄のように暑かったでしょうねぇ」

想像するだけで眩暈《めまい》がする。

今日のような高い気温と湿度の中、一時間以上着ぐるみの中にいたのに、さらに日なたに縛りつけられ放置される。着ぐるみは脱げず、嗄《か》れるまで声をあげても誰にも聞こえない……。

まさに地獄だ。

「戻ってきたお前はぐったりした白峰を着ぐるみから出し置き去りにした。自分はその着ぐるみを着るだけ。楽でいいわね？　なにも閉じ込める場所が固定されている必要はないのだから」

真咲《まさき》さんは急に力が入らなくなったのか膝《ひざ》をつき、ブツブツと呟《つぶや》き始めた。

「だって、だって思っちゃったんだもん。仕方ないもん。そうしなきゃいけなかったんだもん」

「お前、何を言ってるの？」

怪訝《けげん》そうに先輩が問い返す。真咲さんはキッと顔を上げると鼻頭に皺《しわ》を寄せた。

「ライオン着てる美玖《みく》見たら急に思っちゃったんだから仕方ないんだもん！　このまま美玖を着ぐるみの中に閉じ込めておけばって！」

唾《つば》が飛ぶほどに真咲さんは叫んだ。

「美玖ね？　バレー部で頑張ってたんだよぉ？　運動部なんて入ったことないのにマネやりたいってバレー部入ってね？　なのにぃアイツらは美玖を軽く扱った。未経験者だって馬鹿にして、マネを雑用だって言って！」

真咲さんの唇は細かく震え、怒りに満ちていた。

「美玖がいるからかなり助かってるはずなんだよぉ？　ボール出しも給水もぜぇんぶ美玖が頑張ってやってるって聞いたもん。練習試合見たけど美玖が一番頑張ってたもん！」

確かにあの二人の部員は白峰さんを馬鹿にしていた。

「……ねえ、許せなくないかなぁ？　許せなくなぁい？　あーし思ったんだぁ。『美玖がいなくなればその存在の大きさがわかるよねぇ』って」

「だからあんなことをしたって……？」

僕の質問に真咲さんは途端に笑顔になって答えた。

「うんっ！　絶対こーかいするよねぇ、アイツら。美玖のこと馬鹿にしたんだから当然だよ！」

……どうかしてる。軽く扱った？　じゃあなにか？　この人のしたことは〝重く扱った〟結果だとでも言うつもりか？　そんなのは欺瞞《ぎまん》だ。ただの勘違いだ。

人の形をした何かを目の前にしているような気分だった。そんな思考、僕には理解できない。

緊迫した空気感の中、突如《とつじょ》間抜けな音が反響した。


パチパチパチ……と。それは先輩が叩いた手の音だった。

「すごいわ、お前」先輩は心底感心したように意地の悪い笑みを浮かべ手を鳴らす。「お前は演劇部へ入るべきね。桜庭《さくらば》なんかよりよっぽど上手」

「……なに言ってるのぉ？　頭大丈夫ぅ？」

「ええ。ご心配なく。これでも健康体だから。ねえ、野水《のみず》」

「は、はあ」

先輩の太ももを思い出す。確かにあれは健康的な太ももでしたけど……。

「……なんであなたは変なところで不埒《ふらち》なのよ。頭の話でしょ」

半眼で口を尖《とが》らせると先輩は真咲《まさき》さんを眇《すが》め見た。

「お前は着ぐるみの白峰《しらみね》を見てそのまま閉じ込めようと思ったというけど、それは嘘《うそ》」

先輩はスマホを取り出した。

「さっき調べごとをしてもらっていた青山《あおやま》から連絡が届いたわ」

そういや……ここに来る前に先輩が会長になにかを耳打ちしていた。

思い出していると、先輩が横目で僕に視線を送ってくる。

「ヒモ——あの柵《さく》のヒモ、どこから調達してきたのかしら。ね、野水」

「え？　……あ、ああ。なるほど」あのことか、と思い当たる。「会長が言ってましたね。ヒモがなくなったクラスがあったって」

「そう。そしてあのヒモが失くなったヒモなのか、いつなくなったのか、調べてもらったわ」

「……それがなんなわけぇ？」

「ヒモがなくなった時刻は十二時より前だったそうよ。わかる？　おまえは偶然《ぐうぜん》思いついたから今回の事件を起こしたんじゃない。白峰に着ぐるみを着せる前から——計画的にやったのよ」

真咲さんの眼が大きく見開かれる。先輩は真咲さんに近づき腕を摑《つか》んだ。

「ひっ」と真咲さんは怯《おび》えた悲鳴を上げる。その姿はまるで蛇が獲物《えもの》に絡みついているようで。

「トイレでゲームをしたい？　嘘ね。着ぐるみの白峰を見て犯行を思いついた？　嘘ね。バレー部の面々に白峰の存在の大きさを思い知らせたい？　——真っ赤な嘘ね」

「ち、ちが」

「嘘ばっかり。おまえ——嘘くさいのよ」

「やぁ……いやぁ」

小さな子供のように真咲さんは首を振る。だが先輩は容赦《ようしゃ》しない。

「お前は最初から計画的に白峰《しらみね》を着ぐるみへ閉じ込めるつもりだった。なぜ？　私にはわかるわ。お前……妬《ねた》ましかったのでしょう？」

真咲《まさき》さんの全身から力が抜ける。先輩は腕を離《はな》さなかった。

腕だけが持ち上がった真咲さんは手錠をはめられた犯人のように見えた。

そのときだった。微《かす》かに遠くで『カシャ』という音が聞こえた気がした。……なんだ？

「今までそばにいた親友が巣立つようにバレー部に入った。変わろうと、強くなろうとしたのかもしれない。認められもしないのに一生懸命《いっしょうけんめい》努力する姿を見てお前はどう思ったか」

「やだぁやだぁ！」

聞きたくないというように真咲さんが空いた手で耳を塞《ふさ》ぐ。

「心底妬ましかった。なぜなら――お前は自分の価値を〝白峰のお守《もり》〟だけと考えてるから」

囁《ささや》くような声に真咲さんは力なく首を左右に振る。

「そんなことないぃ！　あーしはそんな酷《ひど》くなんてないっ」

「この事件は〝お前がお前の価値を決めた〟事件よ」先輩は摑《つか》んだ腕を思い切り引き、真咲さんを真正面に見つめた。「お前が自分を〝白峰のお守以外に価値がない〟と心の中の奥で考えていなければ起きなかった事件。……違うかしら？」

そう言った瞬間《しゅんかん》、真咲さんが先輩を突き飛ばした。先輩は尻もちをつき、真咲さんは先輩の胸倉を摑んだ。

「先輩っ！」

「——いい。大丈夫」

「うあぁぁあぁぁあああ！」

慟哭《どうこく》のような声だった。真咲さんが出したとは到底思えない獣のような声。

「なんでだよぉ！　なんであーしだけじゃダメなんだよぉ！　悪口ゆってんじゃんあいつらぁ！　だったら行かなくていいだろぉ！　なんでゆーこと聞かないんだよぉ！　なんで……あーしが守れないとこに行くんだよぉ……。う、うっうっ……」

先輩の胸元を叩く。髪を振り乱し、顔をどろどろにして真咲さんは泣いていた。

「……本当は、どうしてこんなことをしたの？」

今までにない静かな声音《こわね》で先輩は訊《たず》ねた。

「……美玖《みく》のママが言ってた。次、倒れるようなことがあったら部活はやめる約束だって」

「そう。でも……下手したら白峰は死んでたわ。それはわかってる？」

「……死ぬ？　美玖が？」

初めてそこに思い至ったかのように真咲さんは顔を上げた。

「あーしは、美玖を殺そうとしたの？」

「あなたにそんなつもりはなくても、死んでおかしくないことをあなたはしたのよ」

「あーしが、美玖を……」

真咲《まさき》さんは何度もそのことを口の中で呟《つぶや》くと、へら、と口を歪ませた。

「……あ、そっかぁ。あーし、美玖《みく》を殺そうとしたんだ……」

ふらふらと立ち上がると真咲さんは空中をぼんやりと眺めながら歩きだす。

「待ちなさ――いたっ」

先輩が真咲さんを追いかけようとして躓《つまず》いた。見れば足首を庇《かば》っている。

「さっき押し倒されたときに捻《ひね》ったんですか⁉」

「そうみたいね……」

顔を歪めて先輩は真咲さんの去っていった方向へ視線を投げる。すでに彼女の姿は見えなくなっていた。先輩は無理に立ち上がろうとする。僕はそれを慌《あわ》てて制した。

「無理しちゃダメですって！」

僕は先輩の身体《からだ》を支える。先輩は先ほどまで真咲さんのいた空間を見つめ呟く。

「人間の過去は何をしても変わらないわ。死んだ人間は戻らないし、自分がしたことは消えない。自分を許せない人間は――どうしたって許せないものよ」

「先輩……？」

「でもあいつはまだなにも失っていないわ。白峰《しらみね》は生きてる。やり直しがきく。どこかの誰かさんと違ってね」

「それって」

誰のことを言っているのだろう。

「今回のことは小森《こもり》に伝えるわ。あとは大人の判断を仰《あお》ぎましょう」

「そう、ですね」

僕らは歩きだす。先輩は僕に寄りかかったまま肩に頭を預けていた。旋毛《つむじ》が見える。

「あの、先輩」ひとつ疑問に思っていたことを訊《たず》ねた。「佐々木《ささき》先輩のあの醜態《しゅうたい》はいったいなんだったんでしょうか」

真咲さんの問い詰《つ》めに急に逃げ出したし、最悪彼が犯人の可能性もあると思っていたのだが。

先輩はつまらなそうに鼻を鳴らした。

「それも青山《あおやま》から連絡があった。他の女をナンパしてたらしいわよ。それを白峰の親友の真咲に知られそうになって慌てて誤魔化《ごまか》したそうだわ」

「全然誤魔化せてないじゃないですか。人の気持ちをなんだと思っているんだ、あの人」

あの色恋に毒された男を思い浮かべて呆れていると「……気持ち？」と先輩が呟いた。

「……白峰の、気持ち……」

「先輩？　どうかしました？」

顔を覗《のぞ》くと先輩は気まずげに視線を逸《そ》らし、数秒の間を空けてから口を開いた。

「……あくまで、なのだけど。これは妄想……そう思って聞いてくれる？」

「え？　あ、はい」

「……白峰《しらみね》はバレー部で虐《いじ》めに近い扱いをされていた。そして、倒れるようなことがあれば、親に強制的にバレー部を辞《や》めさせられるのよね？」

「……そうだったと思いますけど」

謎はもう解決されたはずだ。真咲《まさき》さんも認めている。けれど先輩の瞳はいまだ険《けわ》しい。

「自分で辞めたくても辞めさせてもらえないことなんて世の中いくらでもあるわよね」

「同調圧力とかで辞められないって話はたまに聞きますけど……」

これはどういう話なのだろう。先輩は寂し気に目を細め、

「もし……白峰が真咲のしようとしたことに気付いたとして、それをあえて黙《だま》ったまま受け入れたとしたら？　大事《おおごと》にして、親から強制的にバレー部を辞めさせられるように……」

「まさか……。だってそれなら実際に熱中症にならなくても、なったフリをすればいいし」

「白峰はとても真面目《まじめ》だったそうね。だから――嘘《うそ》をついて部を辞めようとはしなかった……としたら？」

「そ、そんなことってありますか？」

「今にして思えば違和感はあるの。なぜ白峰は大人しく柵《さく》に縛《しば》られていたの？　とか……」

「でも白峰さんは喉《のど》が嗄《か》れていたって……。着ぐるみの中で助けを呼んでいたはずですよね？」

「思っていた以上に暑さが辛くて、耐えられなかったから、かもしれない。その場のとっさの思い付きで実行したけど、いざやってみたら我慢《がまん》できないなんてよくある話でしょう？」

「……じゃ、じゃあ、白峰さんは望んで真咲さんの被害者になったってことですか？　それじゃまるで二人はお互い同意なしの共犯みたいな……」

「それはわからない。……それはきっと白峰にしかわからないことよ。でも、だとしたら……」

推理をして、こんなに自信なさげな先輩は初めて見た。

「で、でも！」僕は必死に訴えるように先輩に向かい合う。「先輩がやったことは間違いじゃないです。だって真咲さんが今回の犯人なのは事実なんですから！」

僕の言葉に目を瞠り、先輩は次の瞬間《しゅんかん》にフッと表情を緩《ゆる》めた。

「そうだといいわね」

8

真咲愛《あい》はふらふらと道路を歩いていた。

「美玖《みく》……」

美玖を殺そうとしたんじゃなくて……ただ取り戻したかっただけなのに。

でも、もしかしたらそういう気持ちがどこかにあったのかもしれない。

美玖が死ねば、美玖は一生自分のものだから。

誰にも盗られないから——そんな思いがどこかに。

「美玖はもうあーしのこと、嫌いかな」

もし自分がこの罪を償うとすればそれはどんなものだろう。

信号待ちをしている。目の前を車が通り過ぎていく。もうなにもかもが嫌だった。今回のことがバレれば全部が終わる。美玖《みく》はきっと自分にされたことを周りに話すだろう。

「あーしってちょーバカ」

美玖を殺すつもりじゃなかったなら、美玖は助かる。美玖が助かれば自分のしたことはやがてバレる。なんでそんな足し算より簡単なことがわからなかったんだろう。

どうしたら許されるのだろう。そんなことを考え一歩、足が前に出た。

次の瞬間《しゅんかん》——視界の隅《すみ》に自動車らしきものが見えた。

嫉妬探偵の推理メモ

白峰 美玖

妬ましいところ

肌が白くて綺麗。私よりも。

嫌いなところ

まだ、ないわ。もっと嫌いになるためにはお互いよく知っていかないと。

ぶっちゃけよくわからないわ。ただお人好しで真面目で……追い詰められていたのかしら。だから……ううん、ハッキリしたことはわからない。ただ、あなたは生きている。せいぜいやり直してみなさいな。

真咲 愛

妬ましいところ

野水に抱き着いたこと。私のなのに。

嫌いなところ

野水に抱き着いたこと。私のなのに。

いかにもギャルって感じ。野水に抱き着いたりして妬ましいったらありゃしない。あいつ……文化祭中どんな気持ちで過ごしていたのかしら。私がしたことはどれだけ意味があったの？　ねえ、野水。教えて。

小森 鏡花

妬ましいところ

なんでもわかっているような顔をするところ。

嫌いなところ

たまに私のこと、馬鹿にするところ。

ちゃんぽらんな教師ね。やたら私に馴れ馴れしいけれど……でも、嫌いってわけじゃないわ。なんだかんだ私たちのために動いてくれるもの。な……っ！？　小森、なに聞いてんのよ！　ニヤニヤしないで！　恨めしい！

第四話　暴いてやるわ、おまえの嘘

Chapter4

1

文化祭の振り替え休日を挟《はさ》んでの休み明け。

登校するなり友岡《ともおか》が僕を廊下《ろうか》の端まで連れ出した。

「お前、知らないのか？」と友岡は険《けわ》しい顔でため息をついた。

差し出された友岡のスマホには、一枚の画像が映し出されていた。

「なんだよこれ……！」

そこに映っているのは先輩だった。いや、それだけじゃない——真咲《まさき》さんも写っていた。

真咲さんは泣きながら膝《ひざ》をつき、先輩はその腕を掴《つか》んでいる。まるで先輩が泣きじゃくる真咲さんの腕を捻《ひね》り上げているかのような写真。昨日、僕はそれを目の前で見ていたはずなのに、どこか現実感がなかった。

「それに写ってる真咲って先輩、事故に遭《あ》ったんだとよ。噂《うわさ》じゃ自殺しようとしたんじゃないかって言われてるぜ」

「自殺……？　冗談《じょうだん》だろ」

「冗談じゃない。車が来てるのに道路に飛び出てきたって話だ。見てたやつがいたんだよ」

急な浮遊感に襲われた。足元が妙にふわついていて、気持ちが悪い。

「この写真撮ったの映像研《ウチの部》の先輩なんだよ」友岡が頭をかく。「調子乗りの人でな、ネットに上げちったんだよ。真咲って人が事故に遭って自殺未遂《みすい》したって噂が流れたあとに」

「それじゃ、まるで——先輩が真咲さんを自殺に追い込んだみたいじゃないか」

「俺はお前の先輩のことよく知らねえけどよ。でもお前の顔見る限り違うみたいだな」

「友岡……」

「とにかくお前にはちゃんと言わねえとって思ってよ」

友岡はそれだけを伝えると申し訳なさそうにスマホをしまい込んだ。


昼休みを迎え、僕は先輩に会うため二年生の教室へ向かった。

一年のフロアよりも騒がしい廊下に先輩と指導教諭らしき教師がいて、その間に青山《あおやま》会長が立っていた。先輩は長い髪を垂らし、それをカーテンのようにして周りの視界を遮っている。

「だから蛇谷《へびたに》さんが悪いんじゃないって言ってるでしょ！」

「それでも話を聞かないわけにいかないだろ！」

会長が珍しく声を荒《あら》らげている。周りはそんな三人を見て口々に好きなことを話す。

「会長どうしちゃったの？」

「蛇谷《へびたに》さんっていつも一人だし、なんかやりそーな感じはしてた」

「目つき怖いよな」

好き勝手に皆が言う。それがたまらなく嫌で叫びだしそうになる。

「あ……」髪の隙間《すきま》から先輩の瞳が覗《のぞ》いた。「野水《のみず》……」

「蛇谷先輩っ！」

僕が声をかけたとき、指導教諭が先輩の腕を摑《つか》んだ。

「とにかく話は聞く！　いいな！」

弱々しく先輩が頷《うなず》くと、会長がさらに声を荒《あら》らげようとした。しかし、それは続かなかった。先輩が首を横に振ったからだ。

なんだよ、それ。先輩のキャラじゃないじゃん。言い返せよ、そんな先生の言うことなんか徹底的《てっていてき》にさ。けれど僕の顔も心も素通りして先輩は指導教諭に従《したが》う。

「……話すことは話さないと終わらないわ」

その言葉に会長が唇を噛《か》む。僕は足元から冷えてくるのを感じていた。

「それじゃ、蛇谷行くぞ」

先輩は無言で歩きだした。その背中に無責任な憶測《おくそく》と中傷《ちゅうしょう》が浴びせられる。

「蛇谷さんが真咲《まさき》さんを自殺に追い込んだ犯人ってマジなの？」

「マジなら極悪人じゃん」

「お前たちは黙《だま》って教室に戻れ！」

指導教諭の一喝《いっかつ》も虚《むな》しく、廊下《ろうか》から先輩が姿を消すまで彼らの口が閉じることはなかった。

2

放課後、会長に生徒会室へ呼び出された。

あれから僕は何回か職員室へ足を運んでいた。先輩は真咲さんを自殺に追い込んだわけじゃない。一昨日《おととい》あったことを正しく伝えなければいけない。そう思ったからだった。

しかし小森《こもり》先生は不在で、担任の山崎《やまざき》先生に一通り話をしても暖簾《のれん》に腕押しだった。

山崎先生は『お前の言う通りなら、蛇谷が真咲を脅《おど》したり虐《いじ》めたりしたわけじゃないってことだな』と神妙な顔をしていた。その返しに僕は期待した。しかし彼はすぐに、

『でもさぁ真咲が死ぬつもりだったなら、蛇谷にも責任はあるんじゃねーかなぁ』

山崎先生は慮《おもんぱか》るように僕の肩を叩き、はにかんだ。

先生が動くたび、服からタバコの香りがぷんと周りに広がっていた。

『園芸部も続くかわかんねーな。ま、気を落とすな。どうせ大したことはしてないんだろ？』

僕は逃げ出すように職員室をあとにした。

別に山崎先生と他の生徒より深く付き合っているわけじゃない。先生からすれば僕は大勢の中の一人に過ぎないかもしれない。でも味方になってくれると勝手に思っていた。

「失礼します」

ノックをしてから生徒会室の扉を開けた。中で青山《あおやま》会長はすでに座っていた。手元には湯気をたてる緑茶が用意されている。会長以外に人気《ひとけ》はいない。まるで取り調べのようだと思った。

「ありがと、来てくれて。急に呼び出してごめんね」

やや疲れた表情で会長は笑った。僕は彼女の正面にある席に腰を落ち着かせると改めて会長に向き直る。手元に出された茶を一口啜り息を吐く。会長は表情を引き締《し》めた。

「野水《のみず》くんに聞きたいことがあるんだ」

「はい」

「一昨日《おととい》、あたしと別れたあと――あれから何があったのか、全部細かく教えてほしいの」

聞かれると思っていた。会長はすべてを知っているわけじゃない。会長は一昨日の文化祭のあと、先輩に頼まれて事件の手がかりを生徒会の仕事をしながら集めてくれていた。僕らは休み明けにことの顚末《てんまつ》を話そうと思っていたから、詳細はまだ知らない。

「一昨日あれから――」

僕が説明している間、会長は目を閉じて、まるで坊さんの説教でも聞いているかのようにジッと動かなかった。

一昨日あったこと。階段近くで見つけた着ぐるみ、僕が気づいた匂い、そして真咲《まさき》さんの呼び出し。彼女の嘘《うそ》……。それらを聞きながら会長は耐えるようにその場から動かない。

「そっか」

すべてを話し終え、会長から発せられた言葉はシンプルだった。

「そっか。そんなことがあったんだ」

会長がそう口にした瞬間《しゅんかん》、バン！　と机が跳《は》ねた。茶の入った湯呑みから滴が数滴こぼれた。

「……会長？」

会長の手の平がテーブルにつけられていた。その光景を目視してようやく、会長が机を叩いたのだと理解した。

「あ……なにしてんだろ、あたし……」

ハッとして、会長は後悔の念が混ざった口調で顔を手で覆《おお》った。

「ごめんね。びっくりしたね」

「いえ……」

気まずい空気が場に流れる。ひとつ聞きたいことがあったのを思い出し、口を開く。

「あの、真咲さんは大丈夫なんですか？」

「それは大丈夫。轢《ひ》かれたっていってもちょっとぶつかっただけみたいだから」会長が自身の右腕を指先で叩いた。「ヒビは入ってるみたいだけど」

「事故なんですよね？　どうして自殺なんて噂《うわさ》が」

「文化祭の打ち上げに向かってた生徒がさ、真咲さんが道路に飛び出したところを見たんだって」

「……それだけですか?」

「うん、それだけ」でもね、と会長は続ける。「それだけなら自殺なんて言われなかった。だけどあの写真を見たあとに聞いたらどう?」

言葉に詰《つ》まる。自殺に見えてなにもおかしくない。それほどあの写真は強烈だった。

「入るぞ」

ノックより先に聞きなれた声が聞こえて扉が開いた。

「小森《こもり》先生! どこ行ってたんですか!」

僕は飛びつくように椅子《いす》から立ち、先生の前に立つ。

「何度も職員室へ行ったんですよ!」

「悪いな。急用で外していた」

「こんなときに急用って……」

「白峰《しらみね》の家に行っていたんだよ」

小森先生は部屋の中央までやってくると僕の隣《となり》の椅子に腰を下ろし、飲みかけの僕の湯呑みに口をつけた。一気に飲み干す。

「白峰のやつ退院してな」

「それで家に?」と会長が訊《たず》ねた。「白峰さんの様子はどうでしたか?」

「いたって普通だよ。特に問題はない。今じゃいつも通り家で過ごしてる。いちおうベッドの上ではあったけどな」

「良かった……」

会長が安堵《あんど》したように深く息を吐いた。僕も同じ気持ちだった。

「でもな……」非常に言いにくそうに小森先生が前置きした。「白峰はずっとこう言っていた。『愛《あい》ちゃんは悪くない。悪いのは自分です』と」

さらに数日が経過した。事態は好転していない。先輩は学校に来ないし、連絡しても返事が来ない。「ちょっと会いませんか」と送っても既読になるだけでそれ以上のアクションはない。真咲《まさき》さんとの噂《うわさ》も消えることはなかった。

学校側からはちゃんと説明があったのだ。

真咲さんは今回の事故を『自殺』ではないと親・教師に話しているらしく、白峰さんへの行為についても自白していると小森先生が言っていた。

真咲さんが白状したと知った白峰さんは渋々《しぶしぶ》ながらも事件のことを認めたらしい。

つまり本来であれば事は収束してもおかしくない。

真咲さんのしたことすべてが事細かに皆へ明かされたわけではないが、少なくとも先輩が真咲さんを一方的に自殺に追い込んだというゴシップは否定された。

だというのにいつまで経っても校内の雰囲気《ふんいき》は変わらない。

「蛇谷《へびたに》さんの報復が怖いんじゃない？」「自殺して死に損《ぞこ》なったから恥ずかしくて嘘《うそ》言ってるとか」「学校側が真咲《まさき》を説得したんじゃね？　評判気にしてさ」

そんな会話が時折耳に届くのだ。まるで陰謀論《いんぼうろん》だと思った。こちらが必死に訴えかければその分だけ怪《あや》しさが増してしまう気がする。正直、手詰《てづ》まりに感じ始めていた。

そんな鬱屈《うっくつ》とした心境の中、放課後の花壇《かだん》に僕はいた。

そして先輩はいない。

「またタバコが落ちてる……」

校舎のすぐそばに一本タバコが捨てられていた。いつもと同じ位置。以前会長が犯人を見つけると言っていたが今はそれどころじゃないだろう。

まさか本当に小森《こもり》先生が犯人じゃないよな？　あるいは、もしかして……。

一瞬、山崎《やまざき》先生が頭に浮かんだが、あの人が花壇に来ているのを見たことはない。

「野水《のみず》くん」

「青山《あおやま》会長……」

や、と手を上げて会長がこちらにやってくる。左肩に下げられた大きめのカバンを揺らし、僕の足元にあるタバコに目を向けた。

「あちゃ、また落ちてるんだ」

「はい。またです」

「どーしょーもないね、ほんと」

会長が空を仰《あお》ぐ。眩しそうに目を細め、ため息をつく。

「……ほんと、どうしようもないなあ」

「会長？」

「え？　あ、ううん。なんでもない」

言葉は気丈だが、顔色は酷《ひど》かった。かなり疲れているのがわかる。

僕は吸《す》い殻《がら》を取り除《のぞ》くと、持ってきたビニール袋にそれを入れた。

「あたしが捨てようか？」

「いいえ。いいです。ただ少し気になることがあるので念のため証拠《しょうこ》として取っておこうかと」

「そっか。野水くんは偉いねぇ」

歯を見せ会長は笑い、カバンをその場に置いた。

「そこ、汚いですよ。タバコが落ちてたところだし」

「気にしない気にしない」

「あの……会長、大丈夫ですか？」

ここ最近気になっていたことがあった。

「うん、なにが？」

貼りつけたような会長の笑みに胸が痛む。

「会長、最近いろいろ言われてますよね？」

「あーうん。ちょこっとね？」と会長は人差し指と親指でつまむような仕草をした。

普段から人望ある会長だが、一部からあまり良く思われていないことは知っていた。

会長はいい人。けれど、それを胡散臭《うさんくさ》く思う人間は当然いる。

生徒会長だからと、役職以外の相談を受けたり解決に動いたりする。そんな良い人ぶりを冷ややかに見る生徒は確実に存在していた。

さらに今回の件では、『会長ならば平等であるべき。なのに友達の蛇谷《へびたに》カンナに肩入れをしている』と、そんなことまで言われている。

普段の好感度が高い分、落差も大きくなるのは世の常だ。しかし、それでも多くの生徒が会長の世話になったことがあるのも事実で、だからこそ腹立たしい。

「でも仕方ないかなあ」と会長は腕を伸ばし目を細めた。「だって肩入れしてるのは事実だし。あたし、蛇谷さんのこと大事だもん」

会長の表情が綻び、子供のようになる。

まただ、と思った。以前からちょくちょく――そして文化祭で真咲《まさき》さんから引き離《はな》すように僕の手を取ったあのときから思っていたことがある。

青山《あおやま》会長、この人はどうしてそこまで蛇谷先輩のことが好きなのだろう。

「あの……どうして――会長は先輩のことをそこまで大切に想ってるんですか？」

単純に付き合いが長いだけでは説明がつかない感情が時折覗《のぞ》くことが気になっていた。

「どうして、かぁ」

再び会長は空を仰《あお》ぐ。上体を逸《そ》らしたまま僕の方を見た。

「昔、あたしが虐《いじ》められてたって言ったら驚く？」

「い、いじめ？　会長が？」

「やっぱ驚くんだ。だよねぇ」

「そりゃ……だって今じゃそんな風には」

「少しも見えない？」

僕は頷《うなず》いた。それを見て会長は自身の腕を肩口からひと撫でして、

「あたしって肌白いじゃん？　まあ、今の子たちは日焼け対策してるから結構みんな白いけど」

「まあそうですね」

先輩もそうだし、白峰《しらみね》さんなんかも色白だった。

「あたしは他の子と違って単に肌が紫外線に弱いわけ。だから傘なんか持ち歩いてるんだけど」

会長が視線で足元のカバンを示した。

カバンの横手に折りたたみ傘が取りつけられている。

「親はそういうの気にするでしょ？　だから小学校のときなんか帽子に日傘、日焼け止めして

たわけだけどさ、バカみたいなこと言ってくる人も出てくるわけ。わかるでしょ？」

「わかります」

「そうなるとさ、小さな意地悪をされるわけよ。傘を隠されたりとか。それを探してたとき〝ある人〟が助けてくれたんだよね」

もしかして、という予感はあった。会長は懐かしむように続ける。

「美化委員やってて、花壇《かだん》の世話が好きな人だったな。で、その人がさ、ある日『傘失くしたならこれ使いなよ』って青色の傘くれて。それで言われたの」

「なんて言われたんですか？」

「『あの子と友達になってあげて』って」

苦笑するように会長が笑う。

「その人の視線の先にはさ、ポツンと立ってるむっつり顔をした女の子がいたわけ」

きっと僕はその女の子のことをよく知っている。たぶん、他の人よりもずっと。

「超面白いんだよ。それからその子、あたしを『泥棒《どろぼう》、泥棒』ってつっかかってくるんだから。元々その傘、お姉さんから貰《もら》う予定だったんだって」

「面白い子ですね、その人。すごく嫉妬《しっと》してそうな人だなあ」

「へへ、だよねぇ。でさ、あたしにちょっかいかけようとする人がいると、その子が『こいつは私の獲物《えもの》なんだから近づくと私が何かするわよ』ってぷんぷん怒るの。何かってなにさ。今思い出しても可愛くて笑っちゃう」

だから、と会長は優しく微笑《ほほえ》む。

「あたしにとって蛇谷《へびたに》さんは特別。唯一無二《ゆいいつむに》なの」

「唯一無二……」

「……あたしはね、野水《のみず》くん」先ほどまでと打って変わり、会長は厳《おごそ》かな声で僕の名前を呼んだ。「どんなことをしてでも蛇谷さんを学校に戻したい。このままあの子が学校に来られなくなるなんて――絶対に許せないよ……」


それからしばらく先輩の話をして僕らは別れた。その別れ際、会長はスマホを見て、

「さっき蛇谷さんに連絡してみたの。花壇で待ってるって」

「わかりました。……じゃあ僕はこれで」

会長は僕に小さく手を振るとカバンの口を開けて本を取り出した。本当に待つつもりらしい。

荷物を教室に置いたままにしていたことを思い出し、昇降口《しょうこうぐち》の方へ足を向けた。

校舎の角を曲がろうとしたとき、鳥の鳴き声が聞こえた。花壇近くの塀のそばに立っている木に二羽の鳥が巣を作っている。そこからわずかに離《はな》れた位置にカメラらしきものが取り付けられていた。

友岡《ともおか》が言っていた映像研《えいぞうけん》のものだろう。角度的に見て会長の読書姿も映っていそうだ。

鳥の巣と読書する会長。絵になるだろうなと思う。愛鳥週間のポスターみたいだ。

もしそこに先輩がいて、僕もいたら。そう思うだけで胸の奥がツンと痛んだ。

たった数日だ。けれどこの数日先輩に会えていない。それだけで僕の気分は落ち着かなくなる。不思議な体験だ。あの人のことが頭から離《はな》れないでいる。

「先輩……」

無性にあの人に会いたい。そんな気持ちを誤魔化《ごまか》すように教室へ走った。

教室でカバンを手に取ると、急いで階段へ向かう。するとちょうど小森《こもり》先生が資料らしきプリントを大量に抱え階段を上がってきた。

「うわっ、なんだまだいたのか。廊下《ろうか》は走るんじゃない。漏《も》れそうになったときだけ許す」

またバカみたいなこと言ってる。でもこの人といると気が楽になる気がした。

「それ、手伝いましょうか?」

「お、気が利《き》くな。ま、そうだよな。女の子にこんな重いもの持たせたままにしないよな!」

女の子……? 不穏なワードが聞こえた気がしたが気のせいだろう。

「なに思ってるか蛇谷《へびたに》くんでなくともわかるぞ、この野郎」

横から呪詛《じゅそ》のような声が聞こえてくる……。

「まったく……君は顔に感情が出やすいんだから乙女心《おとめ》をもう少し慮《おもんぱか》ってだな」

「乙女……ですか」

「それはいいよな!?　乙女なら名乗っても許されるよな!?　な!」

「も、もちろんですよ」

「……私、可愛いよな?　ぶっちゃけ美人だよな?　そう思うよな?」

「……ついでになに聞いてんですか」

僕はバカらしくなって顔を背けた。それを追いかけるように先生が覗《のぞ》き込んでくる。

「しゃあ!」小森先生が拳を突き上げた。手からプリントが落ちる。「野水《のみず》くんがそう思ってることが顔に出てました!　勝ちました私っ!　いやーやっぱ美人だったわ、私」

「くっ……」

なんだこの敗北感は!　くそ、心底自分の癖《くせ》が憎らしい!

「でも、ま」打って変わって先生は穏《おだ》やかな声音《こわね》で続けた。「そんな君だから、蛇谷くんは心を開いたんだろうな」

「……全然ですよ。連絡しても返事来ないし」

「きっと君にだけは絶対来ないだろうな」

「どういう意味ですか?」

「それは自分で気づきなさい。宿題だよ」

ウィンクをして先生は去っていく。

「先生……」

プリント、落ちたままなんですが……。

それからプリントを拾い上げ、小森《こもり》先生を捕まえてちゃんと仕事を終わらせた。

……随分《ずいぶん》と無駄足《むだあし》を食った気がする。あの人、途中から全部僕に任せようとしてきた。どんだけ仕事したくないんだよ。昇降口《しょうこうぐち》目指して一階に下りたとき、怒鳴り声が聞こえてきた。

「仕事増やすなってマジで！　あーもう、面倒くせえなぁ」

担任の山崎《やまざき》先生の声だった。見れば階の一番奥にある部屋——指導室の扉に手をついて、先生は部屋の中へ声をかけている。見える彼の手には缶らしきものが握られていた。

「屋上でやるなよ、こういうの」山崎先生は缶に鼻を近づけ、「うっ……くっせえなもう」

眉間に皺《しわ》を寄せ、山崎先生は指導室の中を睨《にら》み据《す》える。

「まただそこれで！　処理するこっちの身にもなれよな、おまえ！」

舌打ちをすると山崎先生は「ちょっとそこで待ってろ」と言って扉を閉めた。そこで初めて僕に気がついて咳払《せきばら》いをする。

「あ、野水《のみず》か。いや参っちゃうよなぁ。お前は真面目《まじめ》ないい奴でいてくれよ？　頼むぜ」

「なにかあったんですか？」

「あ、いやな～。飲みもんを放置した馬鹿がいたんだよ。で、腐ってたわけ」

まるで誤魔化《ごまか》すように笑って指導室の隣《となり》にある職員室へと入っていく。

「あ、そういやさっき花壇《かだん》で青山《あおやま》が待ってたぞ？　いいのか～放置して」

いつもの陽気な声がかけられ、扉は閉められた。

3

しばらく待っていても蛇谷《へびたに》がやってくる気配はない。野水はとっくに帰宅しただろう。

「ダメかぁ」

これは一種の〝賭《か》け〟だった。少なくとも青山優子《ゆうこ》はそう思っていた。

優子は空を見上げるとため息をつく。スマホを見てみると、蛇谷からメッセージが入っていた。お、と思ってアプリを開く。

『絶対いかない』

「はぁ……」

返事が来たこと自体は喜ばしい。けれど進展があったわけじゃない。彼女は頑固《がんこ》だ。自分でそうだと決めたらテコでも動かないタイプの人。自分の中にルールがあり、それを明確に守っている。そんなタイプ。だからこそ今回のことは効いたのだと思う。

蛇谷はよく『悪者』という言葉を使う。なぜ彼女がそんな言葉を使うのか——優子はその理由を知っていた。

「……許せるはずないよね、悪者は」

優子もそうだ。許せない。許せるわけがない。絶対に——許すものか。

桜庭《さくらば》に犯人扱いをされたとき蛇谷《へびたに》は酷《ひど》く怒っていた。でも今は状況が違う。犯人である桜庭が、蛇谷に自分の罪を被せようとしたときとは違うのだ。

……帰ろう。本を閉じカバンへ入れようとして、優子《ゆうこ》は動きを止めた。

優子は賭《か》けのことを考えた。

どうすればいいのか。

自分がこの状況を——蛇谷カンナへ貢献するためにできることはと考えた。いや……最初から決まっていたはずだ。

「……そういえばこの本、あれか。図書室で借りたやつか」

優子は一度昇降口《しょうこうぐち》まで行くと下駄箱の中に本を置いた。

「いったんごめんね」

本に謝るように表紙をポンと叩く。それから踵《きびす》を返し足早に学校をあとにした。

やらなければならない。そのためには急がないといけない。

野水《のみず》と別れてから優子は誰ともすれ違わなかった。

蛇谷がどうやったら学校に戻って来られるか。そればかりが優子の頭の中を支配していた。

住宅街の方面へと足を向けた。元々ゆるやかな丘の上に作られたらしい優子の家のある一画へ向かうためには、階段を上る必要があった。近くで知らないおばさんが水を撒《ま》いている。

その人に会釈して優子は階段を上り始めた。

ゆっくり、ゆっくりと上っていく。中腹のあたりで優子は足を止め景色を眺めた。

手すりに摑《つか》まりながら上半身を逸《そ》らしたとき、優子はようやくその異変を視界の端に捉えた。

「……あ」

見えたのは——まるでチロチロと舌を覗《のぞ》かせるような〝火〟だった。

優子のカバンが燃えている。開いた口から赤い舌を出すように火の先がはみ出していた。

優子は慌《あわ》ててカバンを下ろそうとした。しかし、そこで足元に踏《ふ》むはずの段差がないことに気がついた。

——完全に踏み外した。

そう思った次の瞬間《しゅんかん》、優子の目の前には冷たい石段が迫っていた。

4

「今からデートしよう。もちろん、奢《おご》り……いや、経費……野水って小遣いいくら貰《もら》ってる?」

最低な誘い文句だった。

七時過ぎ。小森《こもり》先生から指定されたファミレスに着くと、先生が険《けわ》しい顔でテーブル席に座っていた。呼び出された理由が知りたくて、僕は席に着くなり勢い込んで訊《たず》ねた。

「先輩になにかありましたか?　それとも園芸部になにか?」

「おお。ぐいぐいくるね。でも少し違う。——君に頼みがあるんだ。大切な頼みがね」

「頼み……？　僕に？」

「ああ、教師としてというより、単に人として頼みたいんだ」

小森《こもり》先生は上体を戻すとまっすぐに僕の顔を見た。人差し指を立てる。それから告げた。

「——蛇谷《へびたに》くんを学校に連れ戻せ」

しばしの沈黙《ちんもく》があった。店内には陽気なポップスが場違いに流れている。

「僕には無理かもです」

先輩の特別になれていると思っていた。けれどそれは僕の思い込みだったのかもしれない。

そんなことを思っていると小森先生の腕が伸びてきて僕の額《ひたい》を指先で弾いた。

「野水《のみず》くん。君にしか無理だよ」

「なんで……」額を押さえながらテーブルへ視線を落とす。「会長とかの方がたぶんいいですよ」

「それは無理だ。青山《あおやま》は——今、病院だから」

え、とか、は、とか。そういう言葉すら出て来なかった。言葉が理解できなかった。

数秒経ってからようやく反応することができた。

「えっと、今なんて」

「青山は今、病院にいる。足を折った」

「ど、どうして！」

立ち上がって声を張り上げてしまった。周りの客に見られ恥ずかしくなり、席に戻る。

「なんで会長が……」

「カバンから火が出た」

「……は?」

「カバンから火が出たんだよ、突然ね」

「意味がよく」

わからない。先生の言葉は間違いなく日本語のはずだ。でもわからない。

カバンから火? 放火されたってことか?

「先生は会長に会ったんですか? 無事なんですか?」

「安否はさっき言った通りだよ。足を折りはしたけど命に別状はない」

「火の原因はわかっているんですか?」

自然発火でないなら誰かが火をつけたことになる。

視線を外さず僕が訊《たず》ねると先生はまた首を横に振った。

「いや。青山いわくきみと花壇《かだん》で別れてから誰ともすれ違ったりしていないそうだ」

「……僕を疑ってるから呼び出したってことですか?」

「実際に会ってみてないなって。だって君が嘘《うそ》をつけるはずがないからな」

それから不貞腐《ふてくさ》れたような表情になって、

「きみの担任の山崎《やまざき》っているだろ? あいつが連絡受けて最初に現場へ駆けつけたんだよな」

「山崎《やまざき》先生が？」

「青山《あおやま》が階段から落ちたのを目撃した人が学校にすぐ連絡をくれたんだ。その人がカバンの消火もしてくれた。バケツで水をこう、ざぶっとぶっかけてね」

確か僕が見かけたとき、山崎先生は指導室から職員室へ戻っていた。その時に電話を受けたのだろう。

「火種というか、それっぽいものはなかったんですか？」

「山崎のやつが警察の対応をしたんだが、特にそういう話は聞いてないな。むしろ警察は青山が誰ともすれ違ってないという方を疑っているだろうさ」

カバンにこれといった火種がなければ、会長の証言が誤りであると考えるのが普通だ。誰かが会長にそっと近づき火をつけた。会長は気づかなかった……という考えも当然成り立つ。

「ああ、そういえばな」と先生は不思議そうに首を傾げた。「一冊、ノートがカバンからなくなっていたらしい」

「ノート？　教室に置き忘れとかじゃなくて？」

「確認したがなかった。どこかで失くしたのかもしれん。だからこれが事件と関係あるかは不明だがな。ま、どのみちカバンに残っていたところで使いものにならんわけだが」

先生は肩を竦《すく》めると話を続けた。

「青山いわく、カバンから本を取り出したときに異常はなかったそうだ」

そのことは僕も知っている。会長は僕の目の前で本を取り出していたから。

「つまりきみと別れてカバンから本を取り出したところから――カバンが燃えるまでの間になにかが起きたということだな」

どんなことが起これればそんなことになる？

「会長は本をカバンに戻さなかったんですか？」

もし戻していたのなら、その時にも異変はなかったということになる。

「戻さなかったらしい。図書室の本で、下駄箱にいったん置いたそうだ」

なら、可能性として残されているのはもはや一つしかない。

「時限発火装置がカバンの中に仕込まれていた……というのはどうですか？」

「そんな大がかりなものがあったら本を取り出した時点で気づくと思わないか？」

「……ですね」

会長はカバンの中身を整理しないタイプではないだろう。違和感があれば気づくはずだ。

「じゃあ犯人は――いればの話ですが、どうやって会長のカバンに火をつけたんですか」

「それがわからない。だからきみを呼んだ」

「僕を？」

「蛇谷《へびたに》くんを引っ張り出せ。これは彼女をこのままにしないためにも必要なことだと思ってる」

「……どういうことですか？」

「このまま蛇谷《へびたに》くんが学校に来なくなる可能性もあるってことだ」

まさか、と笑いそうになる。その途中で先輩の性格と指導室へつれていかれるときの光景を思い出した。先輩は『悪者』に対して異常な熱意がある。逆に自身がそのような扱いをされることにも相当な嫌悪感がある。

「わかるだろ？　あの子は下手したらこのまま出てこなくなりかねない。弱い子だから」

「……先輩が弱い？」

「わかってるはずだ。犯人だと分かりきってる相手と話し慣れた青山《あおやま》、あとはきみ以外の人間に対して蛇谷くんは気勢《きせい》を張ってるだけだ」

思い当たることはたくさんある。慣れない相手と向かい合うとき、先輩の様子はいつも少し変だった。無駄に早口になったり、椎名《しいな》さんにも怯《おび》えていた。

「言ってしまえば彼女はコミュ障だろ。あの性格だから周りが自分を下に見てると思いがちだし、それに対して攻撃的になってる。被害妄想ってやつだな」

嫉妬《しっと》心が強いということは劣等感の裏返しだ。常に自分のどこかしらが他人より劣っていると考えている。先輩は人のどうでもいいようなところまで目敏く見つけては嫉妬していた。

「あの子はそれが習慣になっているんだろうな」

誰かに嫉妬して、自分の劣っているところをそのたびに見出す。

それはとても辛くはないだろうか。

「あの子はどこか特別に見られたいとも思っているはずだ。実際、物事の真相を見抜く能力は長けているしな」でも、と先生は続ける。「あの子がときどき自信過剰に振る舞うのは大抵きみの前でだよ。普段の教室では物静かだ」

先輩に友達が少ないことは知っている。静かに過ごしていても不思議ではない。

「あの子にとって、きみはお気に入りだ。あの子が積極的に誰かといようとすることなんて入学してきたときの彼女の様子からは考えられないんだぞ？」

言葉が出なかった。

「あの子は嫉妬心だけじゃなくて、敵愾心《てきがいしん》もかなり強い。いつもは『話しかけるな』って態度に出しているからな」

それじゃ、どうして僕にだけ……。

「前も言っただろ。それは野水《のみず》がわかりやすいからだよ」

「わかりやすい、ですか」

「そうだ。きみは感情が顔に出るだろ？　心の中が簡単にわかりやすい。嘘《うそ》もつけない。正確には――嘘ついてもバレる」先生が苦笑する。「嫉妬心や敵愾心が強いあの子は当然他人の心も色々気になるわけだ」

そんなことない、とわかっていたとしても出てきてしまう疑う気持ち。色々な人に些細《ささい》なことで嫉妬してしまう先輩は、相手が自分をどう見ているのか常に考えてしまう。

「だから顔になんでも出る単細……素直な子は彼女にとって楽なんだな」

今、単細胞って言おうとしなかった？

「あとこれは美徳なんだが、きみは他者に基本悪意がない。失礼ではあるけど」

「会長は僕よりずっと良い人ですよ」

「そうか？　青山《あおやま》は確かにいい子だよ。でも、嘘《うそ》をつける人間だと私は思う。だから――蛇《へび》谷《たに》くんは油断できない。いい人の面《つら》して、心の底ではなんて思ってるかわからないからな」

そうなのだろうか。

「壊れた蛇口みたいに心が素直に表へ流れ続ける君は彼女にとって安心だったんじゃないかな」

鼻の先がつんと痛くなった。

『なんで顔に出すわけ？』

『ちょっとは空気読めよ』

『愛想笑いくらいできないの？』

『お前のせいで空気最悪だったじゃん』

――野水《のみず》くんはね、生贄《いけにえ》なの。

不意に昔かけられた言葉の数々がよみがえる。

それは僕の感情が顔に出るからこそ犯してしまった失敗の数々。顔に出てしまう僕は、そんな言葉を投げかけられてきた。

「野水くん、中学のとき問題児だったらしいね」

そうだ。この人には知られてしまっているんだった。

「まあ、ちょっと耳に入っただけだ」先生がはにかむ。「どうも中学のとき、クラス中から不評を買ったようじゃないか」

「……まあ、はい」

「何があった？」

「……僕は嘘をついてもすぐバレるから、都合が良かったんです」


当時クラス委員長を一緒にやっていた女の子が提案した『野水くんは嘘をつけない。だから忌憚《きたん》ない意見を言ってくれるはずだよ』という言葉。

「みんな建前ばかりで嘘をつくから。他人から本音の意見が聞きたい人たちにとって、僕は使い勝手が良かったんです」

あいつが自分をどう思っているか。

この髪型をイケてるか聞いてきて。

こういうジャンル好きなのってどう思う？

「相談を受けて、意見を言って。『みんな建前で話すから嘘をつけない野水くんは信用できる』なんて言われて舞い上がって。調子乗ってました」

でも僕が人の相談を受けるようになって、僕から他人の情報を引き出そうとする人が出てくるようになった。

『ねえ――あいつ、あたしのこと馬鹿にしてたでしょ』

僕は答えない。

答えないが――相手は僕の動揺《どうよう》した顔を見て『やっぱ言ってたんだ』とわかるのだ。

それからは簡単だ。みんなが僕に聞く。

あいつの好きな人は○○か？

あいつ、私の彼氏のこと好きだよね!?

あいつ、キモオタなんでしょ？

漫画描いてるってマジ？

あの子声優になりたいんだって本当？

僕は一度も答えていない。しかし、何を思っているかがバレる。

「つまり多大な信用を得た君は、図らずも皆の秘密をバラす人間になってしまったわけだ」

「でもそれでクラスの皆は逆にまとまったんです」

「いわゆる共通の敵というやつだね」

僕は頷《うなず》く。そうして一人になった僕に同じ委員長だった彼女は一言いったのだ。

――野水《のみず》くんはね、尊《とうと》い犠牲《ぎせい》なんだよ。

今でもその言葉は頭から離《はな》れない。そんな僕を園芸部へ連れ出したのが小森《こもり》先生だった。

「先輩の本性を見た時は驚きました。あんな人がいるんだって。周りに絶対合わせない。合わせることを考えない人。なにがあってあんな風になったんだか」

「蛇谷《へびたに》くんには姉がいたことは知っているか？」

「はい、聞いたことがあります。今はどうしているんですか？」

「亡くなってるよ。だいぶ前にな」

小森先生は目の前のグラスからつっと落ちていく滴を指先で拭《ぬぐ》った。

「彼女にとってとても大きな存在だったらしい。そして今は——野水。きみが蛇谷くんにとってのそれだと私は思うんだ」

「……僕が？」

「君が、だ。いや、君のみがと言うべきなのかもな。野水、きみしか蛇谷カンナは救えない」

ひとつ間をおくと先生は続けた。

「野水は蛇谷くんがどうしてあんな風になったのか知りたくはないか？」

先輩のことが知りたい。でも、知りたくない。知ったらきっと僕はそれを隠せない。

「これだけは覚えておいてほしい。きみの短所を長所に変えられるのも——きっと蛇谷くんなんだ」

5

僕は先輩の家の前にやって来ていた。渋沢《しぶさわ》さんの事件のとき、病院の帰りで小森《こもり》先生が先輩の家の前に車を停めたことがある。そのときのことを覚えていた。

見ると先輩の右手隣《どなり》の家は空き家になっていた。ここら辺の住宅はほとんどに明かりがついているのにこの家だけが真っ暗だった。

インターホンを押すと、肩口くらいまでの黒髪の女性が顔を出した。

「あら、本当に来た」妙に嬉しそうな顔をしつつ、僕を出迎えてくれたのは先輩のお母さんだった。「あの子に男の子ができるなんて、信じられないわ」

お母さんは僕を家の中に招くとスリッパを取り出し上から下まで観察する。

「あの、なんでしょうか?」

「いやそのねえ、真面目《まじめ》そうな子だなぁって」

そうだろうか。見た目と中身が全く違う人は数多い。

「あの子、ろくに部屋から出てこないのよ。きっとくさいから気をつけてね」

先輩が聞いたら激怒しそうなことを言うお母さん。

「二階のつき当たりに部屋があるから。その奥の部屋は違うからね」

お母さんが階段を手で示した。僕は礼をすると階段へ向かう。そのとき偶然《ぐうぜん》、リビングに続く扉が目に入った。その奥に仏間が見えた。壁にかけられた大きな額《がく》には一人の若い女性と少女が写っている。僕は唇を嚙《か》み締《し》めた。

つき当たりの部屋は階段を上がるとすぐ視界に入った。扉に一枚の紙が貼りつけてある。

『入ったら呪う』

実に先輩らしい文言だった。僕はそっと扉に近づくとノックする。

「ご飯なら今いらないわ」

瘦《や》せ細った声音《こわね》に胸の奥を針で突かれたような気持ちになる。

「先輩？」

「は…………野水《のみず》？」

「そうです。野水慧《けい》です」

扉の奥で布が擦《す》れる音がする。確かな息遣いが聞こえてくる。先輩がそこにいるのだ。

「何しにきたのよ」

声音には棘《とげ》が混じっていた。

「先輩が全然学校来ないから、来ちゃいました」

「だって行きたくないもの」

「どうして？」

「……悪者扱いされるから」

怯《おび》えたような、ふてくされたような口調だった。僕は息を吸うとゆっくり口を開いた。

「先輩、今日ね、大変なことがあったんです」

「……大変なこと？」

「驚かないで聞いてください」

前置きをして、一度唇を湿らせる。

「今日——会長のカバンが突然燃えたんです」

僕は小森《こもり》先生から聞かされた話をそのまま先輩に伝えた。

「会長は今日、花壇《かだん》で先輩を待っていたんです。知ってますよね？」

放課後の話をした。僕と会長が花壇にいたこと。小森先生に突然呼び出されたこと。

……会長の事件の話を聞かされたこと。

一通り話し終えると、部屋の中で先輩の歯ぎしりが聞こえた。

「あいつが周りから人気があるのと同時に、どこか妬《ねた》まれているのはわかっていたわ」

そう。桜庭《さくらば》さんも言っていたし、そんな悪口を言う人もいた。

「私のことなんて放っておけばよかったのよ。なのに余計なことをして……きっとそのせいで」

どんどん声が小さくなっていく。先輩は会長のカバンが燃えたのは真咲《まさき》さんの件で会長が先輩を庇《かば》ったせいだと考えているようだった。

「……先輩は、どうして今みたいに嫉妬《しっと》するようになったんですか？」

聞いていいのかわからないことだ。これを聞くことで先輩が僕に心を閉ざしてしまうかもしれない。けれど僕はどうしても先輩のことが知りたい。これからもそばにいるために。

長い沈黙《ちんもく》があった。このまま先輩は何も話さないのではないかと思うほど長く感じた。

やがて扉の向こうで呟《つぶや》きのような声が聞こえてきた。

「……私には姉がいたわ」先輩はゆっくりと、噛《か》んで含めるように話しだした。「優秀で美人な姉が。私はいつも嫉妬していた」

先輩のお姉さんは周囲でも評判の人だったらしい。

勉学も運動もコミュニケーションもすべてが秀でていた。

「姉に対して自分のどこが劣るのか、そればかり考えるようになってた。それがいつの間にか癖《くせ》になって、気がつけば私は色んなものが妬ましくなっていたわ」

それが今の始まり。先輩の根源とも言える嫉妬深さに繋《つな》がるのだろう。

「だってそうじゃない？　みんな言うのよ。私の歳のときの姉は『あれができた』『これがすごかった』って。私のすることはみんな相対評価になるんだもの。妬ましくてならなかった」

でも、と先輩は続けた。

「そんな姉がね、ある日いきなり死んだの。うちの隣《となり》、空き家でしょう？　あそこにね、昔ある夫婦が住んでいたわ」

住宅街のこの辺で明かりがついていていない唯一の家。

「そこのおばさんがね、よくお菓子を焼いてくれたわ。私はそれが好きでよく貰《もら》いにいってた。その日もそうだった」

先輩は夕方になると家を出て隣《となり》の家に行ったらしい。そこで恐ろしいものを見た。

「おじさんがね、車のフロントを必死に擦《こす》っているの。ものすごい顔をしてね」

いつも優し気な隣の家のおじさん。そんな人が目を血走らせタオルで車を磨いている。

遠くではサイレンの音が聞こえていたらしい。

「私はなんだか恐ろしくなってその場から逃げ出した。部屋に籠《こ》もって布団を被ったわ。でも
そのすぐあと扉が開いたの」

入ってきたのは母親だった。今すぐ病院へ行くからと腕を掴《つか》まれ車に乗せられた。

「病院で姉は死んでいた」

そこで刑事らしき男と母が会話するのを聞いていた。

姉が事故に遭《あ》ったこと、車は逃走していること、ひき逃げであること……。

そして、この時先輩の頭の中で情報が有機的に結びついた。

「ああ、隣のおじさんが姉を轢《ひ》いてしまったのねって、私、分かっちゃったの」

これが最初の推理だったという。

今の先輩からすれば取るに足らないものかもしれない。けれど小さかった先輩にとって、紛
れもなくそれは推理だった。先輩は自分の考えを親に伝えた。隣の家のおじさんはすぐに逮捕

されたという。罪状はひき逃げだけじゃない。スピード違反でもあった。

「姉を殺した犯人を、私が推理で捕まえた。いつも私が勝てなかった姉を殺した相手を。それが…………どれだけ当時の私にとって大きなことだったか」

まだ幼かった先輩にとって人生最大の成功体験がそれだった。

以降、先輩は推理にのめり込んでいった。

先輩にとって、姉から勝ち取った唯一の戦利品が推理だったのだ。

「あとになって犯人の自供から、姉は小さな子供を庇《かば》って事故に遭ったってわかった」

「勇敢な人だったんですね」

「……そうね。そう。たとえ死にかけていても、犯人を逃がすまいとするような勇敢さが姉にはあった」

逃がすまいとする勇敢さ……。妙にそのワードが引っ掛かった。

先輩の声がいっそう低くなった。

「お葬式の日、隣の家の人やその身内が頭を下げにきたわ」

親の、親戚の、相手を罵《ののし》る言葉の数々と姿が当時の先輩の目には焼きついているという。

「いい大人がね、子供みたいな悪口を言うのよ。それを呆然《ぼうぜん》と見ていると親戚のおばさんがね、私に顔を近づけて言ったの」

——この人たちはね、お姉ちゃんの命を奪っただけじゃなく証拠《しょうこ》を隠そうとしたんだよ。

──『悪者』なんだよ。

「……悪者」

僕の呟《つぶや》きに先輩は反応することなく続けた。

「それで私は知ったの。悪者は最低の存在。周りからどんなことを言われても仕方ないんだって」微《かす》かな笑い声に嗜虐《しぎゃく》が混じる。「隣《となり》のおじさんたちの方がウチより裕福で車も高そうで、旅行もよく行ってた。それを妬《ねた》んだこともたくさんあったわ。でもね」

微かに声が上擦《うわず》り、先輩は続ける。

「姉の葬式のとき、頭を下げるあの人たちを見て気づいたの」

「……なににですか?」

「それまであった──嫉妬《しっと》がなくなっていることに」

先輩はいつも何かに嫉妬していた。『ああ、いつものノリだな』と思うこともたくさんあった。でも先輩の中では渦巻くものが確かにあった。ないわけが、なかったのだ。

「野水《のみず》。あなたにだってどうにもならないもの、あるでしょう?」

「そう、ですね」

世の中にその類の変えられないものは山ほどある。癖《くせ》、性格、執着、思想……。

感情や思ったことが素直に外へ出てしまうのも僕が変えられないものの一つだった。みんなそれぞれ大なり小なり持っているもの。……たまたま先輩は嫉妬だというだけで。

先輩は渇《かわ》いた笑いを溢《こぼ》す。

「推理をして悪者を見つけたとき、自分のことを少し認められるの」

見えない扉の向こうで、先輩はどんな表情をしているのだろう。

「でも」先輩が耳を澄まさないと聞こえないような声音《こわね》で呟いた。「今度は私が悪者側ね」

「は？」

「真咲《まさき》があんなことになってしまったもの」

「それは違くないですか？　先輩も知ってますよね？　真咲さんは自殺じゃないんですよ？」

「みんなには関係ないわ」固い声が返ってくる。「私が真咲を追い詰《つ》め、その後彼女は事故に遭《あ》った。それだけを周りは見る。実際私のせいだっていう側面もゼロじゃない」

「それは違うって会長も周りに説明して……っ！」

「関係ないのよ」

先輩は言う。悪者であるかどうかは他人が決めること。当人が、自分が悪者であるのかどうかを決めるんじゃない。なら……それなら。

「僕は先輩を悪者と思いません」

「……だからなに？」

「悪者かどうかは他人が決めるんでしょ？　なら僕は思わない。先輩は悪者じゃない」

「馬鹿じゃないの？」

「悪いことをしたら悪者なんです。先輩を誤解している学校の人たちが間違っている」

「……だとしても、私が悪者扱いされてるのは事実じゃない」

「だからメソメソここで怯《おび》えてるんですか？　結局先輩はメンタルがクソ雑魚《ざこ》なだけじゃないですか！」

悪者『扱い』されているだけだ。『悪者』なわけじゃない。

「犯人が一人や二人なら立ち向かえる癖《くせ》に、自分を誤解するたくさんの人たちには何も言えない。典型的な内弁慶ですね！」

「……言ってくれるわね」

部屋の中で立ち上がる音が聞こえた。声が近くなる。

「何がわかると言うの？　大衆から責められている人間がどれだけ恐ろしい思いをしているか」

確かに先輩にとって、子供の頃の記憶は強烈だったろう。葬式で大人が顔見知りのお隣《となり》さんを詰《なじ》る姿は頭から離《はな》れないはずだ。けれど、

「周りから責められる気持ちくらい、僕にだってわかります。それがどんなに怖いかも」

中学の教室で、クラス全員が僕を見ている。その光景。

「先輩の気持ちだって少しはわかるつもりです」

「……あなたにはわからないわよ。いつもヘラヘラしてるあなたには」

「僕がヘラヘラしてる？」

「ええ、いつもだらしない顔してるわ」

「そうですか……」

　自覚はなかった。いや、もしかしたらどこかで気づいていたのかもしれない。

「僕がいつもヘラヘラしてるのなら、それは先輩といるからだと思いますよ」

「……なにを言っているの？」

「僕はなんでも顔に出ますから。ヘラヘラしてるってようは笑ってるんでしょ？」

　楽しくなければ僕は笑わない。愛想笑いだってしない。

「先輩がいると、僕は楽しいんです」

　正直、最初は嫌だった。先輩の本性を知ってからは大変なことがたくさんあったし、理不尽な目に遭《あ》わされたりもした。けれど、それを今では悪くないと思っている。

　扉の向こうへいつもの調子で声をかける。

「先輩、僕と一緒にいてください。ここから出てきてください」

「……やめて」

「先輩が悪者じゃないって、僕はわかってます」

「話さないで。口閉じて」

「ねえ、先輩――」

　言いかけたとき、勢いよく扉が開かれた。先輩が充血した瞳で僕を睨《にら》みつける。

「そうやってご機嫌とろうとして！　どうせあなたは青山《あおやま》を助けたいだけなんでしょう！」

久しぶりに会えた先輩の髪の毛は寝癖《ねぐせ》だらけだった。服もパジャマのままで、お風呂に入っていないのか濃い女性の匂いがした。

「ちょっとおべっか使えば私が乗せられるって思って調子に乗って……っ！」

「先輩」先輩の目を覗《のぞ》き込む。「……僕は今、嘘《うそ》をついていますか？」

「なに、言って……」

先輩の視線が左右にブレる。僕は先輩の肩に手を置いて少し手前に引いた。「きゃ」と似つかわしくない悲鳴が聞こえる。

「顔、見えてますか？　僕の顔はなんて言ってますか？」

「野水《のみず》の顔……」

時計の長針と短針がピッタリ合うかのように僕らの視線が交わる。

「僕、この顔嫌いでした。なんでも顔に出る自分が心底憎らしかった」

僕はこの癖を諦《あきら》めていた。直そうと思ったこともある。でも難しかった。

マスクをする、俯《うつむ》いて生きる……対処法はあれど、それでずっと過ごせるわけではない。

空気を読むのが不可欠なこの国で、僕の癖がプラスに働いたことは少ない。

嬉しい時に嬉しい顔をするのは当然なのに、それ以外の感情のときは隠さなきゃいけないことが多過ぎる。友達や教師の話なんて半分以上が退屈なものだ。それを毎回顔に出していれば

嫌われもする。高校で唯一の友達である友岡《ともおか》はむしろ、僕の特性を気に入っている節があった。ああいう人間は貴重だ。それは先輩も同じだった。

「先輩は僕の顔に出る癖《くせ》を嫌がらなかった」

そのたび制裁《せいさい》はされたけど。

「今はこんな自分のことも少し肯定《こうてい》できそうです。だって疑い深い先輩に気持ちがちゃんと伝わるから」

僕はそっと肩から手を離《はな》し、先輩の手を握った。

「先輩、僕はちゃんと味方ですよ」

「野《の》、水《みず》」

「会長を助けたいのは本当です。でも、それ以上に先輩とまた部活したいですから」

今の僕はきっと笑っている。笑いたい気持ちの時、僕は笑うのだ。これでいい。誰になんと言われようと、空気を読めないと嘲笑《ちょうしょう》されようと、社会で生き辛かろうとも。

「僕は先輩と一緒にいたいです」

飾らないまま、僕は本音を伝えられる。それが僕の——最大の長所なんだ。今なら小森《こもり》先生が言った意味がわかるよ。そのことを教えてくれたのは先輩、あなたなんだ。

「野水……」

潤《うる》んだ目で先輩が僕を見つめてくる。頬《ほお》を桃色にして、唇が微《かす》かに震えている。

「生意気よ」

「いっ！」

つま先に激痛《げきつう》が走る。右足を踏《ふ》まれた。

「調子乗って。なに手を握っているの？　下に親いるのよ？　エッチなことしないで」

「え、エッチって」

「まったく、まったく、まったくもう」腕を組み、顎《あご》を上げて見下ろすように僕を見る。「ねえ、野水。私のことやっぱり好きよね？」

「え？　……まあ、顔は好みですけど」

「か、お！　以外も好きよね？　一緒にいたいんですものね？」

「は、はあ」

その通りではある。先輩は満足げに頷《うなず》くと、いつもの悪役のような笑みを浮かべた。

「約束しなさい」

「約束？」

「私がいいと言うまで、私のそばにいること」

「それって……」

まるでプロポーズのような言葉だ。先輩は慌《あわ》てて弁明《べんめい》するように首を振った。

「あ、あなたは手足でしょ！　わかってるのよね？」

「は、はい！」

先輩が足を持ち上げて今度は左足のつま先に狙いを定める。僕は即座に敬礼した。

「よろしい。……いいこと、野水《のみず》？」先輩が指先を僕の鼻先に突きつけた。「恩を返すだけだわ」

「恩……？」

大仰に先輩は頷《うなず》いてみせる。

「青山《あおやま》のやつ、私の誤解を解くために色々したらしいじゃない。ならその恩を返しておくだけ。借りっぱなしは嫌いだもの」

「先輩……っ」

いつもの先輩だ。思わず涙腺が緩《ゆる》みそうになる。

「必ず悪者を捕まえるわよ、二人で」

「はい！」

僕は他人の家のことも忘れて、一際大きな声で返事をしていた。

翌日、僕は先輩の家まで迎えに行った。昨日家に着くと先輩から連絡が入っていたのだ。

『明日、迎えに来なさい』

朝の七時半頃、門の前で待っていると玄関扉が開く音がした。見ると先輩だった。

「ふん、忠犬のように待っていたわね。その忠実さが妬《ねた》ましいわ」

「言ってることむちゃくちゃじゃないですか」

「うるさいわね」

先輩は顎《あご》を持ち上げると右斜めに顔を背ける。素直じゃない。この人はそういう人だ。

「行きましょう、先輩」

「そうね」

僕らは並んで歩き始める。学校に近づいていく中で、少しずつだが確実にうちの高校の生徒が増えてきた。ときおり何人かが先輩の方を振り返る。すぐに視線を外して、何事かを話す。

こういう光景は慣れることがない。苦々しく思っていると、

「大丈夫よ、野水」

「え？」

顔を向けると先輩が小さく頷いた。

「私は悪者じゃない——そうでしょ？」

「ええ、もちろんです」

真咲《まさき》さんの事故は痛ましいと思う。犯行を暴《あば》いたことが事故の要因のひとつになっていることも事実だ。けれど、それは先輩を悪者にしない。誤解は解いていけばいい。

先輩が僕の顔を覗《のぞ》いてくる。僕は真《ま》っ直《す》ぐに先輩を見た。

「僕の顔は嘘《うそ》をつけませんから」

「……ふん、そのようね」

不安になったら僕を見ればいい。疑り深い先輩でも僕のことは信じられる。

校門の前までやってくると、先輩は一度深呼吸をした。それから足を踏《ふ》み出し、周りの視線を振り払うように歩きだす。

「さあ、悪者退治をするわよ」

6

さすがに学校へ来た以上、授業を受けないわけにはいかない。学生の世知辛いところだ。

青山《あおやま》会長が怪我をしたことはすでに大半の生徒へ伝わっていた。真咲《まさき》さんのことから連続でこのようなことになったのだから話題性は相当なものだろう。

休み時間、先輩は渋沢《しぶさわ》さんなど交流のある人から話を聞いたようだが大した情報は手に入らなかった。会長のカバンが発火したのは校外だったせいもあって、それにまつわる有益な情報が集まらない。

そして、放課後を迎えた。

「外に行くわよ」

花壇《かだん》で待っているとやってきた先輩は唐突にそんなことを言った。

「外ですか？」

「青山のカバンが燃えたのは校外なんでしょう？　ならまずはそのルートを見て回ることが必要だわ」

小森《こもり》先生いわく、会長は僕と別れてから誰とも間近《まぢか》ですれ違わなかったという。それでもなにかの方法を使って火種をカバンに入れることはできたかもしれない。

僕らは校門へと歩きだす。途中、僕らの姿を見つけた下校中の生徒がチラ見をしては小声で話している。先輩はまったく気にした素ぶりを見せないまま歩いていく。

顔は涼しげだった。でも手を見ると心中《しんちゅう》はそうではないことがわかる。

強く握られた手は白く変色していた。

「ああいう連中はね、弱いところを見せるとつけ上がるのよ」

毅然にそう言い放つと、先輩は確かな足取りで校門を出た。僕はそのあとに続く。

先輩がそういう心持ちならば、僕もそれに従《したが》おう。僕と先輩は学校から会長が怪我をしたという階段までを辿って行った。周囲に気を配り、注意深くあたりを見ていく。

例えば近くの住宅の庭でゴミを燃やすような老人がいないとも限らない。その火の粉が風に乗って会長のカバンの中に入った。そういう可能性も検討すべきだ。

「例えばなんですけど」僕は先輩に思いついたことを話す。「もし火のついたマッチとかを投げてカバンの中に放り込むことができたらどうなんですかね」

「ありえなくはないでしょうね」それでも先輩は難しい顔をした。「ただ難しいのは確か。だからこそいつ青山《あおやま》のカバンに火種が入ったのかわからないのだけど」

一通り道を歩き終わり、問題の階段まで辿《たど》り着《つ》いた。アスファルトの一部に焦《こ》げている箇所がある。ここで放り出された会長のカバンは燃えたのだろう。

先輩はその場で立ち止まると腕を組み階段を見ていた。

しばらくその状態が続き、頭を横に振ると、「……わからないわ」と一言。

同じ気持ちだった。僕と別れてからここに至るまでの間に会長のカバンは燃えた。ならそのどこかで必ず火種が会長のカバンへ忍び込んだはずなのだ。ルートを辿っただけではヒントになりそうなものも見つからない。

「戻るわ」

踵《きびす》を翻《ひるがえ》すと先輩は再び歩き出した。

それから花壇《かだん》に戻り、当時の会長の状況をシミュレーションしてみたり、もう一度帰りのルートを戻ってみたりもしたがいっこうに『らしい』手がかりは見つからなかった。

「もし手詰《てづ》まりなら、青山くんの見舞いに行かないか？」

苛立った先輩が花壇の雑草《ざっそう》をむしり始めた頃、やってきた小森《こもり》先生がそう提案した。

「そうよ、それだわ！」大きな声を上げると先輩は土のついた手を払う。「そもそも当人に話を聞くことを忘れちゃダメじゃない。野水《のみず》のバカ」

なぜか八つ当たりされる。同時に口角が自然と持ち上がった。この理不尽さを歓迎してしまっている僕がいる。そんな僕を見て小森先生は呟《つぶや》いた。

「野水くんはドMなんだな……こわ」


病院は以前渋沢《しぶさわ》さんが運ばれたところと同じだった。小森先生に案内された病室前には会長の名前があり、扉を開くと白いベッドの上に横たわる会長の姿があった。

「蛇谷《へびたに》さん、野水くん」

会長は足を折ったらしい。白い包帯のようなギプスに包まれた右足は痛々しかった。

「ほら」と小森先生に背中を押され、僕と先輩は室内へ足を踏《ふ》み入れた。

先輩は目の前の光景を実際に目の当たりにして言葉が出ないように見えた。

「……その、大丈夫なのかしら」

躊躇《ためら》いがちに先輩が訊《たず》ねる。会長は一瞬目を見張ったあと、柔らかく笑みを作った。

「そんな大げさな怪我じゃないんだ。少し痛いくらいでさ」

「そ、そう」

毛先を弄《いじ》りだし、先輩は「それは良かった」と小声で呟きながら左右や天井へ視線を移し変えている。

「お見舞いに来てくれたんだよね？」

「まあ、そうよ」

「ほんと？　すっごく嬉しい！」

会長は満面の笑みで答えた。それに気まずそうに先輩が顔を俯《うつむ》ける。

「……ごめんなさい」

「？　……どうして謝るの？」

「青山《あおやま》……あなたは私を庇《かば》ったから、あんなことになったんじゃないかしら」

会長の眼がこれ以上なく見開かれた。

「……そのせいで誰かがあたしのカバンに火をつけたって言うの？」

「わからない。ただ今回、あなたが皆の前で私を庇ったことで犯人に行動させるきっかけを与えた……。そういう可能性もあるんじゃないかって」

「蛇谷《へびたに》さんは少しも悪くない。絶対に悪くないよ」

場の雰囲気《ふんいき》にそぐわない軽い口調だった。会長は自分の頭をこづく。

「あたしが——蛇谷さんのために自分でやったことだよ」

「でも、私を助けようとしたから」

「あたしがね、勝手にやったことだから。このケガもその罰《ばつ》なのかも、なんて」

「罰だなんて……そんなことないわ」

先輩は自責の念を感じやすいタイプなのかもしれない。

悪者を徹底《てってい》して責める先輩は、『自分のせい』であることを極端なまでに嫌う。

「そうだ。青山」

　僕らの後ろで控えていた小森《こもり》先生が会長へ声をかけた。

「今日クラスで席替えがあった。帰りのホームルームの時間でパパッとだが。前からやる予定だったからな。きみがいないときにやってすまないが……」

「いいですよ、あたしすぐには復帰できませんから」

「そうか……。席は確か窓際から三列目の、前から三つくらいの位置だったかな」

「わかりました」

　軽く頭を下げると会長は扉の方を一瞥《いちべつ》した。それから苦笑を浮かべ、ある提案をした。

「もし良かったらなんだけどね。彼女に会ってみたらどうかな？」


　先輩が白い扉の前で立ち尽くしている。

　ゆっくりと伸ばされた腕の先端が扉に触れる。拳の一番尖《とが》っている部分を先輩は確かめるように扉へ押し付けた。

　中から「はぁい」と声が聞こえた。そっと扉を開く。会長の部屋と大してかわり映えのしない室内にベッドがいくつか並んでいる。その真ん中あたりにその人はいた。

「蛇谷、ちゃん……と後輩くん」

　真咲愛《まさきあい》さん——彼女がそこにはいた。

「久しぶり、ね」

絞り出すように先輩は声をかける。真咲《まさき》さんはなにかを飲み込むように一度喉《のど》を鳴らすと、ゆっくり息を吐いてから先輩を見た。

「……笑いに来たのぉ？」

左手首のあたりにギプスがはめられている。右手はベッドシーツを握りしめていた。

「笑っちゃうよねぇ。あーし、蛇谷《へびたに》ちゃんに自分のしたこと全部暴《あば》かれて、最低なところ指摘されて……」無理に作った笑みが頬《ほお》に張りつく。「あげくにぼーっと歩いて事故っちゃうしぃ」

真咲さんは自分の胸に右手を当てる。

「笑っていいよぉ。バカな女だもん」

「……あなた、自殺しようとしたの？」

「ううん。死にたいって思ったけど、死ぬ気なんてなかったなぁ。だって怖いもん、死ぬの。それに……美玖《みく》に会えなくなるの、やだ」

「そう」

「ねえ、蛇谷ちゃんさぁ……」小声で俯《うつむ》きながら真咲さんは呟《つぶや》く。「蛇谷ちゃんがあーしを自殺に追い込んだって言われてるの……ほんと？」

先輩は答えない。

「あーし、ちゃんと自殺じゃないってせんせぇにも言ったのに……」

真咲さんはベッドのシーツを強く摑《つか》むと、

「ちゃんと、言うから。あーし、治ったらみんなに自分から全部話すから。蛇谷ちゃんが悪くないこと、話すから」

「ねえ……真咲」

先輩は弱弱しく真咲さんの名前を呼ぶ。僕は迷っていた。先輩も迷っている。先輩の推理を、小森《こもり》先生が白峰《しらみね》さんと会って聞いた言葉を、彼女に伝えるべきか否か。

しかし、真咲さんはこれ以上なくまっすぐに僕らを見て、

「美玖にも謝る。許してもらえないかもしれないけど……。でも、蛇谷ちゃんたちのおかげであーし、いろいろ気づけたから。自分の気持ちにやっと気づけたから」

だから、と顔を上げて真咲さんは目尻に涙を溜《た》めながら笑った。

「蛇谷ちゃんは変わらないで──ずっとそのままでいてね」

7

翌日、学校は再び騒ぎになっていた。このような光景を見るのは二回目だった。

「青山《あおやま》会長の机に焦《こ》げ跡がついてたんだって！」

誰かが下駄箱で芸能人のスキャンダルを語るように大きな声で言っていた。その声が波紋となって広がるように、次々に僕の耳には同じ内容の情報が舞い込んできた。

教室に入ってからも同じだった。すでに登校していた友岡《ともおか》が僕の机まで寄ってくる。

放課後、会長のクラスには数人の女子が残っていたという。しかし彼女たちが水道に水を飲みに一分ほどクラスを空にしたあと、会長の机には焦《こ》げ跡がついていた。ライターかなにかで焦がされたらしい。

「ひでぇことしやがる」友岡が隣《となり》で眉をひそめた。「やっぱあれか？　青山《あおやま》会長のカバンが燃えたっていうのと関係あるんか？」

間違いなく無関係ではないだろう。友岡が強面の顔をさらに険《けわ》しくした。

「犯人は青山会長に恨《うら》みでもあるんか。卑怯《ひきょう》なことしやがって。気に食わねえ」

「……かもね」

もしカバンが燃えたことも、机が焦がされたことも同じ人間の仕業なのだとしたら、それは間違いなく深い悪意だ。

「いったいどんな理由があればこんなことするってんだよ、クソ野郎」

友岡の呟《つぶや》きに僕は返すことができなかった。


昼休み、僕と先輩は花壇《かだん》にいた。

学校の中で僕と先輩がいると余計に注目を集めてしまうので、花壇は安全地帯と言える。

すっかり雑草《ざっそう》だらけのこの場所にも愛着がわき始めていた。当初なら信じられないことだった。校舎端のコンクリートに座り、昼食を食べながら会長の件について話す。

「カバンが燃やされ、机に焦げ跡がつけられた。何者かが青山を傷つけようとしているとしか思えないわ」

最初のカバンが燃えただけならば『なにかの偶然《ぐうぜん》』の可能性もゼロではない。けれど机が焦がされたことで誰かの意思が働いていることが明確になった。もちろん、カバンが燃えたことと机の件が別の人間によるものの可能性も消えたわけじゃないが。

「ただやっぱり変だと思うわ」

「なにがですか?」

「もし青山を狙ってこういうことをしているなら、順番がおかしいとは思わない?」

「……順番ですか?」

「こういう事件って、大抵は小さなことからエスカートしていくものでしょう?」

「……あ!」

「徐々に恐怖を煽《あお》っていって、最後の最後にカバンに火を付けるならわかるの。でもこれはその逆。しかも今青山は学校にすら来ていない。なのに机を焦がして何の意味があるのかしら?」

「確かに……。なら、やっぱり机を焦がしたのは模倣犯《もほうはん》なんでしょうか」

カバンに火を付けた人物が机を焦がしたのだとすれば違和感が生じる。

机を焦がした犯人はあくまで模倣犯かなにかである方が自然な気がした。

「どうかしらね。なにか別の目的があるのかも」

「別の目的？」

「もし模倣犯《もほうはん》だったなら、どうしてもっと余裕《よゆう》のある時間にしなかったのかしら？」

「ああ、確かに！」

思わず手を叩く。話によれば教室に残っていた数人の生徒が水道に行ったわずかな間に会長の机は焦《こ》がされた。あまりにもリスクが高い行動だ。

「模倣犯ならもっと人のいない余裕のある時間にやればいいはず」

「そうね。つまりそれだけ犯人は焦っていた。一刻も早く青山《あおやま》の机を焦がさなきゃいけないと思っていたのかもしれないわ」

先輩が弁当の残りを口に運ぶと、そのタイミングで予鈴が鳴った。

8

犯人はいったいなにがしたいのだろう？

会長は今学校にいない。それなのに机を焦がして何の意味がある？

模倣犯としたら中途半端だし、犯人が同一人物なら行動の意図がわからない。

疑問を抱えて廊下《ろうか》を進む。先輩の待つ花壇《かだん》へと向かった。

「……先輩。なんですか、これ」

花壇に着くと先輩が花壇のある一点を注視していた。そこには新聞紙のようなものが落ちていて、半分くらいが灰になっている。雑草《ざっそう》も一緒に一部が焼けていた。

新聞紙は水をかけられており、いちおうの消火はされている。

「この新聞……会長が載ってる?」

焼け残った新聞の一部に青山会長の顔が印刷されていた。

「文化祭で出た校内新聞。それがここで燃やされていたわ」

先輩いわく、放課後にここへやってきたときには燃やされた新聞紙が花壇に落ちており、水がかけられていたという。まるで警告だ。これ以上この件を調べるな、という警告。

先輩は一瞬も新聞紙から目を逸《そ》らさない。

「ふ、ふふ」

先輩が笑いだす。

心底おかしいと言いたげに腹の底から迫り上げてきたような笑い方だった。

「ふふふふふふふ……」右手で顔を覆《おお》い、指の隙間《すきま》から見える瞳がゆらりと僕を見た。「……許さない」

いつもより数段低い声音《こわね》で吐き出された言葉は、普段の先輩よりずっと迫力がある。

先輩は仮面を剝《は》がすようにダラリと顔を覆う手を離《はな》すと心配になるほど強く歯を嚙《か》み締《し》めた。

「コイツ――殺してやるわ」

花壇《かだん》の周りは土が比較的柔らかく、足跡《あしあと》が残されていた。桜庭《さくらば》さんのときと同じだ。

「学校指定の運動靴、ですね」

この学校の体育で使われる運動靴、通称外履きだ。先輩はカバンから定規を取り出すと僕に放り投げた。なんとかキャッチし、それを足跡に合わせる。

「えっと、23・6センチ……ですかね。普通って感じ」

男子ではやや小さいが女子では少し大きめ。男子でも女子でもありえる範囲の大きさだ。

「調べてみたら男子の平均くらいね、それ」スマホ片手に先輩が足跡を見る。「女子でも23センチはそこそこいるみたい」

花壇周りには僕と先輩の靴を除《のぞ》けばこの足跡しか残されていない。

それに僕と先輩の靴のサイズとも違う。僕ら以外の誰かがここに来て新聞紙を燃やして行ったのは確実だ。

「先輩はこの足跡、本当に犯人の靴の大きさだと思いますか?」

「どういうこと?」

「犯人が誰かの靴を借りて足跡を誤魔化《ごまか》したりしてないかなって思って」

「ないわけじゃないだろうけれど」先輩は腕を組みながら足跡を睨《にら》みつける。「同じようなサイズが男女ともにかなりいるはずよ。そもそも犯人は花壇周りに足跡が残ることを知らなかったと思うわ」

ここには殆ど人が来ない。もし犯人が下見かなにかで来ていればそのとき僕らが足跡を発見していただろう。けれどそういうことはなかった。

つまり犯人は初めてここに来たわけだ。

「むしろ他人の靴を借りていることがバレる方が犯人としては危険じゃない？」

ということは犯人に足跡を偽装する必要はなかったということになる。

「つまりこの足跡は犯人の靴のサイズで恐らく間違いないってことですか？」

「私はそう思うわ」

先輩は頷《うなず》くとふいにしゃがみ込んで足跡に顔を近づける。

「これ……」

「これ？」

人差し指で足跡の一部を先輩が示す。僕には平凡な運動靴の足跡にしか見えない。

「ここよ」と先輩は軽く指先を振って、足跡の真ん中あたりの溝《みぞ》をなぞる。

そこの溝が途中でわずかに途切れていた。

「あっちも見てごらんなさい」

花壇周りにある足跡に先輩が視線を向ける。同じように僕もそちらへ顔を向けた。

「……右足だけ全部同じですね」

先輩は立ち上がるとスマホを取り出して足跡を撮影した。もちろん、新聞紙の燃えかすも撮影する。

「なぜ犯人はここでこんなことをしたのかしら」

それから先輩は腕を組み、花壇《かだん》をジッと見つめながら呟《つぶや》き始める。

「青山《あおやま》の……だから……机は……」

今までの情報を整理するように先輩は次々と事件に関する内容を口にしていく。

「青山と野水《のみず》がここで……あ」先輩の呟きが途切れ、勢いよく顔が僕の方へ向く。「野水っ」

「は、はい？」

「あなた、青山のカバンが燃えた日、ここで青山と話していたのよね？」

「そうですけど……」

「そのあと——あなたはなにをしたのだったかしら？」

小森《こもり》先生の資料運びを手伝ったことと、山崎《やまざき》先生が指導室にいる生徒へ怒鳴っているのを目撃したことくらいだろうか。あとは小森先生とのファミレスでのやり取り。

「詳しく、わずかな描写も省かず教えなさい」

「りょ、了解です」

間近《まぢか》に迫った顔に圧倒されつつ僕は当時の様子を事細かに話した。

すべてを聴き終えた先輩は再び思考モードに切り替わると、花壇に目をやった。

それが一分ほど続き、先輩が笑いだした。

「ふ、ふふくっ……」

「せ、先輩？」

ひとしきり笑い終わると、先輩は急に真顔になり地面に目をやった。

「ところで野水。話は変わるけど、どうしてこの足跡《あしあと》がこんな風になっているかわかる？」

急に問われ、混乱しながらも頭を捻《ひね》る。溝《みぞ》の一部だけが消えている……。つまり、そこだけ溝がない。靴底のゴムが擦《こす》れて溝が消えている？　いや、それだと溝の一部分だけっていうのが変だ。頭を悩ませていると「時間切れ」という無情な声がして、先輩は歩きだしてしまう。

「どこ行くんですか？」

先輩は立ち止まり僕の方へ横顔を向ける。どこか勝ち誇ったような笑みが浮かんでいた。

「職員室よ」

職員室で小森先生を呼び出し、先輩は僕にここで待っているように言う。先輩は先生の耳元で何かを告げていた。小森先生は一瞬驚いたように先輩を一瞥《いちべつ》したが、すぐに頷《うなず》きを返した。戻ってきた先輩に僕は訊《たず》ねる。

「なにを話したんですか？」

「悪者を追い詰《つ》めるピースを集めているの」

「ピース？」

先輩は口端《くちは》を曲げ、久しぶりに前のような悪役じみた笑みを浮かべる。

「そう。ピース。絶対に嬲《なぶ》り殺してやるんだから。……逃げられないところまで追い詰《つ》めてやるのよ」

「……でも本当にそんなことできるんでしょうか？」

僕はまだまだ解決までの道のりは遠いように見えてしまう。

「バカね。犯人は『見れば』わかるのよ。野水《のみず》――〝あるもの〟を渡してくれるかしら。それと、行ってほしいところがあるの」

先輩に指示されて、僕は映像研《えいぞうけん》へ向かった。

そこで友岡《ともおか》を呼び出すと、友岡は何を勘違いしたのか僕が謝罪を求めにきたものと思ったらしい。先輩と真咲《まさき》さんを隠し撮りした例の写真を撮影した上級生を連れてきて僕に頭を下げた。

どうやらかなり絞《しぼ》られたらしく、その上級生はやつれていた。下手をすれば映像研は盗撮と無断で写真をネットに上げたことによって活動停止になるところだったらしい。

けれど僕はその謝罪を受け入れなかった。正確には受けられなかった。

なぜならそれをされるべき人間は僕じゃない。他にいるはずだからだ。

「……悪いな、うちの部員が迷惑《めいわく》かけて。なにか詫びでもしたいところだが」

「あ、それじゃひとつ頼みたいことがあるんだけど」

「頼み？」

「うん――貸して欲しいものが二つあるんだ」

9

その人物は扉を開けゆっくりとした足取りで入ってきた。

「あ」と、その人物の視線が止まる。その先には僕と先輩がいた。先輩は教室の窓際で背に茜色《あかねいろ》の日差しを受けながら用意された椅子《いす》に座っている。眩しそうにその人物は瞼《まぶた》を細めた。

「どうぞ、座って？」

余裕《よゆう》を感じさせる口調で先輩は目の前の椅子へ促す。

なにがなんだかわからない顔でその人物は渋々《しぶしぶ》椅子に腰掛けた。

「これはいったいなんなんだ？」

先輩とその人物の視線が絡み合い、先輩は口を開いた。

「少し、お話し合いをしましょう？」

室内は重たい雰囲気《ふんいき》で満たされていた。高山のように息をするのが苦しい。

「青山《あおやま》のカバン放火事件について、話しておきたいの」

「青山の……」

その人物は瞼を大きく持ち上げた。

「あれは、単なる事故じゃないのか？」

「違う。青山《あおやま》はカバンの中に入れられたのよ。——火の種をね」

その人物は一度床を見つめ、ハッとしたのちに顔を上げた。目つきが鋭くなっている。自分がここに呼ばれた意味を完全に理解したのだろう。

「……だったら」その人物の声は苛立っていた。「だったら誰がどうやってそんなことをやったって言うんだ?」

挑戦的《ちょうせんてき》な瞳に、

「それはね、お前よ」先輩はわざと一拍間《いっぱく》を開けて名前を呼んだ。「——赤羽真人《あかばねまさと》」

「……」

ちょうどそのタイミングで扉が開いた。赤羽が振り返り、僕らは赤羽の背後に視線をやった。

「悪い。遅くなった」

そう言って入ってきたのは小森《こもり》先生だった。

一瞬赤羽の頬《ほお》がひくついた。しかし、小森先生の後ろに山崎《やまざき》先生が現れたのを見て赤羽は表情を変える。嫌らしく口端《くちは》を上げた。

僕らに向き直るとそこには余裕《よゆう》ある笑みが浮かんでいた。

「へえ……随分《ずいぶん》と面白いこと言うねぇ、きみ」

「あら、ありがとう。褒《ほ》められるのは好きよ」

「でもそれは間違ってるな。俺が犯人? 馬鹿を言うなよ。青山のカバンが燃えた時間、俺は指導室にいたんだ。そうですよね⁉　山崎先生！」

威勢《いせい》よく訊《たず》ねてきた赤羽に山崎先生は戸惑いを見せつつも、すぐに固い顔になって「あ、ああ！　その通りだ」と頷《うなず》いてみせる。

「俺は赤羽を生徒指導室に呼んだあと、うちの生徒がケガしたって電話をもらってすぐに現場へ行った。青山のカバンが燃えた時刻、確かにこいつは学校にいた」

「——今回、犯人は青山のカバンを燃やしただけでなく、その後も机と私たちの花壇《かだん》と、合計で三つの事件を起こしているわ。でもおかしいと思わない？」

先輩は山崎先生に応えることなく話を進めた。山崎がむっと眉を寄せる。

「青山は一つ目の事件以降、学校に来られていない。犯人がもし青山を狙っていたのだとしたら、順番がおかしいのよ」

「順番……？」

「ええ」先輩は頷く。「だって二回目、三回目の事件は青山がいないんだもの。なのに事件を起こしている。まるで——周りに青山が狙われていると知ってほしいみたいに」

赤羽の表情に険《けわ》しさが増す。山崎先生は歯切れ悪く答えた。

「まあ……蛇谷《へびたに》の言うことはわかるよ。もしうちの学校にその犯人がいるとするなら、事件を起こす順番が変だよな」

「私も同意見だね。犯人はまるで青山が狙われているとアピールしたいかのようだ」

小森《こもり》先生も続く。赤羽《あかばね》が苦い食べ物を口に含んだかのような顔つきになり、

「そ、それは単に犯人は青山《あおやま》に嫌がらせをしたいから。本人がいなくてもできるだろ?」

「それなら、なぜ最初に火をつけたのかしら? 例えばあなたが嫌がらせをしたい相手がいるとしましょう。その相手に『直接火を放つ』という最大級の嫌がらせをし、そのあと、本人のいない場所で規模の小さい嫌がらせを何度もする?」

山崎《やまざき》先生が答えた。

「別の人がやったのかもしれないいんじゃないか? 便乗犯《びんじょうはん》とか模倣犯《もほうはん》とか」

「ええ、そうかもしれないわね。いるかもね。下手したらカバンを放火した犯人としても疑われかねない——そんなリスクを背負ってくれる自己犠牲《ぎせい》精神が豊かな便乗犯が、ね」

皮肉たっぷりに言う先輩に山崎先生は何も言えなくなる。

「さて、じゃあこれを見て欲しいの」

先輩は「野水《のみず》」と僕に呼びかける。僕はクリアファイルからある写真のプリントされた紙を取り出した。それを赤羽と先生と先輩に渡す。

「一枚目は青山の机が燃やされた跡。概要はこう。帰りのホームルームで席替えを行った青山のクラスは、放課後数人が課題のために居残っていた。その彼女らがほんの一分ほど席を外し戻ってくると青山の机が焦《こ》がされていた、というもの」

先輩は赤羽の上履きを見る。そこには会長と同じクラスの数字が書かれていた。

「席替えをしたばかり。そのすぐあとに放課後。休み時間などもなく解散。これがどういうことかわかる？」

赤羽は目を逸《そ》らす。先輩は先生たちを一瞥《いちべつ》し、告げた。

「他クラスの人間が青山の机の位置をたった一分で把握《はあく》するのは非常に困難なのよ」

「ああ！」と山崎先生が思わず声を上げた。小森先生も「ふむ」と顎《あご》に手を当てている。

「席替えのあとにすぐ放課後だから他クラスの生徒が席順を知る時間はない。放課後になれば皆が席を離《はな》れる。誰がどの席かはパッと見てもわからなくなるわ。他クラスの人間が青山の席を訊《たず》ねたら一発で犯人確定だからするわけがない。つまり……一分で青山の机を見つけ火で焦がすなんてこと、他のクラスの人間にはまずできない」

見下ろすように先輩は赤羽を見る。

「犯人は同じクラスの人間」

ついに無数の学校関係者から容疑者が絞られ始めた。

「――ま、これはあくまで補足情報。決定打ではないわ。では次」

先輩は間をおくことなく続けた。

「次の写真は花壇《かだん》。そこに写っているのは燃えた新聞紙」

赤羽の表情に焦りが募る。先輩はそれを見てから続けた。

「これは花壇の一部に燃やされた新聞紙が置かれた写真。少しだけど雑草《ざっそう》が燃えてるわ」先輩は写真を叩く。「ここ、見て。足跡《あしあと》があるでしょう?」

　三人が目を凝らす。

「その足跡は学校指定の運動靴」

「じゃあ特定は無理か……」

　山崎《やまざき》先生が落胆したように呟《つぶや》く。

「ええ、普通は無理。サイズは分かったけれど、同じサイズの人はたくさんいる」でも、と先輩は赤羽《あかばね》を見て続ける。「この足跡、どこか変なの」

「どこがだよっ……」苛立った声で赤羽が言う。

「靴底の一部が消えてるの、わかる?」

　先輩は赤羽の眼前いっぱいに写真を突きつけた。

「ここ」

「確かに靴底のアーチ部分の溝《みぞ》が途切れてるな」

「写真の右足の足跡全部そうですね」

　山崎先生と小森《こもり》先生が真剣に写真を見ている。

「なぜこうなるか、わかるかしら?」

「……は?　そんなのわかるわけ……あ!」

　赤羽が大声で叫びかける。先輩はいやらしく笑みを浮かべた。

「気がついた？　そう――小石。それがこの靴底には小石が挟《はさ》まってる」

「まさか……」

「犯人が青山《あおやま》と同じクラスなのはさっき話した。そしてそのクラスの中でたった一人だけ、靴の裏に小石を挟んだ間抜けな人間がいたわ」

先輩は小森先生を見る。

「確認してくれたわよね？」

「ああ」小森先生は頷《うなず》く。「ちゃんと確認した。写真も撮ってあるぞ」

先生は山崎先生に向き直るとスマートフォンを差し出した。恐る恐るそれを受け取る山崎先生は目を見開いた。

「……これは」

「それは赤羽の運動靴の靴裏ですよ。教師である私がちゃんと確認した。靴の大きさもぴったりと同じだったぞ」

小森先生の発言に赤羽が声をあげる。

「なっ……か、勝手に！」

「まったく同じ位置に小石が挟まっているわね。靴の大きさもぴったり一緒。そして青山のクラスメイト。この条件に当てはまるのはたったひとりだけだった。ねぇ？　赤羽」

怒りに目を血走らせた赤羽を、先輩は余裕《よゆう》を湛えた笑みを浮かべながら見つめた。

「机の事件を起こしてくれて助かったわ。確認は一クラスだけで済んだから。まさか全校生徒の靴裏を確認して回るわけにはいかないもの。ねえ？　そう思わない？」

「こ、この……っ」

「もし不満なら今からあなたの靴で同じ足跡《あしあと》がつくか実験しましょうか？」

赤羽《あかばね》は強く拳を握った。一分以上、赤羽は黙《だま》り続けていた。

これが明確な証拠《しょうこ》になるかはわからない。しかし赤羽は明らかに焦っている。

やがて、もはや先輩の言葉を否定しても無駄と悟ったのか目を閉じて拳をゆるめた。

「……わかった。わかったよ。そのことについては認めてやる。たしかに俺は花壇《かだん》と机を焦《こ》がした。でも、悪ふざけなんだ。新聞紙だってほんの少し燃やしただけ。別に大したことじゃないだろ？　青山《あおやま》ときみたちへのほんの仕返しくらいのつもりだったんだ。悪かったよ」

「じゃあ、あなた自身はカバンが燃えたことと関係がないと？」

「ああ。机と花壇の件は俺だが……カバンの件は違う。俺じゃない」

赤羽は顔を歪めながら答えた。それを見た先輩は「ふうん、そうくるのね」と小さく呟《つぶや》き、表情を挑戦的《ちょうせんてき》なものへと変化させた。

「いいえ、やはりお前が犯人だわ。じゃなきゃ机と花壇の事件は起きるはずがないもの」

「なんでだよ！　いい加減にしろよお前！」赤羽は立ち上がった。「なんの証拠があるんだ！」

「今のが証拠じゃない」

「それは違う証拠だ！　俺は青山のカバンに火をつけたりなんかしていない！　そもそも俺にはアリバイがあるだろ！」

「なぁ蛇谷《へびたに》」それまで黙っていた山崎《やまざき》先生が一歩前に出る。

「確かにこいつは馬鹿なことをしたよな。だけどさ、青山のカバンについては俺が証人になれる。庇《かば》うつもりはないが、それはどうにもならねーぞ。一番怪《あや》しいのはわかるが、下手すれば冤罪《えんざい》だぜ」

判官贔屓《はんがんびいき》というやつなのか、山崎先生は口では庇うつもりはないといいつつも、赤羽の味方のような口調だった。

「面白いこと言うのね」先輩は不敵な笑みを浮かべると、「なら、あらためて考えていきましょうか。――冤罪がどうとか言っちゃうおバカな人もいるようだし」

「なんだと……？」

山崎先生が気色《けしき》ばむ。

「いいでしょう。おまえが青山のカバンに火をつけてないとしましょう。――じゃあ聞くけれど」

赤羽が息を呑む。

「赤羽。『仕返し』というなら、直接、家に中傷の手紙を投函するとかやりようは他にいくらでもあるのに……なぜ青山不在の学校で『仕返し』をしたのかしら」

赤羽《あかばね》が忌々《いまいま》し気に唇を嚙《か》み、先輩を睨《にら》みつける。

「仕返し？　悪ふざけ？　その割には随分《ずいぶん》と危険な方法をとったものね。学校に来てもいない相手のために、そんな危険な仕返しをした理由はいったいなんなのかしら」

赤羽は強く歯を食いしばる。ギリ、と嫌な音がした。

やがて苦し紛れのように言葉を吐きだす。

「た、単に俺はあの優等生面が気にくわなかっただけだ！　自分だけ汚いところがないみたいな顔しやがってさ！　アイツの顔が歪んだところが見たかったんだよ俺は！」

「で？　学校に来ていない青山《あおやま》のそのツラは拝めた？」

「それは……このっ………クソ女が！」

先輩は赤羽を鋭く射抜くような視線で睨みつけた。

「おまえの『仕返し』という動機は真っ赤な噓《うそ》。なら——赤羽、おまえはなぜ机と花壇《かだん》の二つの事件を起こしたのかしら？」

「し、知らねえよ！」

「なら言ってあげる。——おまえはどうしても、ある人に、こう思い込んでほしかった。カバン放火と机と花壇の三つの事件。これらは連続した事件であり、〝どれもが意図的な犯行〟である、とね」

先輩は視線を赤羽から山崎《やまざき》先生へと移す。山崎先生は自分を指さした。

「え……俺、か？」

「ええ。その通り」

「しかしなぜ……」山崎先生は顎《あご》に手を当て、赤羽の後頭部を見つめた。やがて何かに気がついたかのように「はっ！」と声を上げた。

「気がついたかしら？」

皮肉たっぷりに先輩が言うと、山崎先生は不味い料理を口に入れられたような顔をした。

「赤羽はある理由によって第二、第三の事件を起こした。わざわざ学校で。

なぜ？　青山のカバンが燃えたのは校外だったのに。そして今青山が学校にさえいないのに。

もし犯人が意図的に青山のカバンに火をつけていたのだとすれば、彼女のいない学校で続けて事件を起こすなんて〝ありえない〟と私は思うわ」

話をまとめるわ、と先輩は優雅に指を振った。

「まず一つ目。もし三つの事件の犯人が同一犯かつ第一の事件が意図的だった場合。

校外で青山のカバンを燃やしておきながら、次の事件を校内で起こすのは犯人が学校関係者だと自らバラすことになる。これはありえない」

却下、と先輩は続ける。

「二つ目。ならカバン放火の犯人と、第二第三の事件を起こした犯人が別人だったら？

最初に話した通り、これはあまりにもリスクが高すぎるわ。万が一バレたらカバン放火の犯人としても疑われるのは目に見えているもの――今の赤羽《あかばね》のように、ね」

よって、これも却下。

「なら残った妥当《だとう》な答えはたったひとつしかない」

先輩は部屋にいる人間全員に眺めまわし、告げた。

「三つの事件は同一人物によって行われた。しかし――青山《あおやま》のカバンに火をつけたのは意図的ではない」

山崎《やまざき》先生と赤羽は唇から色をなくしていた。小森《こもり》先生は無表情で先輩を見ている。

「犯人は意図的にカバンに火をつけたわけじゃない。ということは、偶然カバンに火がついてしまったということ。その可能性に気づけるある人物に、自分がその原因だと気が付かせないため、犯人は第二第三の事件を起こした。そしてカバン放火の件も〝意図的に火をつけた事件〟だと印象づけたかった」

先輩は赤羽を見下すように見つめた。

「つまり――第二第三の事件によって、第一の事件の見方を変えたかった。ならその理由は？赤羽、おまえは〝あること〟を隠したかったのよね」

先輩は指をピースにして口に近づけた。それを見た赤羽の顔色が絶望に染まる。

「犯人は屋上でタバコを吸っていた。そうよね？　赤羽、あなた――喫煙者だものね」

僕は思い出す。渋沢《しぶさわ》さんの件で初めて赤羽に会ったとき、強いミントの匂いがしたことを。

……今ならわかる。あれは匂い消しだったのだ。

「赤羽は屋上で喫煙《きつえん》をしていた。そうよね、山崎？」

「いや、それはだな……」

「野水《のみず》が、山崎が指導室の前で缶を手にしているのを見ていたわ」

頷《うなず》くと、山崎先生が恨《うら》みがましく僕に横目をよこした。

「そのときあなたは缶に鼻を近づけて『くせえな』とか、『屋上でやるなよ』、他にも『またぞこれで』とか言って指導室の中にいた人物――赤羽へ声をかけていたのでしょう？」

「……」

「缶の中には吸ったタバコが詰《つ》められていた。違うかしら？」

小馬鹿にしたように先輩が笑うと、山崎先生は顔を赤くした。

「タバコが詰められた缶はさぞ臭ったでしょうね？」

「それは……そ、そう！　か、缶の中身が腐ってたんだ！　それが臭って……」

強張った顔で山崎先生は答える。

たしかに僕と廊下《ろうか》で会ったとき、先生はそんなことを言っていた。

「それじゃ『屋上でやるなよ』の返事にはなっていないのよ」

鼻を鳴らすと先輩はポケットからビニールを取り出した。

「あ……！」と、赤羽と山崎先生の二人が同時に声を上げた。

先輩の持つビニールには一本の吸《す》い殻《がら》が入っていた。

「これねえ、野水《のみず》が落ちていたものを拾っておいてくれたの」

僕は事前に、会長が被害に遭《あ》った日に拾った吸い殻を先輩に手渡していた。

「赤羽《あかばね》の喫煙《きつえん》を否定しても、これを調べればいろんなことがわかるかもしれないわね」

ジワジワと追い詰《つ》めるように先輩は山崎《やまざき》先生をねめつける。

先生は数十秒ほど視線をさ迷わせ、しかし、観念したのか、

「っ……たしかに赤羽は屋上でタバコを吸っていた……」

先輩は満足したように頷《うなず》くと、再び赤羽に向き直りゆったりとした口調で問う。

「さて……赤羽。おまえ、吸っていたタバコのうちの一本——どうなったの?」

その質問に赤羽の頰《ほお》はおかしいくらいに引きつった。

「な、なに言ってんだおまえ……」

「落としたんでしょう?」

「なっ……!?」

限界まで見開かれた瞳で赤羽が目の前の先輩を見る。表情が事実を完全に物語っていた。

「あは、図星ねえ!」

先輩は嬉々とした表情で眼前の赤羽を凝視《ぎょうし》する。

「渋沢《しぶさわ》の事件以降、ときどき花壇《かだん》に落ちていた吸い殻はおまえが屋上から投げ捨てたものね。

渋沢の件の腹いせだったのかしら？　私たちの花壇を汚して……絶対に許さない」

先輩は限界まで瞼《まぶた》を開き、

「――暴《あば》いてやるわ、おまえの嘘《うそ》」

「俺の嘘……だと？」

「あの日もおまえはまたタバコを落とした。今度は花壇じゃなく――青山《あおやま》に向けてね」

僕らの視線が一斉に赤羽へと注《そそ》がれる。赤羽は全身を硬直させていた。

「落とされたタバコ。口を開けていた青山のカバン。そこに吸い殻は入り込み、火種は育っていく。そして……」

先輩が全員の顔を見てから、告げた。

「――青山のカバンは燃えたのよ」


「まさか……」と山崎先生が声を震わせた。

横で小森《こもり》先生が山崎先生に流し目を送る。

「野水の話だと、山崎先生は指導室に向かって『まただぞこれで』と言ったらしいですね？」

「それは……っ」

「つまり、あんたは知っていたわけだ。赤羽の喫煙を。それもずっと以前から」

「ち、違う！　そうじゃない！」勢いよく顔を上げた山崎先生は、冷や汗を額《ひたい》に滲《にじ》ませていた。

「あ、赤羽《あかばね》には止めるように言ったんだ！　タバコぐらいで停学なんてバカらしいだろって。だから……」

「あなたは自分の基準で生徒の違反報告義務を怠った。その結果、赤羽は結局喫煙《きつえん》をやめなかった。そして再びタバコを吸い、今回の事件が起きた。違いますか？」

「だ、だからそれは」

「──そんなに生徒にいい顔がしたいか？」

射抜くような声音《こわね》と言葉に山崎《やまざき》先生は口を半開きにしていた。

「……あ、ああ……」

もはや反論の言葉すら浮かばず、山崎先生は両手を頰《ほお》に押し当て指を下へ滑らせた。引っ張られた頰の肉が弛んだ皺《しわ》のように波打ち、一気に老けた印象を与えた。

この場において唯一の味方と言えなくもない山崎先生の醜態《しゅうたい》を見て、赤羽は目の下の筋肉を痙攣《けいれん》させた。頰や唇もつつかれた虫のように動いている。

「さて」

あまりに惨《みじ》めな様子の山崎先生を視線で味わった先輩は赤羽へと顔を向ける。赤羽は肩を震わせ、一瞬仰《の》け反《ぞ》る。

「おまえはこれからどうするのかしら？　渋沢佳香《しぶさわけいか》のときは運良く見逃されて大事にならなかったけれど──今回はどうでしょうね」

「ち、ちが、お、俺は」

「いいわ。聞いてあげる……私、死にかけの蝉の声ってとても好きなの」

今のあなたみたい。言外にそう言って先輩は——笑わなかった。無表情に飲み込むような視線で赤羽を見つめている。蛇が蛙を見つめている。そんな光景が脳裏に浮かぶ。

「しょ」赤羽は何度も唾《つば》を飲み込み、最後の最後で発声した。「しょ、証拠《しょうこ》は」

「証拠？」

「そ、そうだ！　証拠だよ！　それがないならお前の憶測でしかない！　そうだろう！」

悪あがきというには言葉がぬる過ぎる。そんな印象さえ抱かせた。赤羽は急に立ち上がり、目の前の先輩に迫っていく。動こうとしたとき、先輩の手が僕を制した。視線で「そこにいればいいわ」と訴えかけてくる。

真咲《まさき》さんのときもそうだけど、この人は意外に僕を守ろうとする。

僕は思うのだ。これが先輩の本当の性質なんじゃないかと。

嫉妬《しっと》して、恨《うら》んで、見下して、でも誰かを結局助けてる。

捻《ひね》くれた人だ。本当に捻くれた人。でも、全部先輩なんだ。僕の大切な先輩。

「証拠ね……」

「俺は確かにタバコを吸ってたさ、ああそうだよ！　でも青山に落としてなんかない！」

逆転の間隙《かんげき》を見つけだした赤羽は再度叫ぶ。それを見ていた山崎先生の瞳にも僅かに光が宿ったような気がした。

「俺を犯人呼ばわりするのなら証拠《しょうこ》を見せろ！」

「そ、その通りだ。蛇谷《へびたに》。お前の推論《すいろん》は確かに理屈だけなら合ってるかもしれない。しかし証拠がなければ赤羽《あかばね》のタバコのせいで青山《あおやま》がああなったとは言い切れない！」

少しでも責任を軽くするためか、ついには山崎《やまざき》先生までもが証拠の提示を求めだした。小森《こもり》先生が生ゴミを見るような目を向けている。

「それじゃ、おまえがタバコを落としたという確かな証拠を見せてあげる。野水《のみず》」

「はい」

僕はある機械を起動させた。それは僕のスマホと連動して真っ白な壁に映像を映し出す。先輩は手際良くカーテンを閉め、告げた。

「これが証拠よ」

プロジェクターから壁に映写された映像を赤羽と山崎先生が覗《のぞ》き込む。二人の鼻息は荒《あら》く、興奮《こうふん》しているようだ。

映像が再生される。壁には見慣れた木と鳥の巣——そして、校舎全体が映し出されていた。そこにはハッキリと屋上にいる人影が映っている。——赤羽だ。

その真下、校舎の前に青山会長が立って読書をしている。

「嘘《うそ》だ……」

赤羽の今にも吐きそうな声が耳に届く。山崎先生は何度も瞬《まばた》きを繰り返している。

映像は進む。赤羽が「あ！」と声を張り上げた。

屋上にいる赤羽は指先にタバコらしきものを手にしている。赤羽は屋上のフェンスから身を乗り出し、タバコを持った腕を伸ばした。

赤羽はダーツを投げるようにタバコを上下に揺らす。

次の瞬間《しゅんかん》――赤羽の指からタバコが落下した。タバコは静かに地上へ向けて落ちていく。

そして、会長のカバンのあたりで姿を消した。

映像の時間を飛ばすと会長は本を閉じてそれをしまおうとして止め、カバンを背負った。

僕はそこで映像を止めた。

「これが証拠。どう？　映像研《えいぞうけん》の映像の画質はなかなかいいでしょう？」

僕はここに来る前、映像研へ行って動画を貰《もら》っていた。

映像研が木に作られた鳥の巣の撮影をしているのを思い出し、僕から頼み込んだのだ。

『お前の先輩を貶《おとし》めたのは映像研の先輩の写真だしな。その借りを返すぜ』

そう言って僕の背中を送り出してくれた。

先輩は頬《ほお》にかかった髪を払いのけた。

「落としたタバコが、まさか本当にカバンの中へ入るだなんて思わなかったのでしょう？　あるいは、単に青山の頭でも狙ったのかしら？　まあ、どっちでもいいけれど」

「ぐ……っ」

「実際、青山《あおやま》が階段から転げ落ちるようなことにならなければ、ここまで大事にならなかったでしょうしね？　赤羽《あかばね》、お前はさぞ焦ったことでしょう」

その通りだ。もし会長が途中でカバンの中のタバコに気づき、中身が軽く焦《こ》げた程度だったなら悪質ではあっても今より事態は軽かったはずだ。

「おまえがやったことは喫煙《きつえん》、机を焦がしたこと、花壇《かだん》を燃やそうとしたこと、人に向けて火のついたタバコを落としたこと……ああ、そうそう。せっかくだし渋沢《しぶさわ》の件もここに加算しましょうか。役満ね、おめでとう」

「お、俺は！」

赤羽が顔を引《ひ》き攣《つ》らせながら小刻みに左右へ頭を振っていた。

「タ、タバコを落としてビックリさせようとしただけ……カバンを狙って落としたわけじゃない！　過失だ！　おまえも意図的じゃないって言ってたろ!?　青山の運が悪かったんだよ！」

「そう、へえ……過失ねぇ」

「あ、ああ！　そうだよ！　悪いのは俺じゃない、青山の方だ！　わかるよな！　なぁ!?」

支離滅裂な自己弁護を繰り返す赤羽を、先輩は鋭く赤羽を睨《にら》みつけた。

「故意だろうと過失だろうと、青山を傷つけようとした結果なのは事実。もし髪や手に落ちていたらどうしたの？　おまえはどうせ屋上から逃げて知らんぷりするつもりだった。違う？」

「それは……だ、だから悪ふざけなんだって！」

「どちらにしても赤羽──おまえはお終いよ」

先輩がそう告げた瞬間《しゅんかん》、赤羽は椅子《いす》を摑《つか》み咆哮した。

「くそがぁぁあああああぁぁあ！」

「先輩！」

さすがの先輩も椅子で襲い掛かられるとは予想できなかったのか、その場に立ち尽くしている。僕はとっさに先輩の腕を引き、胸の中に包み込むように抱きしめた。来るであろう衝撃と激痛《げきつう》に身構《がま》えつつ、先輩の小さな頭を腕の中で抱え込む。

「の、みず」

すぐ近くで先輩が僕を凝視《ぎょうし》していた。安心させようと僕は先輩に頷《うなず》いてみせる。限界まで強く瞼《まぶた》を閉じ、死ぬことはないようにと祈りながらその時を待った。

……けれどいつまで経っても痛みはやってこない。恐る恐る目を開け、振り返る。

「せ、先生……」

「野水《のみず》くん、きみもなかなかカッコいいじゃないか」

小森《こもり》先生の腕にはホールドされ酸素を求めて口を開け閉めする赤羽の姿があった。手にある椅子が音を立てて滑り落ちる。

「生徒を暴漢から守る。やっぱり私は美人で強い理想的な教師だ。そう思わないか？」

腕が緩《ゆる》むと赤羽《あかばね》が崩れ落ちた。床に頬《ほお》をつけた赤羽が「うぁ……」と苦悶《くもん》の声を上げる。

その後ろで山崎《やまざき》先生は尻もちをついて倒れた赤羽と椅子《いす》を交互に見遣っていた。最後に小森《こもり》先生へと視線を移動させ、「ひっ」と怯《おび》えた声音《こわね》を出した。小森先生は山崎先生の方へ足を向けると、山崎先生の真横の床へ自分の右足裏を叩きつけた。

「こ、小森先生、その、俺は、あの」

「よう、山崎先生。あんた、どうして屋上に行ったんです？」

「は？」

「屋上になんて用がなければ普通教師は足を運ばない。どうして屋上に行った？」

山崎先生は屋上で赤羽の喫煙《きつえん》を見つけたわけだが、そもそもなぜ屋上へ行ったのだろう。

「屋上にあんたが行った理由が私には分かりますよ。──タバコを吸いに行ったんだ」

山崎先生は陸に打ち上げられた魚のように口の開閉を繰り返している。

「学校の敷地内で喫煙は認められていない。だから屋上に隠れて吸いに行った。違うか？」

小森先生が山崎先生へと顔を近づける。

「あんたは赤羽にいい顔をしようとしただけじゃない。内心、共犯意識を覚えたんだ」

いけない場所でタバコを吸う教師。吸ってはいけない生徒。

「あんたは屋上で赤羽を見つけ──注意した。けれど、自分もルールを破ろうと屋上へ来たのだから同罪だ。それであんたは赤羽を指導室へ呼ぶだけで報告はしなかった。しかも……それだけじゃない。あんたは〝証拠《しょうこ》〟を隠蔽《いんぺい》したはずだ」

「……隠蔽？」

僕の喉《のど》から擦《す》れた声が漏《も》れる。小森先生は僕を一瞥《いちべつ》すると話を続けた。

「青山《あおやま》くんのカバンから〝吸《す》い殻《がら》〟は見つからなかった。それに伴う燃焼した形跡も」

「あ！」

そうだ。先輩の推理が正しいなら青山会長のカバンからは吸い殻が見つかるはずなのだ。

しかし、それがなかった。

「もしかして……山崎先生がケガした会長の元へすぐ駆け付けた理由ってまさか」

僕はたった今思い付いたことを口にする
「カバンの中の吸い殻を処理するため……？」

「冴えてるな、野水《のみず》くん。そうだ、他にもタバコの特徴的な痕跡《こんせき》がついたものも持ち出したんじゃないか？　例えば……ノート、とかな」

そういえば、会長のカバンから一冊ノートが消えていたかもしれないという話があった。

「あんたは連絡を受けて『もしかして』と思ったんじゃないか？」

「それは……っ」

「青山を心配するフリをして誰よりも先に駆け付け、現場の混乱に乗じてカバンから証拠を盗《ぬす》んだ。そうしないといけなかった。でないと――赤羽の喫煙がバレる可能性があった。そうなれば自分が以前に赤羽《あかばね》の喫煙《きつえん》を見逃したせいで、青山《あおやま》のカバンが燃えるような事態が引き起こされたとわかってしまう。間違いなく大問題になるだろうな」

だからこそ、山崎《やまざき》先生は生徒指導室にいた赤羽を放ってでも会長の元へやってきたのだ。

「あんたは生徒のことなんて本当はどうとも思っちゃいない。生徒に覚えよく振舞うのは好かれている自分が単に好きだからだ」

「そ、そんなことはない！　俺は大切だからこそ、赤羽を守ろうとして――」

「なら！　なぜ赤羽が青山のカバンを燃やした原因と知ったときに注意をしなかったんだ！」

小森《こもり》先生の声は重量を伴って室内に響いた。

「もしあんたが青山の件を、赤羽の吸《す》い殻《がら》が原因と知ってすぐに問い詰《つ》めていたら第二第三の事件は起きなかった。いらぬ罪を重ねずに済んだ。でもあんたはそうしなかった。……なぜだ？」

その問いに、山崎先生は答えない。逃げるように目が泳ぐ。小森先生の鼻頭に皺《しわ》が寄る。

「あんたは生徒のことなんて――本当はどうでもいいからだよ。生徒に親身なふりをして、結局は面倒を避けたいだけ。違うか？」

「ちが。ちがうっ」

「私だって面倒は嫌いだ。でもあんたと違って、私はこいつらのことが好きなんだよ。二度とあんたをいい面できないようにしてやる。――怯《おび》えて待ってろ」

今までに聞いたことがないトーンだった。ドスの利いた声なんて表現を現実で使ったことはなかったけれど、今がその使用例だと思ったほどだ。

なんとなく只者じゃない雰囲気《ふんいき》はあったけど、まさか元ヤンとかじゃないよな？

僕は改めて山崎先生へと向き直った。髪が乱れ、やつれた顔で僕を見上げる。

「山崎先生……」

僕はこの人を〝いい先生〟だと思っていた。山崎先生が弱々しい瞳で僕を見た。

「の、野水《のみず》。違うんだよ。俺はさ、学校とか生徒とかが気持ちよく過ごせるように……」

僕に縋《すが》るように伸ばしてきた山崎先生の手を先輩が叩いた。

「汚い手でこの子に触れないでくれる？」

先輩が僕の前に立つ。そして山崎先生を見下すように顎《あご》を上げ、次に倒れている赤羽を見た。

「赤羽は山崎に自分が青山のカバンを燃やした原因だと知られまいと、第一第二の事件を起こしたけれど……山崎は最初から知っていたみたいよ。とんだ茶番ね」

それから目の前の山崎先生に視線を合わせ吐き捨てた。

「おまえ、思ってもないことが口に出るのね。――野水と正反対」

「なっ……」

「事なかれ主義。保守的。いいえ……おまえのようなやつは単なる卑怯者《ひきょうもの》で嘘《うそ》つきだわ」

そう言って先輩は僕の腕に自分の腕を絡ませた。

「これだから野水は特別なのよ。――この私にとって」

先生は背筋を伸ばすと僕らの方へ振り返り、

「いちゃつくのもいいけど、そろそろ報告に行くぞ?」

「……いちゃついてなんていないわ」

先輩が顔を逸《そ》らして呟《つぶや》く。表情は見えないが、耳が真っ赤だ。

「見ないで」

先輩が髪の毛を摑《つか》み顔を覆《おお》う。それが妙に可愛いらしくて、僕は笑ってしまった。

「なによ……」

「先輩」

今の僕はどんな顔をしているだろう。

「今の先輩は、僕並みにわかりやすいですよ」

そう言うと先輩は目つきを鋭くしながら涙目になって、「恨《うら》めしい!」と僕の頭を叩いた。

嫉妬探偵の推理メモ

山崎 誠

妬ましいところ

ないわ。

嫌いなところ

全部。

大嫌い。私、こういうやつが一番嫌いだわ。興味ない。名前も今初めて知ったわ。野水、いいこと？　こういう人間には近づいちゃだめ。いっそ野水の身の回りの関係は全部私が管理して……ちょっとなに逃げてるのよ！

野水 慧

妬ましいところ

……素直に気持ちを曝け出す癖かしら。

嫌いなところ

見つかっても、そこが特別になる気がしている。絶対に内緒だけど。

顔になんでも出るやつ。でも、ちゃんと汲み取れているのは私だけ。
……妬ましいから、他のやつらがわからなくてもいいわ。私だけは、あなたをちゃんと見ているもの。

第五話 本当に妬ましいんだから

Chapter5

1

赤羽《あかばね》は退学になった。

小森《こもり》先生いわく、仮に青山《あおやま》会長のカバンが燃えていなかったとしても退学は免れなかったという。校内で二度目の喫煙《きつえん》および、会長へ意図的にタバコを落としたこと自体が完全にアウト判定だったそうだ。同時に山崎《やまざき》先生も学校から去った。自主的に辞《や》めたという話を聞いた。

つまりだ。これにて事件は終幕したといっていい。

先輩は——僕らはやり終えたのだ。

先輩も学校へ戻ってきたし、会長も今日から学校へ復帰すると聞く。すべてが元通りになると僕は信じていた……あの動画を見返すまでは——

「なんだこれは……」

そう呟《つぶや》いたのは朝食の席でのことだった。

会長のカバンが燃えた事件の決定的証拠《しょうこ》となった例の動画。そろそろ消してもいいかと考え、いざ削除ボタンを押そうとしたとき。ふと、違和感を覚えた。

あのとき僕らは一刻も早く犯人を見つける必要があった。

だから――見逃した。いや、気づかなかったと言うべきかもしれない。

あるいは気づきたくなかったとでも言うのだろうか。そんなわけがないと信じていたか
らこそ、意識に上ることがなかった。今なら客観的に見られるだろうか。

しかし、「嘘《うそ》だ。嘘に決まってる。そんなわけがない」と僕の理性が拒絶する。このことに
先輩も恐らく気づいていないだろう。あのときの先輩は犯人を見つけることに精一杯だった。

だから、これは僕が見つけた事件ということになる。

果たして――事件はいつから始まっていたのか。あの人にそこまでさせた理由とはなにか。

「……動機」

僕はあることを思い出した。先輩が家で話してくれたこと。先輩の過去。お姉さんの死。車
から助けた子供。スマホで検索をかけると割と簡単にその記事は出てきた。

――死亡した蛇谷《へびたに》カオルさん(16)に助けられたと思われる女児の行方は未だ摑《つか》めていない。

事件は終わった。そのことは事実だ。けれど――幕はまだ、降りきっていない。

2

その日の放課後、僕は花壇《かだん》にてある人を待っていた。

先輩は小森先生に頼み、呼び出してもらっていた。先輩に伝えるかどうか今は判断ができな

かった。これが僕の妄想であるならばそれに越したことはない。

「ごめんね、待たせたかな？　急に呼び出されたから少し驚いちゃったよ」

その人は松葉杖をつきながらゆっくりとした足取りでやってきた。

「すみません──青山《あおやま》会長」

杖が土を潰す小気味いい音と共に青山優子《ゆうこ》生徒会長は姿を現した。手に傘は持っていない。

「ううん、全然。それより蛇谷《へびたに》さんは？」

「今、ちょっと野暮用《やぼよう》でまだ来てません」

「そっかぁ。ちょっと残念」

その残念という言葉は文字通りの意味だろうか。それとも何か含みがあるのだろうか。

「会長、ひとつだけお訊《たず》ねしたいことがあります」

「あたしに？　なんだろ。勉強とか？　それとも蛇谷さんの好みの男子とかかな？」

おどけて笑う会長はいつも通り。だからこそ僕は余計に不安になる。こうして僕が会長だけを呼び出す。そのこと自体がやや不自然なことであるはずなのに、この人はいつもと変わらない。……いや、だからこそ、この人はそうすることができたのだろうか。

「会長は、気づいていたんじゃないですか？」

僕の質問に会長の眉が一瞬だけ持ち上がった。しかし表情は崩れない。微笑《ほほえ》んだままだ。

「ごめんね。なにかなあ？」

「タバコが――カバンの中に入ったことに、です」

スマホを取り出し例の動画を再生した。それを彼女の眼前へ突き出す。

「この動画のことは会長も知ってますよね。赤羽《あかばね》が犯人だという証拠《しょうこ》になったものです」僕は一度唇を湿らせ言葉を繋《つな》げた。「この動画の中で会長は手に持った本をカバンに戻すことなく、カバンを手に取ってますよね」

「別に変じゃないない？　文庫本なんて手に持ったままでも全然おかしくないと思うな」

「――一度戻そうとしているのに？」

動画で会長は手に持った文庫本をカバンの中へ戻そうとしている。しかし、そこで手を止め一瞬何かを考えたそぶりをしたあと、カバンを背負ったのだ。

「それに動画の後半、僕らは初見の時、赤羽のことしか見ていませんでした。もっと言えば落ちたタバコが目視できなくなった時点で動画の役目は終えていた」

でも、事件に対する役目は終わっていても動画が終わっていたわけじゃない。

「よく見ると、会長は立ち去るとき、一度カメラの方を見ている」

野鳥の巣の撮影をするために映像研《えいぞうけん》が設置したカメラ。会長は確かに視線を向けていた。

「会長は花壇《かだん》近くによくタバコが落ちていたことを知っていましたよね」

「そんなこともあったねぇ」

「赤羽は屋上でタバコを吸い、いつもそこに吸《す》い殻《がら》を落とし捨てていた」

恐らく園芸部への嫌がらせのつもりだったのだと思う。

「会長は『犯人見つけとくね』って言っていましたよね」

「言ったかもね」

「あなたはタバコの犯人を知っていたんじゃないですか？　あそこにタバコが落ちている理由、そして――赤羽《あかばね》の喫煙《きつえん》を」

会長は首を斜めにして、細めた目で僕を冷たく見つめてくる。

僕は真咲《まさき》さんと白峰《しらみね》さんの事件に対する先輩の推理を思い出す。あれによく似ている。

会長は知っていながら――巻き込まれたのだ。

「どれもこれも小さなことです。ひとつひとつなら気にしさえしません。ですが……もし――会長が自分を被害者にしてでも、大けがをしてでもやり通したいことがあったとしたら？」

「そりゃ献身的な話だね。いくらあたしでもそこまで蛇谷《へびたに》さんに尽くすかなあ？」

「尽くしますよ」僕は断言した。「会長は先輩のために事件を産み出すだけの理由があります」

これは告発だ。あるいは人の過去をほじくり返す醜悪《しゅうあく》な行為。

それでも僕はやめられない。もしそんな理由であの人と――先輩と関わろうとしていたのだとしたら……蛇谷先輩が不憫《ふびん》だ。

「会長は先輩のことが好きだから一緒にいたいんじゃないんですか？　あの人の不器用で危なっかしいところが好きだから、あの人を守りたかったんじゃないんですか？」

次第に語気が強くなっていく。

「僕はあの人が好きですよ！　ええ、大切に思っています。アホなところもどうしようもないところも、嫉妬《しっと》深いところも全部がいいって思います。だから……」

悔しい。どうしようもなく悔しかった。

「青山《あおやま》会長……あなたもそうであってほしかったのに」

握った拳が痛い。慣れない怒りの最中、僕は会長の言葉を静かに待った。

「あっは！」会長がお腹《なか》が抱えて笑いだす。「ふふ、野水《のみず》くんは純粋でいいよねえ。ほんと羨《うらや》ましい。無知で純粋でとってもとっても……可愛いんだから」

皮肉が込められた声だった。

「さすがにあたしもさあ、あんな風に転ぶとは思ってなくてさ。だから思いっきりケガしちゃった。バッカだねえあたしも」

会長はわざとケガをした、という事実が肯定《こうてい》され僕の胸が苦しくなる。

「あたしは君が羨ましいよ。あんな風に蛇谷さんと関われて。だってそうじゃない？　君は君のままでいいんだから。あたしみたいな罪はないんだから」

罪。そう――罪、なんだ。

「君が妬《ねた》ましいなあ。純粋に彼女のそばにいられる君がこれ以上なく妬ましい。妬ましくて妬ましくて妬ましくて……おかしくなりそう」

嚙《か》み締《し》めるように一言ひとことを紡いでいく会長。

取り返しのつかないことをしでかしたとき、人はどんな表情をするのだろう。

母に油物で火傷《やけど》をさせてしまったとき。受験で解答欄がひとつずつズレていると気づいたとき。誰かと喧嘩して吐いてはいけない言葉を口にしたとき。

同様に人生には取り戻せない瞬間《しゅんかん》というものが存在する。そんなとき、自分がどんな顔をしているか僕は知らない。でも多分、こんな顔をしていたんじゃないかと思った。

「実はあたしが蛇谷《へびたに》さんにとって一番の悪者なんだよ。わかるかな。わかるよね？」

泣きそうで、笑いだしそうで、それでいて物凄く痛そうで……。

「……カバンに入ったタバコを見逃したのは、先輩が解く事件を作り出すためですか？」

「あのとき思ったの。『もしこのままあたしのカバンが燃えれば事件になる』――って」

「……そうすれば先輩が事件解決に向けて学校へやってくると？」

「……期待してた。きっと君ならあたしの件を蛇谷さんに伝えてくれる。解決しようと努力してくれる。これでも君はあたしのこと好いてくれてたから」

やるせない想いが胸の奥から溢《こぼ》れ出てくる。

利用された。でも怒る気にはなれなかった。だってそれがどれほどの想いの中で行われたのかがわかってしまうから。

「あたしはバカだからね。こんなことでしか蛇谷さんを学校へ連れ戻す方法が思いつかなかった。それにあたしが事件に巻き込まれれば、蛇谷《へびたに》さんへの非難も少しは希釈《きしやく》されるって計算もあったかな。まあ、これは後づけだけどね」

会長が僕を見る。仄暗い瞳の奥で確かな感情が渦巻いている。

「よくこの花壇《かだん》のそばにさ、吸《す》い殻《がら》が落ちてたじゃない？」

会長は続ける。

「実は見張ったりして調べたりもしたんだけどね、誰も見つからなかった。でもあの日――カバンが燃えた日、ふと上を見たの。そしたら屋上に影が見えた」

そういえばあのとき、会長はふと空を見上げていた。

「それでピンときた。ああ、吸い殻を捨ててた犯人はあそこにいるんだ――って。犯人は花壇でタバコを吸っていたわけじゃない。校舎から投げ捨てていたんだってね」

会長は面白そうに笑った。

「だから委ねることにしたの」

それはある意味、一種の賭《か》けのようなもので。

「タバコがあたしに降ってくればそれで小さな事件になるじゃない？　それを期待してた。まさか、カバンの中に入るとまでは思ってなかったけど。結果的にベストだったよね」

楽しげに会長は笑う。だが、僕にはそれがどうしても張りつけた仮面に見えて仕方がない。

「会長……嘘《うそ》をついていませんか？」

「あたしが嘘をついてる？　あは、野水《のみず》くんも言うね。……君さぁ、ちょっと鬱陶《うっとう》しいよ？」

「それでも僕は……会長が嘘をついているように見える」

何か違和感があるのだ。

今まで見てきた犯人たちを思い出す。彼ら彼女らは全員嘘をついていた。

〝自分はやっていない〟という嘘を。

会長もまた、嘘をついている。でも今までとは違う。これは論理じゃない。僕の勘だ。

「……ねえ、野水くん。君はいいね。身綺麗《みぎれい》に彼女と関われて。羨《うらや》ましい。……妬《ねた》ましいよ」

「会長は……」これだけは聞いておかねばならない「先輩のことどう思ってるんですか」

「そんなの……決まってる。好きだよ。大好き。だってあたしにとって初めてできた……」

それ以上の言葉を会長は続けなかった。いつも差している傘はここにはない。

それでも会長はその傘の存在を確かめるように手の平を握り込む。

「向こうはあたしのことをそんな風に思ってなんてないと思うけどね」

はは、と自嘲の笑いが場を包んだ――その時だった。

「妬ましい――私の真似《まね》をしないでくれるかしら？」

先輩の声がした。校舎わきにある植木の茂みの影から先輩はのっそりと姿を――

「ライオンの着ぐるみ……？」

「野水の癖《くせ》に生意気よ。私を出し抜こうだなんて」

ライオンはその場に現れた。例の着ぐるみだった。前回の事件を受け口部分が加工され、外に声が聞こえるようになっていた。

「な、なにしてるんですか？」

「隠れて見ていたわ。これ、今は中からちゃんと脱げるように修理されてるのね」

中から現れた先輩は気だるげな表情で髪をかき上げる。長い長い黒髪が夕陽に反射しながら宙をさらりと流れた。着ぐるみを脱ぎ、先輩は全身を現した。

「……蛇谷《へびたに》さん、なんで」

「あ、あの！」僕は先輩に呼びかけた。「小森《こもり》先生が引き留めていたはずじゃ」

「ん？」と先輩は一瞬考えるように顎《あご》に手を当てた。「ああ、あの人ね。私を引き留めようと適当に話しだしたのだけど、一分後に『だめだ。カフェインが足りない』ってどっか行ったわ」

小森せんせぇぇぇぇ！　あの人、本当にダメダメだな！

「ともかく」先輩は会長へ向き直る。「よくもまあ、いけしゃあしゃあと私の真似《まね》をしてくれたものね、青山《あおやま》」

「……」

「妬《ねた》ましい。そうやって私の唯一のアイデンティティを奪わないでほしいものだわ」

……欠点ではなくアイデンティティだったのか。

先輩は一度息を吸うと会長の方へ足を向けた。そのまま一歩一歩前に進みだす。

「青山。あなたは裁かれたいの？　自分を悪者にして――今回の件をすべて終わりにして、それであなたは何がしたいの？」

……裁かれたい？

先輩の言葉を聞いて僕はハッとする。……会長は自分の罪を知られたかった？

「……裁かれたい？　なに言ってるの？」

挑発《ちょうはつ》するように会長は笑った。

「違うかしら」

「違う。違うね。裁かれたいんじゃない。単にあたしがこんな酷《ひど》いことをしたんだって知ってもらいたいの」

会長は両手を広げ口角を持ち上げる。

「赤羽《あかばね》くんが退学になったのも、山崎《やまざき》先生がいなくなったのも全部あたしのせいなんだから！」

「それ、本気で言っているの？」

「……どういう意味かな、蛇谷さん」

険《けわ》しい瞳で会長が先輩を睨《にら》む。僕は横目で先輩を見た。先輩は唇を噛《か》み締《し》めるようにじっと俯《うつむ》いている。小刻みに震え、今にも泣きだしそうに見えた。

「だ、だって……そんなの」

先輩が腰を折り曲げて口を押さえる。

「せ、先輩？」

心配になり声をかけると俯《うつむ》けた髪の隙間《すきま》から目が見えた。そこにはキラリと光る涙が――

「ふ……ふふ……はははなによそれっ！」

盛大に先輩は噴きだした。僕は意味がわからず、会長も呆然《ぼうぜん》と突っ立っている。二人して顔を見合わせた。先輩だけが爆笑していた。

「な、なにそれっ！　どれだけドラマティックにしたいの？　笑わせないで。そ、それともなに？　笑い死にさせたいの？　ふふっ」

「あ、あのさあ！　蛇谷《へびたに》さん！　な、なにがそんなにおかしいのかなあ!?」

さすがに会長も怒りを表情に浮かべて怒鳴り声をあげた。

ようやく笑いを収めた先輩が目元を拭《ぬぐ》いながら答える。

「野水《のみず》が私を大嫌いになるくらいにはおかしな話だわ」

どんだけ僕に好かれてる自信を持ってるんだよ。少しは謙虚《けんきょ》さを持ってくれ。

「蛇谷さん真面目《まじめ》に――」

「そもそも赤羽《あかばね》は完全に自業自得じゃない」会長の話を遮《さえぎ》り先輩は続けた。「二度の喫煙《きつえん》に加えて人に向けてタバコを落としたのだから。カバンが燃えた？　ええそうね。でも燃えなかったとしてもどのみち退学扱いだったでしょう？」

「だ、だとしても山崎《やまざき》先生はあたしがカバンに入ったタバコを放置したせいで……」

「あいつに関しては完全に自らの保身で動いただけじゃない。何もしなくても別に良かったのに、証拠隠滅《しょうこいんめつ》なんて馬鹿なことしてペナルティ食らったアホのために気を揉んで、青山《あおやま》、あなたって信じられないくらい面白い人だったのね」

赤羽が会長に誘導された部分があったのは間違いない。しかし山崎先生に関しては彼が勝手に動いたに過ぎない。いわば自爆なのだ。

「青山は悪者ぶりたいのかもしれないけれど、私から言わせればあの二人の悪者っぷりを炙り出したに過ぎないわ」

「な、なにそれ！」会長は憤慨《ふんがい》したように肩を持ち上げた。「蛇谷さんはあたしを買いかぶってる！　あたしはそんな良い人間じゃないっ！」

「別に良い人間だなんて言ってないわ。自己評価が高いのね。ナルシストって嫌だわ」

……割と先輩もそういうトコありますけどね。

「あたしは最低なのっ！　だって蛇谷さんにとって間違いなく悪者なんだから！」

「……ふうん、どこが？　言ってみなさいよ」

「蛇谷さんのお姉さんを殺したのは——あたしなんだから！」

3

花壇《かだん》に会長の悲鳴のような声が反響する。

一瞬の静寂が訪れ、その合間、会長の表情が急激に変化していくのが見えた。これまで押し殺してきた感情の堰が決壊したかのように、様々な表情が入り混じっていく。

「……やっぱり会長が」

今朝スマホで見た記事を思い出す。そこにはこう書かれていた。

『死亡した女子高生(16)に助けられたと思われる女児の行方は未だ掴《つか》めていない』——と。

そして会長との先ほどのまでのやり取り。会長が先輩にこだわる目的。

先輩のために事件すら利用する——強烈な理由。

「そうだよ。あたしのせいで蛇谷《へびたに》さんのお姉さんは死んだんだ!」

追《お》い詰《つ》められたように見開かれた目は、微《かす》かに震えていた。

長年抑え込んでいた罪悪感が一気に噴出し、捲《まく》し立てるように言葉を繋《つな》げる。

「あたしは逃げたの。怖くて耐えられなくてその場から。助けられたことも言い出せず、ずっと逃げて逃げて逃げて逃げて……」

最後の方にいくにつれ、次第に声が小さくなっていく。

「……逃げて、ここまで来ちゃったんだよ」

彼女はその場に一人だった。ポツンと、何もない場所に立っている一人の女の子。

年上でしっかり者の生徒会長。しかし今は所在ない子供に見えた。

「それで? 他に言いたいことはないのかしら?」

「……え？」

腕を組み退屈そうに先輩は首を傾げた。コキ、と小気味の良い音が鳴る。

「ないのね。ならこっちから言ってあげる。——そういうのすごくうざいわ」

「なに言ってるの……お姉さんがし、死んだんだよ!?」

「だって姉を殺したのは轢《ひ》いた犯人だもの。あなたじゃない」

「わからない人だね！　あたしがいたから——」

「わからないのは青山《あおやま》、あなたの方よ」先輩が数歩前に足を進めた。眼前に立つ会長を見下ろすように先輩は顔を上から近づけた。「あなたを庇《かば》ったから姉は死んだ。なら庇わなかったらあなたが死ぬ。そしたら誰が悪いの？」

「それは……」

「野水《のみず》」先輩が僕へ振り向いた。「誰が悪い？」

「う、運転手だと思いますけど」

「その通りよね。犯人の運転手はスピード違反をしていた。ならどう考えても悪いのは運転手。庇う庇わないは関係ない」

会長は胃に石でも詰まっているかのように苦しげに口を開いた。

「でも……あたしは逃げたんだもん」

「——なら、正解ね」

「は……？」

「知らないなら教えてあげる。犯人はね、あなたを追いかけようとしてたそうよ」

「……どういうこと？」

「私は遺族だから、犯人が警察に話した供述から生々しい話もいくつか知っているわ」

犯人の供述……。

「犯人は逃げようとするあなたを追いかけようとした。だって唯一の目撃者だもの。轢《ひ》いた姉とあなたを車に乗せればどうにかなると考えたそうよ」

「……酷《ひど》い」

思わず声が出てしまう。

だってそうだ。助けようとか、救急車を即座に呼ぼうとかすら考えなかったなんて。

「でもそれはできなかった。なぜかわかる？」

小さく会長が首を横に振った。

「姉が犯人の足にしがみついたから」

先輩がそう口にした瞬間《しゅんかん》、会長は雷に打たれたように表情を硬直させた。

「捕まった犯人……いえ、悪者いわく姉はこう言ったそうだわ」

——逃げて。早く逃げて。

「あ……」

「あなたは姉の言うとおりにしただけ。それをした者を悪者と呼ぶのなら、姉がしたことは悪者を逃がすことだったの？　なら姉も悪者だったのかしら？」

会長は答えない。答えられないのだろう。ジッと地面を見つめている。

「そもそもね」先輩は長い髪を梳《す》くように指を動かすと、「悪者になりたいなら赤羽《あかばね》の吸《す》い殻《がら》から校舎を全焼させるくらいしてみなさいよ。私ならそうする」

「先輩!?」

「なんてね。まあ――ぶっちゃけ本気よ」

「せめて冗談《じょうだん》と言ってくれ！」

「冗談よ。冗談でありながら、実行までが一セット。それが私。気持ちに素直でありたいの」

「存在まで冗談みたいだよ、あんた！」

シリアスな雰囲気《ふんいき》もぶち壊しである。まったく。しかしこれが僕と先輩なのだと思うと安堵《あんど》感すら覚えてしまうのは毒されすぎだろうか？

「なにそれ。二人してほんとふざけた人たち。……今すごい真面目《まじめ》な話をしてるのにさ」

「私はいつも真面目だわ」

ある意味本当にそうかもしれない。先輩はいつも真面目に馬鹿なことを言っている。

「野水《のみず》、今私を馬鹿にした？　お尻叩いていい？」

「……て、手でなら」

「野球部からバットを借りてきてもいい？」

「手ならって言ってんでしょ！　尾骨が折れますよ！」

繰り返しそんな会話をしていると、

「……ぷっ。あははっ……はは」

吹き出す声がする。会長が目尻を拭《ぬぐ》いながら笑っていた。

「はぁ。二人はすぐふざけるよね」会長はため息をつくとまだ赤い瞳で先輩にほほ笑んだ。

「蛇谷《へびたに》さん、いけないいんだ」

「な、なにがよ」

「こんな悪いやつ放っておいてさ。いいのかな？　あたし、結構ウラがあるタイプだよ？」

「知ってるわ、そんなこと」

「そっか。知ってるか。……嬉しいな。ね、野水《のみず》くん」

会長が僕の方へ視線を向けた。

「は、はい」

「ありがとね」

そう言って抱きしめられる。ぎゅっと僕を包み込むような抱擁《ほうよう》。全身が柔らかい。真咲《まさき》さんとは違った感覚。横で先輩が「は？」と呟《つぶや》いていた。会長はそっと僕の耳にささやく。

「実はね、これも賭《か》けだったの」

「……え？」

「もし君たちのどっちかが、あたしのしたことに気づいたら――本当のことを言おうって。そのときは蛇谷さんのお姉さんのことも全部言うって」

「会長……」

「……卑怯《ひきよう》でごめんね。嫌いになったよね。こんな人間で……本当にごめんね」

僕は左右に首を振った。それを卑怯と呼ぶには、僕と背負っているものが違い過ぎる。

そっと返事をした。

「僕は会長を嫌いになんてなってませんよ。むしろ好きなままです」

僕を抱く力が一瞬弱まった。しかし、すぐ先ほどよりも強い力で抱きしめられる。

会長の手が微《かす》かに震えていた。

彼女がこれまで抱えてきた罪悪感が消え失せたわけじゃない。長年の重荷を簡単に拭い去るのは難しい。それでも前に進むというなら、僕は会長を応援したい。

僕もそっと会長の背中に手を回した。会長は数秒間をおいてから絞り出すように、

「……優しいね、野水くんは。そっか。蛇谷さんがきみを気に入るってこういうことなんだ」

「……青山《あおやま》会長？」

会長の身体《からだ》が離《はな》れ、真正面から僕の顔を覗《のぞ》き込んだ。

「きみは嘘《うそ》をつけない。だから、すごく安心するんだ」会長は屈託なく笑った。「嘘つきばっ

かりの場所で、野水《のみず》くんだけが真実を教えてくれるような気がするね」

「いい加減離《はな》れて」

「うわっ」

先輩が僕と会長の間に割り込むように身体《からだ》を差し込んでくる。二人で先輩をサンドイッチするような形になった。すると会長は急にイタズラを思いついたような表情になって、

「蛇谷《へびたに》さんもっ」

「きゃっ」

会長に抱き着かれ珍しい声を出す先輩。恥ずかしそうにしかめ面をしている。

「ねえねえ、嫉妬《しっと》しちゃった?」

「してないわ。こんなことで嫉妬しないもの」

「嘘《うそ》」

「嘘じゃないわ。だって野水が私のこと好きなこと知ってるもの」

「さっき、あたしのこと好きだって言ってたよ?」

「は?」先輩が僕を見た。慌《あわ》てて弁解する。

「い、いやそういう意味じゃ」

「……ねえ、犯人当てゲームしない?　犯人は私がやるわ」

「ゲームとして成立してないし、被害者絶対に僕じゃん!」

またもやふざけていると、会長が静かに名前を呼んだ。

「……ねえ、蛇谷さん。あたしは嘘つきだけど……これだけは信じてくれないかな」

「なによ――きゃっ」

「大好きだよ……大好きっ……」

そう言って、会長は目を真っ赤にしながら先輩に抱き着いた。

4

「ねえ、先輩」

「なによ」

「先輩はいつから会長がお姉さんの事故から逃げた子どもだってわかってたんですか？」

会長が去った花壇《かだん》で僕と先輩は隣《となり》に座り合って、空を眺めていた。

「たぶん、最初から」抜けるような青空を見上げて先輩は目を細めた。「だって、青山《あおやま》。ずっと辛そうなんだもの。辛そうに、私のそばにいようとするんだもの。だから……」

だから、そばに置きたくなくて遠ざけようとしていた。

僕は気づかなかった。会長はいつだって明るくて人好きしそうな笑顔を浮かべている。そう思っていた。でも、先輩はそう思っていなかった。

……やっぱりこの人はすごい。

「青山《あおやま》はきっと姉のために私のそばにいようとしてるんだって思ったから」

「でも、それだけじゃなかった。会長は先輩が大好きだった」

「そう……みたいね。変な人。こんなやつを好きになるなんて」

そう言うと先輩は体操座りのまま、膝《ひざ》に頬《ほお》を乗せて僕を見た。

「ねえ、野水《のみず》？　私ね、野水に聞きたいことがあるわ」

「？　なんですか？」

「これからもそばにいてくれるのよね？」

僕を見つめる先輩の目は微《かす》かに不安で揺れていた。僕は力強く頷《うなず》きを返す。

「はい。そう約束しましたから」

「そう……そうよね。ま、知ってるけど。ていうか、知ってたけど。念のため」

威勢《いせい》よく言って先輩は地面に生えた小さな雑草《ざっそう》を指先でつつく。しかし、小さくホッとした息を吐いたのが僕にはわかった。

「おや？　話し合いは終わったのか？」

校舎一階の窓が開き、そこから缶コーヒーを手にした小森《こもり》先生が顔を覗《のぞ》かせた。

「あ、あんた……っ！」のん気にコーヒー飲んでやがる。「僕、言いましたよね!?　先輩を引き留めるようにって！」

「ご、ごめんて。そんな怒るなよ。だって喉渇《のどかわ》いたんだもんっ」

だもんっ、じゃないが。なおも僕が言い返そうとすると先生は腕時計を見た。

「おっ。もう退勤時間だ。では私は帰る。君たちも気をつけて帰宅するように」

そう言ってそそくさと先生は姿を消した。あっという間だった。

「ちょっ、小森先生！」

立ち上がった僕の袖が引き戻すように下へ引っ張られた。先輩が上目遣《うわめづか》いに首を傾げている。

「そういえば野水、どうして最初から私を呼ばなかったのよ」

「それは……」

先走ったのもあり、言うのが正直恥ずかしい。

「……先輩に傷ついて欲しくなかったというか。僕の推理が当たってるかもわからないし」

「ふうん」先輩はニマニマと口元を緩《ゆる》ませる。「ほんとあなた、私のこと好きね。大好きよね」

僕の頬を先輩の指がつついてくる。

「言ってごらんなさい。好きだって。ね、言いなさいよ」

「……いいんですか？」

「え？」

僕は真っすぐに先輩の目を見た。

「だって僕嘘《うそ》つけませんし」

正確には『ついてもバレる』わけだが。

「べ、別に言えば？　だって答え知ってるもの。さっき、青山《あおやま》に叫んでたし」

「……へ？」

『僕はあの人のことが好きですよ！』って。聞いてるこっちが恥ずかしいじゃない」

「あ……」

ああああああ!?　そういえば聞かれてた！

「だ、だから言えば？　いいわよ。年上として聞き届けてあげるから」

「ぐっ……」

僕がこの人を好きなのは事実だ。それが恋なのか、親愛なのか、憧《あこが》れなのか、その全部なのかはまだしっかり区別できてはいないけど。

「ほらほら、言えば？　言いなさいよ」と先輩が僕の頰《ほお》をつついてくる。

「……本当にいいんですね？」

「え？」

「い、言っていいんですね？　言わせるってことは、相応の覚悟をしてもらいますけど」

顔が熱い。先輩の目を真っすぐに見つめると、途端に先輩は視線をあちこちへ散らし始めた。

「え、あ……や、やっぱいいわ、うん。やっぱり、まだいいかも」

「まだ？」

「そ、そもそもあなたは私の手足でしょう！　なに昇格したがっているのよ。ふんだ」

顔を明後日《あさって》の方へ向けて、ツンと顎《あご》を持ち上げる先輩。あまりに可愛くて噴《ふ》き出《だ》してしまう。

「なに笑ってんのよ、恨《うら》めしい」

「ま……とにかくそばにいますよ僕は。だからそこは安心してください」

世界の誰かに嫌われたとしても、この人にだけは好かれていたいと思ってしまった。

そして誰もが彼女を嫌いでも、僕だけは好きでいよう。味方でいよう。そう思うのだ。

「そ、そんなこと素直に言って。あなたのそうやって気持ちが顔に出るところ本当に嫌」

この人は天邪鬼《あまのじやく》だから、こういうときは大抵嘘《うそ》をついている。

なんだ。僕らって案外似たもの同士じゃないか。

どっちも嘘をつけばすぐにバレる。そんな僕らはたくさんの嘘つきたちを相手に、本当のことを知ろうと頑張った。いや、僕はそこまで貢献できてないのかもしれないけど。

風が吹き、先輩の髪を揺らす。一緒に揺れる雑草《ざっそう》たち。それらがキラキラと輝いていて。

顔を真っ赤にして立ち上がり涙目に僕を睨めつける。「なら、ずっといなさい」と呟《つぶや》き。

「……きっと飽きさせないから」

そして少しだけ頬を赤らめて、視線を横に逸《そ》らして。

素直じゃない、嫉妬《しっと》深い僕の先輩はいつものセリフを口にするのだ。

「本当に妬《ねた》ましいんだから……野水《のみず》のばか」

あとがき

……ああ、妬《ねた》ましい。

嫉妬心《しっとしん》というものとどう向き合うかは人生における私の大きな課題のひとつで、他人との比較癖によって嫉妬は発生するのだからまずは比較を止めてしまえと、読み漁ったビジネス書にはそう書いてありました。しかしながら、それをスパンと止められたら生きていくのに苦労なんてしないというのは恐らく誰もが理解していることだろうと思います。

しかし、嫉妬という感情が嫌いかと言えばそんなことはありませんでした。特に創作という場において「嫉妬」は様々なキャラクターが抱え、そこにドラマがあります。醜くも見えるし、稚拙にも見えるし、馬鹿馬鹿しくもあり、可愛くもあるような……。

この物語の中で蛇谷《へびたに》さん含め、犯人たちも同じように嫉妬を抱えています。直接的な行動に出るかはさておき、物語に登場する〝嫉妬〟はどれもありふれた題材を選んだつもりです。

嫉妬には青春の色々なものが詰まっている気がしてなりません。汚い感情と言われがちだけれど、本人が真剣で切実だから生まれる気持ちでもあるんじゃないかと思います。

色々書きましたが、まあ結局、嫉妬深いヒロインが私は大好きなんですよね……。


本書が生まれるにあたり、多くの方々のお力添えがございました。

謝辞を述べさせてください。

ゲスト審査員の宇佐義大《うさよしき》さま。審査員の皆さま、編集部の皆さまに心よりお礼申し上げます。

イラストのponさま。最高でした……。私が思い描いていた蛇谷さんの遥か上を行く解像度で世界を表現してくださいました。表紙の蛇谷さんの目つき……すごくいいですね。デビュー作のイラストがponさんで本当に良かった……！　ありがとうございます。

その他にも製作、校閲やデザイン、印刷、販売を担当いただいた皆さま。この本が完成し読者の手元に届くのは皆さまのおかげに他なりません。ありがとうございました。

また私と切磋琢磨しシナリオや物語作りに勤しんでいた頃の仲間にも感謝を。恩師であるO氏、今でも仲よくして下さっているH氏を始めとしたOゼミの方々にもお礼申し上げます。

そして最大の功労者であられる担当編集の清瀬《きよせ》さま。細かな修正と私のコロコロ変わる変更にお付き合い下さいました。蛇谷さんをより良くするにあたり、これ以上ないほどの感謝がございます。改稿により「別作品か……？」と思うほど素敵な作品になりました。まさに二人で作り上げた作品だと思っております。本当に本当にありがとうございました。

そして、空にいる母と、元気な父と兄へ。万感の思いを込めて、ありがとう。

最後にこの本を手に取ってくださった全ての方々に最大の感謝を捧げます。

野中春樹《のなかはるき》

GAGAGA
ガガガ文庫

嫉妬探偵の蛇谷さん

野中春樹

発行　2024年9月23日　初版第1刷発行

発行人　鳥光 裕

編集人　星野博規

編集　清瀬貴央

発行所　株式会社小学館
〒101-8001 東京都千代田区一ツ橋2-3-1
[編集]03-3230-9343　[販売]03-5281-3556

カバー印刷　株式会社美松堂

印刷・製本　TOPPANクロレ株式会社

Printed in Japan　ISBN978-4-09-453202-9